藥堂營業中 3

完

朝夕池 著

風文創 1226

風文創 1226

目錄

第三十九章

第二天林荀就和江平說了自己願意去盈都，而瀟箬則去商會，告訴掌櫃們他們要搬家的消息。

所有掌櫃們聽到這個消息猶如青天霹靂，特別是迷弟錢掌櫃，當時就感覺自己眼淚都要流出來了。

「瀟姑娘……怎麼這麼突然……我們生意做得好好的……」錢掌櫃有點語無倫次。「沒有妳，我們可怎麼辦呀！」

其他掌櫃也紛紛附和。

「是呀，沒有妳和林荀兄弟，冬蟲夏草這條線誰來走啊？」

「妳一走，我們想找好的炮藥師都困難了……」

「咱們商會之後可怎麼辦哦……」

掌櫃們面帶愁容，唉聲嘆氣，瞬間整個商會裡籠罩著一片愁雲。

他們說的這些問題瀟箬都已經想過，重生前的隊長責任心依舊留在她的體內。

抬手示意各位掌櫃不要發愁，她揚起頭，臉上帶著自信的笑容，說道：「我雖然去了盈都，咱們商會卻不會因為我不在這裡就有所改變。

「同記藥鋪的外櫃席賀，他年年作為商隊的領頭夥計隨我和林荀同去查鐸，收貨查驗和運輸保存，他都非常熟練。查鐸的人也都認識他，想必他代替我們繼續走這條商線，完全沒有問題。

「炮藥師也不是只有我一人，我相信各位店裡的夥計，炮藥的本事這幾年已大有長進，只要多加練習，炮製出供應自家店裡的藥材也非難事。

「商會這幾年運行下來，所有的規章制度都已經趨於完善，三位主事的能力有目共睹，相信在三位主事和三位監事的共同努力下，欽州醫藥商會的發展會越來越好！」

一番激勵加大餅，十五位掌櫃的臉色明顯好轉，甚至在瀟箬的演講中內心隱隱有那麼點激昂。

話鋒一轉，瀟箬小臉上露出一抹狡黠，繼續說道：「再說了，誰說我去了盈都，就和咱們商會一刀兩斷了？我可還是欽州醫藥商會的外聘理事。」

本來面色最沈重的錢掌櫃聞此言精神一振，雙眼都放出光芒來，他就知道瀟姑娘不會拋棄他們的！

錢掌櫃難掩激動地說：「瀟姑娘，妳有什麼絕妙的主意嗎？」

「絕妙的主意談不上。」瀟箬擺擺手推掉高帽子，將自己想好的打算一一道來。

「我們的冬蟲夏草遠近聞名，想購買信立冬蟲夏草的人遍布九州，但是路途遙遠，千里迢迢來購買幾根冬蟲夏草終究是不方便的。

「但如果要一次性大量購買又幾乎不可能，一是一下子需要掏出大量現金，二是客人購買大量冬蟲夏草，也不知道該如何保存才不會失了藥效。」

她提出的問題一針見血，在場的人忍不住連連點頭，因為這個原因，信立冬蟲夏草始終只能小範圍的流行。

「到了盈都，我想在那裡開個專賣店，專門銷售咱們的信立冬蟲夏草。」

開設冬蟲夏草專賣店的想法是瀟箬昨晚和林荀說小話時敲定的。

林荀去盈都是為了更廣闊的未來，她去了盈都自然也要想辦法繼續賺錢。當全職家庭主婦什麼的，根本不會出現在瀟大隊長的選項裡。

「盈都是我們的國都，達官顯貴數不勝數，有錢人更是遍地都是。我們冬蟲夏草的第一個客人麗春夫人不就是來自盈都嗎？他們對冬蟲夏草有消費能力，更有消費需求。」

瀟箬將盈都的冬蟲夏草市場一點點分析給眾人聽。

根據她的推算，盈都的冬蟲夏草消費市場至少是欽州的十倍，雖然將冬蟲夏草再運送到盈都會花費更多的成本，但同時也能帶來更大的利潤。

越說眾人越激動，還有誰能比瀟箬更適合在盈都開信立冬蟲夏草的專賣店呢？她熟悉冬蟲夏草的藥性和保存，也懂得行銷的套路，定能讓信立冬蟲夏草在盈州大放異彩。

最最重要的是，瀟箬是欽州醫藥商會的外聘理事，幾年相處下來大家知根知底，他們明白瀟箬是個一言九鼎的人，說好的利潤分成，一分都不會少了他們。

於是當場就敲定由瀟箬帶走冬蟲夏草庫存的三分之一，先在盈都打開信立冬蟲夏草的市場，每年再加大冬蟲夏草的採購數量，一半供應到盈州。

而盈都信立冬蟲夏草專賣店的利潤，商會與瀟箬五五分成。

即使只有五成的分紅，但不用自己去忙活就能進帳，他們是純純的占了便宜的。

因此所有掌櫃對瀟箬更是親熱，看她就跟天上的財神爺下凡沒區別了。

解決完商會這邊的事情，接下來基本沒有什麼可以掛心的。

瀟家現在不缺銀子，加上要運送冬蟲夏草，瀟箬乾脆雇了十五輛馬車，將瀟家小院裡能帶的東西全部裝上車帶走。

再細細寫一封信給井珠村的劉王氏，附上三兩銀子，說明他們一家人要搬到盈州去，山高路遠，以後不能每年都回去給瀟家父母掃墓上墳，拜託她平時多費心看顧。

瀟家父母的牌位，十分要緊，由雙胞胎貼身抱著。

接下來四季衣裳、床單被褥、鍋碗瓢盆、笸籮蘗灶……全部打包塞車裡，要不是院中的石桌搬不動，岑老頭都想一塊兒帶走。

打包好所有行李，十五輛馬車除了五輛是裝冬蟲夏草的，剩下全部塞滿了瀟家老小的家當。

江平看到這陣仗都傻眼了，知道的曉得這是搬家，不知道的還以為是瀟家在逃荒呢！

瀟箬不好意思地朝江平笑了笑，雙膝彎曲行了個禮道：「一路上還請各位多看顧，辛苦各位大哥了。」

這趟去盈都他們是跟著江平一行人一起走，等於蹭了順記鏢局一趟免費的鏢，不然瀟箬還真不一定會雇十五輛馬車出行。

她瀟箬，就是個守財奴！

一起去盈都的都是跟著江平的固定班底，和林荀也都是生死相交的兄弟，自然不會跟自家兄弟計較這些。

哈哈笑著調侃林荀家有個會過日子的好媳婦，惹得狗子耳朵又紅了個透。

把瀟家院子的鑰匙交給留在欽州的馬老三，又拜託他隔三差五請人灑掃屋子保持人氣，畢竟沒有人住的房子要是沒人打理，沒多久就會破敗。

馬老三這會兒淚眼汪汪，吸著鼻涕拍胸脯保證會給他最親愛的林兄弟看好宅子。

他是實在不捨得剛出嫁的妹子孤身一人留在欽州，不然他肯定也跟著大哥去盈都闖蕩。

在馬老三濕潤深情的目送下，車隊踏上了去盈都的路途。

盈州和欽州距離千里之遙，車隊行行走走，足足走了將近一個月才到盈州。

漫漫長途艱辛自不必說，幸虧一路上都是官道，道路狀況尚可，不算特別顛簸，他們帶的藥材又充分，隔三差五就含個參片，喝點益氣湯調理身體，不然瀟箬還要擔心自家兩個老爺子的身子骨兒能不能撐到國都。

「前面就是盈都了！」

翟二興奮的聲音傳入馬車內，瀟箬掀開車軒的簾子，朝外看去，高聳巍峨的護城牆左右延伸，一眼看不到盡頭。

遞上身分文牒，城門將士一一查驗無誤後，車隊有序地進入盈都。

都城內沒有特殊允准不許當街騎馬，除了馬車內的人，其他人都要下馬牽行。

馬車也放緩了速度，配合牽行的鏢師們在熱鬧的街道上慢慢行進。

鏢局掌櫃房忠孝身子骨兒沒有鏢師們健壯，盈州城四衢八街，讓他一路步行著實要命，瀟箬就招呼他上車來坐著。

不好直接進車內和瀟箬共處一個空間，房忠孝便只搭坐在車板子上。

他以前述職來過幾次盈州，對這兒的布局比較熟悉，看瀟嫋掀起車簾好奇地左右張望，乾脆就給他們講解起盈州城。

「盈都分東西兩市，咱們現在是在西市。西市多販售吃食玩樂，日常用品，這兒南來北往的人很多，不少外邦人也會在西市做買賣，魚龍混雜，什麼樣的東西都能在這兒買到，價格也便宜。」

隨著房掌櫃的解說，瀟箬仔細觀察著西市街上的人，果然看到不少高鼻梁、深眼窩的外邦人，或交談、或買賣，街道兩旁的店鋪吃穿用度皆有，進進出出的人們多為尋常百姓。

「咱們鏢局設立在東市，東市和西市完全不同，東市靠近天昌宮、天恩宮，周圍多達官顯貴住宅，故東市中多販售奢侈品，價格自然也要比西市貴很多。」

車輪轆轆轉著，邊聽邊看，瀟箬心中已經有了初步的打算。

信立冬蟲夏草的定位就是奢侈養生藥材，西市明顯就不符合它的市場定位，所以冬蟲夏草專賣店必須要設立在東市才行。

至於該租多大的店面，店鋪坐落在何處合適，這些問題都要等她實地考察後才能確定。

馬車在她心中小算盤噼哩啪啦的撥打聲裡抵達了順記鏢局的總部。

房掌櫃帶著江平去拜見總掌櫃，其他鏢師和瀟家人被安頓在鏢局總部的空房裡休息。

雖然是順記鏢局的總部，卻沒有欽州的分鏢局大，只十五輛馬車就把整個鏢局院落塞得滿滿登登。

「嘿兄弟，咱們順記鏢局在九州響叮噹，怎麼總局才這麼點地？」翟二隨手扯了根草嚼著打發時間，笑嘻嘻地和順記總鏢局裡的鏢師嘮起嗑來。

他搭話的鏢師是個標準的北方漢子，最愛和人嘮嗑，撿起他的話頭就聊開了。

「兄弟怎麼稱呼？我記得你們掌櫃叫你翟二是吧？」

「嗯啊。」

「翟二兄弟一看就是第一次來盈都，不曉得我們這兒的特色。」

「啥特色？」

「嘿，那就是東西特別貴！」

「這算啥特色啊？」
「你低頭，瞧你腳下是什麼？」
「青石磚呀。」
「就這一塊磚，一兩金子！」
「哦，什麼磚啊這麼貴？金鑲玉啊？」
「貴的不是磚本身，是磚下面這點地。咱們盈都，那可是寸土寸金！」
一唱一和，兩個人的對話居然整出了熱鬧的效果，讓出來透氣的瀟箬感覺置身德雲社。
這兩個擱這兒說相聲呢。
北方漢子故作神秘，假裝壓低嗓音問：「你知道咱們總局這塊地，要是租的話一年得多少錢嗎？」
嗓門之大，遠在十步外的瀟箬也聽得一清二楚。
翟二作為捧哏的非常盡責，立刻搭腔問：「多少銀子？」
北方漢子伸出兩隻大掌比了個數。
「一萬兩銀子？」
這個價格雖然高，但就是欽州的三倍而已，翟二早就做了心理準備，覺得也還行吧。
北方漢子搖搖大腦袋，嘿嘿一笑。「是金子。」
這可真是驚著翟二了，嘴巴裡的草根也忘了嚼，直接掉在地上。

「金、金子?!」他瞪大了眼睛，結結巴巴地重複著。

不只是翟二驚呆，一直注意兩人聊天內容的瀟箬也心中一緊。

她知道作為國都，盈都的物價一定會比欽州要昂貴不少，地價也是如此，就像重生前的北京，也是寸土寸金。

瀟家數年積攢的家底，在欽州算得上富裕，在盈都卻只是小康。

這樣看來他們光是在西市買套一家人住的小院子，只怕就會掏空家底，壓根兒談不上在東市租個鋪面開冬蟲夏草專賣店。

「瀟姑娘？」

想得入神，瀟箬都沒發覺房掌櫃和江平已經回來了，喊她的正是掌櫃房忠孝。

房忠孝這會兒已經接了總掌櫃的腰牌，成為順記鏢局名正言順的總掌櫃。

新官上任沒有三把火，他依舊笑咪咪一副和善的模樣，招呼瀟家人的馬車和他一起又出了總局。

「咱們先去安頓下來。順記在西市有幾處房子，作為鏢師們的住所，我打聽過了，有一間是獨門小院，剛好適合你們一家人住。」

對於林荀，房忠孝準備培養他成自己的心腹，必然要讓他享有一些特權。

比如同樣安排住處，房掌櫃就格外優待他們一家，安排了個獨門獨戶的小院，不用和其他鏢師擠著。

意外解決了住宿問題，瀟箬連忙感激道：「謝謝房掌櫃，我正發愁這個呢。」

「哎，別客氣，林荀將來是要做總鏢頭的，總不能讓你們還要為住哪兒為難不是。」房忠孝笑呵呵地道：「就是盈都地價高，這院子肯定是沒有你們欽州那個大……」

「不妨事的，勞房掌櫃費心了。」

等到了小院，果然和房掌櫃說的一般無二。只有五間房圍著一塊十來尺見方的空地，勉強稱作是院子。

不過免費的房子，還是獨門獨戶，瀟箬已經很滿足了。

再三和房掌櫃道過謝，一家人在車伕的幫助下，一點點卸下車上的行李和貨物。

幸好離開欽州時把能帶的都帶上了，這會兒也不需要再添置家當，只要把東西歸置好就行。

二十箱冬蟲夏草就要占去一個房間，剩下的四間房裡，岑老頭和鄭冬陽主動要求住一個房間，林荀一個房間。

考慮到雙胞胎已經十歲，並不適合再住一間，為了不打擾瀟昭唸書，瀟箬讓瀟嫋和她住一間，剩下的那間給瀟昭一人居住。

沒有空餘的房間作為廚房，林荀在院子裡用木料搭了個小灶，勉強能應付做點家常菜。

做好了菜就在剩下的院子空位裡支起小木桌，一家六口團團圍坐吃了晚飯。

地方太小，吃飯都挨挨蹭蹭，瀟箬心疼地給大家挾菜，暗暗發誓要盡快把冬蟲夏草專賣店開起來，賺多多的錢，好在盈都也能有個屬於自己舒適的家。

第二天一早，江平就來敲門喊林荀一起去鏢局。

林荀本來打算和瀟箬一起送瀟昭去國子監。

瀟箬拍拍他的胳膊，讓他放心。「你跟江大哥去鏢局吧，我送昭昭就可以了，國子監那邊有兩位大人提前打好了招呼，不會有什麼問題的。」

林荀這才一步三回頭的跟著江平離開。

送瀟昭去國子監不是什麼難事，瀟箬昨日已打聽過國子監的位置。兩人雇了小轎，準時在辰時抵達。

項善儀和閻方清早打過招呼，國子監的門僮確認是瀟昭之後，便引著他去拜見師長。

來時小轎就花費了二兩銀子，瀟箬有點肉疼，打算慢慢走回去，正好也逛逛東市，看看有沒有合適的門面可以租。

這會兒剛過辰時，時間尚早，街道上有好些店鋪還未開張，瀟箬慢慢沿著大街走，看到開門了的店鋪就進去瞅瞅貨物，順便找人搭搭話，打聽下物價和房價。

走進一家扇鋪，店裡的夥計一看有客人，趕緊熱情地上來招呼。

「姑娘可有心儀的扇子？咱們家團扇、羽毛扇、玉版扇、牛骨摺扇，什麼樣的都有！」

放眼望去，一把把扇子被紫檀木底座托著展示，猶如藝術品一般。

瀟箬假裝隨意地沿著展示架流覽著，問道：「什麼樣的扇子最受歡迎？」

夥計立刻向她推薦。「現在最受姑娘們歡迎的就是合歡扇，小店的泥金雲錦合歡扇可是遠近聞名，您看，這扇柄都是象牙做的。」

他指著一把精緻團扇，說道：「泥金雲錦合歡扇每一把都是名家所做，只需三百兩就能帶走，很實惠的！」

三百兩銀子一把扇子！瀟箬心跳都漏了一拍。

穩穩心神，她假裝不在意地歪頭看了眼那把象牙柄合歡扇，隨口道：「才三百兩一把，這價格你們一月不賣個幾百把，恐怕都抵不上鋪面錢吧。」

語氣輕飄飄，好似對這把扇子滿是嫌棄，覺得太廉價。

盈都的夥計見多識廣，什麼樣的客人會說什麼樣的話，他們肚子裡清楚著呢。

聽瀟箬這樣說，就知道這人不是誠心買扇子的。夥計的熱情收放自如，馬上語氣就有些冷淡了。「姑娘一大早的是來尋我們開心的嗎？我看妳從剛才開始就一家店、一家店的逛，莫不是來打探行情的？」

夥計是把瀟箬當成了專門的商業風媒，打探各家店的物價回去賣消息的，剛才這話是刺探他們家店裡的銷路如何。

「妳要是感興趣我們鋪面錢，不如直接去問鋪面牙人。」夥計的臉徹底冷下來，擺出一副好走不送的模樣。

瀟箬摸摸鼻子，有點兒尷尬，沒想到自己演技這麼差，被人當場揭穿。

不過她對夥計口中的鋪面牙人很感興趣。

「小哥，我還真的就對你們這條街上的鋪面錢感興趣，勞您告訴我一聲，這鋪面牙人在哪裡？」她乾脆直接攤牌。

見這姑娘被自己奚落了卻不生氣，還一臉真誠的發問，夥計這下也不好直接趕她走。何況這姑娘長得杏臉桃腮，水靈俏麗，也不像那些天天打探消息、縮頭縮腦的風媒。覺得自己猜錯了的夥計態度緩和下來，耐心回答起瀟箬的問題。

「咱們東市就兩個鋪面牙人，一個在天恩宮南門口，叫孟望之，大夥都叫他孟爺。孟爺是專門買賣或者介紹大鋪面的，手上好些個官家和大人們放出來的鋪子，地段好，這價格自然也高，抽成也厲害。

「還有個鋪面牙人就是七婆。住在西市，但是東市大部分私人的鋪面訊息都在她手上，私人的鋪面就沒那麼多講究，大大小小都有，小巷的、大街的，甚至那些二樓偏房的鋪面，七婆那兒都能找到。」

從夥計的講述裡，瀟箬明白鋪面牙人就類似於房屋仲介，說合貿易，拉攏買賣，接受委託，從中抽成。

這正是瀟箬現在最需要的，一家一家店鋪打聽成功率低又費時，有鋪面牙人在，她就能更快尋找到合適的專賣店鋪面了。

向夥計打聽了七婆的具體住所，瀟箬打算去找七婆問問有沒有合適的鋪面。官家和大戶的鋪子她肯定是吃不下的，唯有七婆手裡的私人鋪子，還可以試一試。

第四十章

七婆家在西市白馬街，到了白馬街稍一打聽，就能知道哪間是她家，因為只有她家的門口栽種了一棵大桑樹。

這個世界同樣有「前不栽桑、後不種柳」的說法，桑與喪同音，家宅面前種桑樹，出門見桑太不吉利。

瀟箬到了門前，只見七婆家大門緊閉，絲毫沒有印象中房產仲介應該有的門庭若市的感覺。

叩了三下門，木門吱呀一聲被打開一條二尺來寬的縫隙，一個六、七歲左右的小女孩站在門後，歪著腦袋問：「妳找誰呀？」

瀟箬微微彎下腰，說：「我找七婆，請問她在家嗎？」

看來小女孩已經習慣了有人來找七婆，她熟練地把門徹底打開，對她招招手。「奶奶在的，妳進來吧。」

跟著小女孩進了大門，繞過影壁，瀟箬才發現在外表不起眼的門裡，別有一番天地。

七婆不愧是東市兩大鋪面牙人之一，在寸土寸金的盈都，她家竟然是三進的院子。

穿過垂花門，沿著抄手遊廊進到西廂房後，小女孩脆生生的嗓音響起。「奶奶，有人找您。」

西廂房內的束腰羅漢床上坐著的老嫗聞聲抬頭，看向門口。

小女孩乖乖地走到她旁邊，歪著頭靠在她膝蓋上。

「囡囡過來。」她向小女孩招手。

慈愛地摸了摸孫女的小腦袋瓜，七婆才看向瀟箬，問道：「妳是有買賣？」

瀟箬點點頭，怕她老眼昏花看不清，又往前走了幾步，從西廂房門口走到屋內，開口說道：「我是來看看有沒有合適的鋪子，我想租一個。」

從屋外往裡看，只覺得屋內的一切都籠罩在陰影中，模糊不清。等瀟箬到了房間裡，才看清這間房屋裡的擺設，以及屋子裡的七婆。

完全不似她猜測的那樣，七婆不僅沒老眼昏花，反而一雙眼中精光四射，眼神銳利似明鏡。

上下打量了一眼瀟箬，七婆低頭給小孫女捋著不聽話的額前碎髮，輕飄飄地說道：「妳租不起東市的鋪子。」

她做了幾十年的牙人，看一眼就知道對方財力如何。

想租東市的鋪子？這個姑娘，錢不夠。

「婆婆，我都沒說我的預算，您怎麼就知道我租不起？」

為了送瀟昭去國子監，她特地穿上軟煙絡裁製的羅煙籠百蝶裙，身上的飾品也是精心挑選過。

人靠衣裳、馬靠鞍，她這身打扮也挺唬人的，不然剛才扇子店的夥計也不會向她推銷三百兩一把的扇子。

七婆懶得解釋這些，她時間寶貴，沒工夫和做不成買賣的人浪費時間。

揮揮手，七婆開始送客。

「妳走吧，老婆子我還要給囡囡煎藥，沒空招待妳。」

隨著她起身，靠在她膝蓋的小女孩也站起來，歪著頭朝瀟箬擺擺手，作為告別。

若是就這麼離開，靠自己找合適的鋪面幾乎不可能，瀟箬不死心地說道：「七婆，我是誠心想租店鋪，您能不能……」

七婆很不耐煩地打斷她。「不能不能！都說了我要去煎藥，龜板很難煎的，妳不要耽誤我的囡囡喝藥時辰。」

七婆說完不再理會瀟箬，牽著依舊歪著腦袋的小女孩，穿過庭院向後罩房走去。

輕易放棄不是瀟箬的風格，她跟在兩人的身後，想看看還有沒有機會再說服七婆給自己找個鋪子。

七婆是真的急著煎藥，懶得理會跟在自己身後的姑娘，自顧自地取出櫃子裡的藥包，打開一樣樣清點。

她就只有這麼一個寶貝孫女，每次煎藥她都要好好清點，可不能用錯了東西，耽誤孫女的病。
天麻、枸杞、龜板、石決明……
在她身後一步之遙的瀟箬看著桌面上攤開的藥材配比，大約就能猜出小女孩的病症。
「七婆，您孫女是不是盜汗，頭暈目眩，筋骨痿軟，心虛健忘？」
剛才還在專心清點藥材的七婆猛一回頭，精光四射的眼睛又將瀟箬從頭到腳打量片刻，又低頭數起了藥材。
沒得到回應的瀟箬乾脆上前一步，和七婆並肩站在桌前，看她一樣樣的把點好的藥材放入煮藥罐。
她這個舉動七婆只是抬起眼皮瞥了一眼，但沒有再讓她離開。
當七婆拿起一塊黃白的甲片要放入煮藥罐時，瀟箬伸手捏住甲片。
「這是龜板吧？七婆您剛才說的龜板難煎，是說這個？」
她從剛才就在好奇，為何七婆說龜板很難煎，原來是因為七婆用的是沒有炮製過的龜板直接入藥。
「妳幹什麼！」七婆伸手就要從瀟箬手裡搶回龜板。
這是她孫女的藥裡最重要的一味藥材，豈能讓毫不相干的人拿走。
瀟箬捏著龜板敲了敲，遞回給焦急的七婆。
「七婆，您用錯藥了，您需要的應該是醋龜板，而不是生龜板。」

用錯藥？

七婆有點不敢相信，她這方子是一年前從外邦人手裡高價收購的，前幾次煎藥服用後，小孫女症狀有明顯好轉，她才每日堅持繼續給小孫女煎藥服用。

「龜板具有滋陰潛陽，益腎強骨，養血補心等功效。用於陰虛潮熱，骨蒸盜汗，頭暈目眩，虛風內動，筋骨痿軟，心虛健忘。」

瀟箬將龜板的藥效一一道來，和七婆之前拿藥方給神醫看時得到的說明一模一樣。

七婆這才正眼看向瀟箬，說：「妳懂藥？妳說的醋龜板是什麼？」

瀟箬不語，她明白七婆是個人精，這是撬開她嘴巴的一塊籌碼。

見她沈默，七婆心中門兒清，說道：「只要妳說的對我孫女病情有益，我就幫妳找合適的鋪子。」

她等的就是這句話。

重新從七婆手裡拿過那塊龜板，瀟箬用龜板在桌面上用力敲了兩下，木桌登時發出咚咚兩聲，平滑的表面上留下兩個淺淺的坑。

「您看，龜板這麼硬，當然難煎，而且藥效也不好發揮。醋龜板就是這龜板炮製後的產物，質地酥脆，易於粉碎，利於煎出藥效成分，還能矯臭矯味。」

聽她說得頭頭是道，不像是瞎編的，七婆心中暗動，但她仍不是全然相信眼前的姑娘。

「既然醋龜板藥效更好，藥店的夥計怎麼不告訴我？」

「夥計只會按方抓藥，方子上寫的什麼，他們自然就只給您抓什麼藥材。」

當然除了這個原因以外，還因為在這個世界裡，並不重視炮藥。

越跟著岑大夫學藥她越發現，這個世界裡只一味地追求稀少、品相好的藥材，很多藥材的處理也只有基礎的清洗分類為主，這就導致很多炮製藥材的方法逐漸失傳，藥效也不佳。

岑大夫是少有的重視藥材炮製的醫者，在他的教導下，瀟箬才學到了很多罕見的藥材炮製方法。

瀟箬看七婆半信半疑，乾脆說道：「咱們可以帶著方子去找大夫看看，問問大夫是不是醋龜板比生龜板更有效。」

「行，妳跟我一起去，要是確實如妳所說，我會遵守承諾給妳找鋪子。」七婆半瞇著雙眼，飽含警告地說道：「要是妳信口胡說，那就別怪我直接拉妳見官，告妳一個謀財害命。」

七婆讓小孫女乖乖看家，帶著瀟箬來到西市最大的金元藥房，指明要經驗最豐富的大夫來給她看方子。

鶴髮童顏的老大夫仔細研究了七婆的藥方，肯定了瀟箬提出的醋龜板更能發揮這張方子藥效的觀點。

「那我要十劑醋龜板，給我包上吧。」能對孫女的病有好處，七婆花再多錢都不心疼，眼睛眨也不眨就要買新的藥材。

老大夫為難地說道：「醋龜板我們這兒現在沒有，想要買的話，要等上三個月。」

原來金元藥房的醋龜板都是從其他地方收購的，每次運送到盈都都要三、五個月。

他們也曾經嘗試自己炮製醋龜板，可是不管用什麼樣的醋，就是做不出酥脆的質感，藥效也完全不能和買來的成品醋龜板相提並論。

聽到老大夫說做不出醋龜板，瀟箬心中發笑，他們完全從字面去理解醋龜板的炮製，自然是做不出來的。

幫人幫到底，送佛送到西，瀟箬攔住團團轉要去其他藥鋪碰運氣的七婆，面帶微笑道：「我會炮製醋龜板。」

「當真？」老大夫和七婆都覺得難以置信，西市最大的金元藥房都做不出來的藥材，面前這個看似柔弱的姑娘竟然說能炮製。

「當然是真的，只是要借用貴店的藥灶一用，約莫三、四個時辰。」醋龜板的炮製稍微有點繁瑣，但有現成的工具在，瀟箬有信心只要幾個時辰就能炮製完成。

老大夫在金元藥房多年，要借用製藥房只需一句話的事，他也好奇這位姑娘是否真有炮藥的本事，於是便和外櫃夥計打了聲招呼，領著瀟箬和七婆走向後院的製藥房。

金元藥房的製藥房工具材料齊全，瀟箬取了生龜甲、河砂和醋，就請兩人在房間外面等待。

她先起了灶，往鍋中倒入滿滿清水，食指一勾，便生出一團猛火舔舐鍋底。

鍋中水沒幾分鐘就咕嚕沸騰起來，瀟箬取來生龜甲在沸水中蒸煮，待龜板吸飽水，邊緣的殘肉和背部的外殼軟化，拿起小剃刀，一點點刮去多餘的肉。

處理好生龜甲，她把河砂倒在清空的藥灶鍋中，邊控制著火勢邊翻炒，直到鍋中河砂呈滑順狀態，容易翻動後，將大小淨龜甲投入鍋中，與河砂一同翻炒。

炒到龜板表面淡黃，質地酥脆時，再取出龜板，去除砂子，立刻投入方才準備好的醋盆裡淬。燙熱的龜板沒入醋中，發出刺啦一聲，蒸發出一團醋霧。

接下來只要等醋龜板冷卻後撈出乾燥即可。

經過四個多時辰的忙碌，十枚醋龜板炮製完成，在笸籮裡靜靜地躺著。

瀟箬打開製藥房的門，讓老大夫和七婆進來驗收。

七婆不懂藥材，只能眼巴巴地等待著老大夫去查驗。老大夫走到笸籮前，先是仔細觀察瀟箬炮製的醋龜板。

褐中帶黃，龜板縫隙紋路清晰，和藥房以往採購的醋龜板外形一致。再拿起一塊醋龜板微微用力一掰。手中龜板應聲斷裂，質地明顯酥脆。

最後拿來藥缽，把掰下來的龜板放在其中細細搗碎，捏出一點粉末放在舌尖。

酸鹹中帶有一絲回甘。

「是醋龜板！」老大夫肯定地點頭道：「和我們買的醋龜板一模一樣！」

七婆喜出望外，一把擠開老大夫，扯過一張油紙將笸籮裡的九枚半醋龜板全部包起來，藥缽裡的碎末也沒有放過，倒在小紙包裡一併帶走。

手腳麻利地裝完醋龜板，她朝瀟箬露出今天第一個真心的笑容。「姑娘，今日多虧妳，老婆子我也說到做到，妳跟我回去，等我煎了藥就給妳找找鋪子。」

拉上瀟箬，七婆就往外走。

老大夫在她們身後連忙喊道：「哎，等等、等等！姑娘，妳怎麼稱呼？」

七婆腳下一頓，拍了下腦門。「看我糊塗的，一著急差點忘了藥錢。」

她掏出錠銀子，轉身朝老大夫手裡一塞道：「不用找了，多的就當我們借用製藥房的租金。」

說罷又拉上瀟箬，匆匆往家裡趕，完全不理會後面的老大夫還在呼喚。

「姑娘！姑娘！哎，誰在乎這點藥錢，我是要找這位姑娘啊……」

七婆和瀟箬心中都有耽誤不得的要緊事，老大夫越來越遙遠的呼喊聲早就被兩人拋在腦後，消散在風中，無人在意。

回到七婆家，小女孩歪著頭抱住遊廊的柱子一動不動，一雙大眼不錯神的盯著門口。

瀟箬製作醋龜板中途，七婆回來過一次，匆匆做了點吃食給囡囡墊肚子，囑咐她乖乖在家後，便又回藥鋪了。

而囡囡就這麼維持著七婆離開時的姿勢直到現在。

她骨頭軟走不了太多路，動得急了就一陣陣冒冷汗，又容易忘事，久而久之就養成了在一個地方待著就不動彈的習慣。

「囡囡！」七婆心疼地摸摸孫女的小臉蛋。「婆婆給妳煎藥去，喝了藥咱們就不難受了啊！」

一手托著她的小屁股，一手護著後背，七婆想抱著孫女去後罩房煎藥。

無奈七婆自己年事已高，抱了沒幾步就喘起粗氣。

瀟箬上前從七婆懷裡接過小女孩，道：「我來抱吧，婆婆您拿著藥不方便。」

從今日的相處能看出，七婆是個要強的，說不方便比抱不動更能讓她心中好過一些。

小女孩很乖，就算瀟箬是她今天才見到的陌生人，她也乖乖地靠在瀟箬的肩膀上不哭不鬧。

七婆嘆了口氣，作為識人無數的鋪面牙人，她當然知道瀟箬是顧及自己的面子，才尋了個藉口幫她抱著孫女。

看瀟箬輕輕鬆鬆地抱著孫女，穩穩當當、熟門熟路的走在前面，七婆心情複雜的提著藥包跟了上去。

一番煎煮後，濃稠的藥汁裝成一小碗。

小女孩習慣了每天都要喝腥臭苦澀的湯藥，不需要人哄，小手自覺地捧著碗，咕嚕咕嚕喝了個精光。

喝完後咂了咂小嘴，歪著頭朝奶奶說道：「奶奶，今天的藥不臭的。」

七婆從碗櫃裡拿了一顆杏仁脯塞給她，散散嘴裡的苦味。「以後的藥都不會臭了，囡囡真乖。」

沒一會兒藥性上來，小女孩揉著眼睛犯睏。七婆讓瀟箬先去西廂房等她，她在東廂房安頓好孫女睡著了，才回到西廂房。

「姑娘，妳坐。」

一天折騰下來，七婆對瀟箬客氣了許多，她甚至主動給瀟箬倒了一杯茶，雖然茶水是涼的。

接過茶盞一飲而盡，瀟箬並不介意茶水涼還是熱，她渴壞了。

七婆走到東腰羅漢床前，從下面的小抽屜裡掏出白皮冊子，翻了幾頁後，回到桌邊，將打開的冊子遞給瀟箬。

「這一頁開始，後面全是尚無主顧的鋪面，妳看看吧。」

瀟箬接過來一頁頁看過去，越看越心涼。

亦武坊西側兩間連鋪，月租金八萬兩。

慈幼坊南大街單間街面鋪，月租金十二萬兩。

胡玉樓沿街二層單鋪，月租金十萬兩。

一連看了十幾頁，位置最差的、最便宜的鋪子月租金都要萬兩起跳。

瀟箬算是知道為什麼七婆一見她，就直言她租不起東市的鋪子了。

合上白皮冊子，瀟箬嘆了口氣，將家中的老底掏空了，也租不了多久。

七婆喝著涼透的茶水，眼睛一直觀察著瀟箬的表情。

待她肩膀一垮，面露失望，七婆開口說道：「姑娘，東市的鋪子就沒有便宜的，妳要做什麼營生？一般營生開在西市沒準兒更合適，我有相熟的西市鋪面牙人……」

恩情歸恩情，生意歸生意，就算瀟箬今天幫了她大忙，她也不會做虧本的買賣。

瀟箬苦笑道：「我要做的買賣還真就非東市不可，西市沒幾個客人會來買的。」

一根上上品冬蟲夏草八百兩，擱在收入水準更高的盈都，也不是一般人能經常消費得起的。

手指叩著桌面，七婆尋思了會兒，問道：「那妳預計的月租金是多少？」

知道七婆這話裡是有為她張羅的意思，瀟箬直言道：「婆婆，我實話實說，這冊子上的店鋪，價格低的我不是租不起一年、兩年，只是我要做的買賣是長久生意，一年、兩年遠遠不夠。」

七婆意外面前的姑娘竟然存了想買東市鋪子的心思，暗自心驚，好大的胃口！

琢磨了一會兒後，七婆還真想到個鋪子或許合適，就是不知道這姑娘有沒有這個膽子。

「姑娘，我看妳行事果決，是個做大買賣的，就是不知道妳怕不怕鬼？」七婆斟酌著開口。

怕鬼？她瀟大隊長從來就沒怕過，真有鬼來，她能當場叫出三昧真火燒它個魂飛魄散。

瀟箬面帶微笑，又給自己倒了杯水，邊喝邊說：「鬼有什麼好怕，人比鬼可怕多了。」

鬼皮下就是鬼，人皮下可不一定是人。

面前姑娘年紀輕輕能有這樣的見識，七婆滿意地點了點頭。「那好，有個鋪子在我手上有些年頭了，妳聽聽想不想要。」

瀟箬放下茶盞，朝她一偏頭，表示洗耳恭聽。

「這個鋪子在富貴樓北邊，是朱雀大街沿街的門面，一間鋪面，後面連著個倉房，南北通透，對面就是亦武坊，人來人往的，是個好位置。

「它原主人的相好之前是朝廷裡做官的，是誰我就不說了，他犯了忌諱被革職，家中家產都被抄了充公，就這間掛在相好名下的鋪子得以倖免。

「那個做官的正妻就讓鋪子原主人把鋪子還給他家，原主人不幹，兩人就吵鬧起來。鋪子原主人怕有朝一日鋪子會被搶走，就到我這兒做了書契，交了鑰匙，託我出售鋪子。

「沒想到過沒多久，那女子也不知怎的，就在鋪子裡吊死了，之後就經常有人說那間鋪子一到晚上就有嗚嗚咽咽的哭聲。

「那個正妻也來問我討要了幾次，不過我有書契在，她就算鬧到衙門，也討不到好處，後來漸漸也就不來了。

「鋪子在人們口中傳來傳去，成了要命的鬼鋪面，到現在這麼多年了，無人問津，一直鎖著門。

「既然原主人已經沒了，書契也畫了押，鑰匙也在我這兒，這鬼鋪面姑娘妳要是敢要，就給我五萬兩銀子，作為這幾年的保管費和佣金，我過給妳就行。」

五萬兩銀子能買到東市的沿街鋪子，對瀟箬來說這簡直就是天上掉下的餡餅，還幫她擺盤切好，就差餵她嘴裡的那種。

她連連點頭。「要的！七婆，謝謝您！」

「謝什麼，鬼鋪面放我手上也不能下蛋，妳有膽量、有能耐，賣給妳我也輕鬆。」

打鐵趁熱，兩人約好明日一同去看鋪子，瀟箬滿意的話直接就能交錢過戶。

第四十一章

回到家中，林荀已經接了瀟昭回來，並且做好了晚飯。

一家人在小桌子旁團團圍坐，挨挨蹭蹭地吃起飯來。

不知道是林荀手藝又長進了，還是瀟箬今天辦完大事，心中輕鬆愉悅所致，今晚的飯菜格外的香。

飯桌上瀟箬將今天在七婆那兒的事情一一道來，還有明天她要去看看那個鋪子，沒有意外就買下來。

她作為一家之主，掌握著財政大權，每月都從她這裡領零花錢的瀟家人都很相信她的判斷，只有林荀問明日要不要他陪著一起去。

「不用了，你剛到總鏢局，正是忙的時候，我應付得來。」瀟箬朝他甜甜笑著，並且給他挾了一筷子雞汁蠶豆。

林荀沒有強求，他這幾天確實忙得很。

房掌櫃成了鏢局一把手，正被老掌櫃帶著四處認達官顯貴和富戶巨賈們，好為以後的業務打下基礎。

江平是二把手，忙於梳理和分配現在鏢局正在進行中的任務，接待來彙報每月業績的各地分鏢局總鏢頭。
他被委任為三把手，需要管著盈州順記所有的鏢頭和鏢師。
空降的三把手還沒有被所有鏢頭、鏢師接受，每天都有人來找他過幾招。
鏢師這個行當就是誰強誰有理，林荀明白這幾天自己恐怕得全泡在鏢局，直到把所有不服氣的刺頭打到服氣。
第二天依舊是瀟箬雇了軟轎，送瀟昭去國子監。
盈都人力昂貴，姊弟倆乾脆雇了頂雙人大轎，能省下半兩銀子的轎錢。
搖搖晃晃的轎子裡，瀟昭挨著長姊，抬頭正經八百地說道：「阿姊，天將降大任於斯人也，必先苦其心志，勞其筋骨，餓其體膚，空乏其身，行拂亂其所為，所以動心忍性，增益其所不能。」
看著寶貝弟弟白嫩嫩的小臉，瀟箬萌得心肝兒顫，小正太一本正經的，更戳她萌點了。
「怎麼突然背起文章了？」她強行忍住想要掐那軟乎乎小臉蛋的衝動，弟弟已經是個舉人了，她要顧著小傢伙的自尊心。
「我的意思是，以後我可以自己去國子監的，阿姊不必每天都送我。」瀟昭認真道。
「這怎麼行……」瀟箬想也不想就要否決，就算是舉人老爺，那她弟弟也只是個十歲的舉人老爺。
哪有讓十歲孩子每天早上五點多自己一個人去五、六里外的學校上學的？

灞昭深知長姊的弱點，立刻給長姊算起了帳。

「阿姊，要是我一個人去國子監，就可以只雇一頂轎子，比兩人一起每天至少可以省下一兩銀子。

「而且阿姊昨晚說要盤下鋪子，以後鋪子早上還要開張，送我去國子監後再回鋪子，那就錯過了開門生意了，姑且就算只錯過一根上品冬蟲夏草的銷售，一百兩一根，一個月就是三千兩。」

他算帳又快又清楚，灞箬被他說得啞口無言，一來一去就差了三千兩……守財奴灞箬肉疼起來。

「那……那你確定一個人上學沒問題？」她還是有點猶豫。

灞昭肯定地點頭。

他是國子監唯一一個由家人送上學的監生，其他人都是家裡僕役或者小廝送的，當然後面這句話他沒有說出口。

灞箬終於妥協，給寶貝弟弟理了理衣領，扯了扯袖口，才依依不捨道：「那你自己上下學要當心，有什麼事情差人來喊我。」

灞昭再次乖乖點頭。

盈都轎伕腿腳麻利，準時抵達目的地。

目送灞昭進入國子監大門，再給轎伕付清今天的轎錢，灞箬才和昨日一樣步行在朱雀大街上。

她和七婆約的辰時三刻，這會兒慢慢走過去完全來得及。

富貴樓北邊的鋪子多半是出售糕點吃食，因此早早就會開店，瀟箬一路走過去都能聞到店鋪裡傳來的食物香味，刺激她口中不斷分泌口水。

早上採買糕點吃食的人很多，大部分都是家僕打扮，應該是替家裡主人來買早餐的。

對於這個人流量，瀟箬很滿意，就是人員構成有點可惜，家僕、奴婢可不會主動來買昂貴的冬蟲夏草。

一路觀察著其他店鋪的客流量，瀟箬不緊不慢的來到昨日七婆所說的鬼鋪面前。

她來早了，七婆還沒到。

鬼鋪面左邊那家店鋪門口掛著「金玉齋」字樣的牌匾，此刻還是鋪門緊閉，應該是做的金飾玉器生意，所以不必早早來開門。

右邊的店是兩間連成一家，中間匾額上寫著「合德茶莊」。此刻雖然開了門，卻沒有客人，只有夥計在門口機靈地左右看著來往的人，企圖能招攬到幾個客人。

見瀟箬朝他們店裡微微偏頭張望，夥計馬上殷勤地招呼她。「這位姑娘可要買茶？您裡面請！」

時間還早，瀟箬也想看看以後的鄰居賣的什麼貨物，便應了一聲，提起裙角進了合德茶莊。

沒想到今天剛開門就招攬到客人，夥計笑得一臉燦爛，向瀟箬介紹起自家買賣。
「姑娘想要點什麼？這是新到的茉莉，清香宜人，配糕點解膩又美容養顏！
「這邊還有八寶擂茶的料包，拿回去稍稍烘炒就能搗碎沖茶，方便得很！」
沿著貨架一一看去，瀟箬發現合德茶莊的生意很廣泛，從經典的毛峰、龍井到女性偏愛的花茶，甚至可以作為小吃的花樣茶，全部都有。
除了花樣茶有多重搭配外，其他葉茶和花茶都是單品出售。
她想起來以前在上溪鎮和岑大夫開發出來的六白茶和清熱茶，這樣的配方茶不知道合德茶莊是否感興趣，要是能把茶配方賣給他們，也是個不錯的收入途徑。
「姑娘？」夥計沒得到回應，加大音量又喊了聲。
「啊？哦……我先看看……」打通的兩個鋪面合在一起，寬敞又明亮，此刻空盪盪的只有她和夥計兩人。
瀟箬看似隨意地看著各種茶料，引導性的和夥計搭起話來。
「你們開門這麼早啊，我看旁邊那兩家鋪子都還沒開門。」
夥計臉上一僵，馬上又恢復自然的神色，道：「一家是空的，另一家做首飾生意，開門要晚點。」
勾出話題，瀟箬嘴角含著不易察覺的微笑，繼續好似漫不經心地閒聊著。「富貴樓這邊鋪子這麼值錢，還有人捨得空著啊？」

避無可避，夥計只能抓抓臉，回答道：「那家鋪子不太乾淨，所以就一直沒人租……」又覺得自己這麼說不太好，夥計趕緊解釋道：「不過只有在半夜才偶爾有鬧騰的動靜，白天可安靜了。而且我們家和隔壁多砌了一層牆，貼了金臺寺的符咒，隔壁鋪子跟我們這兒不搭邊的。」

就怕客人會覺得害怕，不願意到茶莊裡消費。

「哦？鬧鬼啊？這條街上的人不怕嗎？」瀟箬邊說邊拿起八寶擂茶的料包，示意結帳。

夥計手腳麻利地幫瀟箬把料包用防水油紙紮好，一邊答道：「鬧的頻率不高，而且都是半夜，再說了，這兒鋪面緊俏，總不能因為這個就不做生意了，頂多大家路過時避開點那家鋪子就是。」

瀟箬若有所思地點點頭，掏了銀子結帳。

她剛付完錢，就看到七婆探頭進來。「瀟姑娘妳在這兒啊？我說怎麼好像聽到妳的聲音了。」

「婆婆老當益壯，耳朵比我還靈呢！」瀟箬莞爾一笑，拿起料包出了茶莊。

看到剛才的客人站在七婆身邊，等著她掏鑰匙開鬼鋪面的大門，夥計感覺五雷轟頂……完了完了，他剛才都說了什麼啊?!這麼多年好不容易有人來找七婆看這間鋪子，不會被自己三言兩語攪黃了吧？

七婆可是出了名的厲害，要是知道因為自己壞了她的生意，會不會活撕了他啊？

恨不得回到一刻鐘前給碎嘴的自己兩個巴掌，夥計哭喪著臉開始念叨如來佛祖保佑七婆沒聽到自己剛才的話……

七婆用鑰匙打開拴在門上的大鎖，領著瀟箬進到鋪子裡面。

這間鋪子原來是做布料生意，進門正中就是掌櫃檯，左右貼有一聯曰「南北馱來錦繡，春秋染作雲霞」，掌櫃檯後面是一格格空著的通天陳列架，從架子的規模能看出當時的布莊生意還算興隆。

七婆朝櫃面吹了口氣，細碎的灰塵瀰漫在空氣裡，帶起一股淡淡的霉味。

「我半年會讓人來打掃一次，查一查梁柱有沒有蛇蟲鼠蟻什麼的，妳別看灰多，桌椅櫃架都結實著，妳要的話都能接著用。」

看完前堂，兩人從右側小門穿過，來到後面的小倉房。倉房裡空盪盪的，牆上只有不足兩尺見方的通氣孔讓空氣流通。

看得出來原主人是個愛美的小娘子，在通氣孔上還裝個了雕花木柵欄，透著影影綽綽的光，頗有幾分意境。

看到這扇通氣孔，瀟箬心中一動，扭頭又瞅了瞅兩人閃身進來的小門。

前堂、小門、通氣孔呈鈍弧形，當風從雕花木柵欄的縫隙吹進來時，會被切割成數股氣流，氣流自西向東進發，就會撞到牆上被迫拐彎從小門過，最後來到前堂打個轉後消散。

風小不會有太大動靜，但是風只要大一些，數股氣流亂竄，就會形成漩渦，產生振動，從而發出怪聲。

為了證實心中猜測，她問七婆。「婆婆，您知不知道咱們這兒常吹什麼風？」

七婆以為瀟箬擔心鋪子裡的空氣流通問題，指著通氣孔說：「這鋪子南北通透，咱們盈州南邊是鳳凰山，白天這風就從前堂穿過來，從這兒出去，晚上就相反。」

她咂了下嘴，回憶起來。「我夏天來過幾次，涼快著呢。」

聽七婆這麼說，瀟箬更加確定了夜半鬼哭的來由。

白天多谷風，鋪子平日大門緊鎖，風都擋在門外，自然沒有聲響。而夜晚的山風則是自西向東，通過通氣孔在這間鋪子裡亂竄，只要風大到一定程度，就會在寂靜的深夜裡製造出人們所謂的鬼哭。

「瀟姑娘，老婆子我也不瞞妳，這原主人呢，就吊死在我們現在站的倉房，妳要是覺得不成……」

沒等七婆說完，瀟箬從袖籠裡掏出五張一萬兩的銀票遞到她面前，說道：「成交，這鋪子我要了。」

「不過婆婆，我還想請您幫個忙。」瀟箬笑得杏眼微瞇，像一隻調皮的小貓。

能賣掉這間鬼鋪子，七婆很滿意，她大方地說道：「什麼忙？只要不是談價錢，一切好說。」

這間鋪子只收保管費和佣金，這是她作為鋪面牙人的原則和底線，還價是萬萬不可能。

「當然不是錢的問題。」瀟箬笑得更燦爛。「我新來乍到，不知道門路，想拜託您幫我找幾班和尚、道士。」

這要求並不難辦，七婆完全理解瀟箬的行為，誰買了鬼鋪面不需要做點法事。

「行，等會兒咱們去衙門過了契，我就給妳找最會捉鬼的和尚、道士，依我看這原主人也沒啥怨氣，總共也沒鬧過幾回，做做法事超度了就行。」

對於七婆的誤會，瀟箬保持微笑，沒有多做解釋。

她是要捉鬼，但不是捉原主人這隻鬼，而是人們心中那個會半夜啼哭的鬼。

七婆摺好銀票塞到貼身內兜裡，領著瀟箬在衙門登記了名字，將鋪子的房契交與瀟箬。

兩人先去集市買了些瀟箬說的要緊東西，又去盈都最有名的金臺寺請了兩個外門弟子。

本來七婆是想找有名的玄虛大師，瀟箬卻攔住她，說只需要兩個能穿金臺寺僧服的外門弟子就可以了。

當朝重佛輕道，僧人好找、道士難尋，最後還是七婆從江湖班子裡找了兩個號稱是三清弟子的中年人，勉強算湊了個道士班底。

回到鋪子前，瀟箬請二僧二道在門口設下法壇，一左一右各占一處。

正中間一張供桌上擺放著地藏王菩薩的神像和三清祖師的泥塑真身，一圈水果、素菜和清水當作供品。

只見左邊兩位僧人身著金臺寺的土黃僧衣，雙手合掌，淨身口意入靜後開始唸大輪金剛陀羅尼咒，梵音繚繞不散。

右邊的兩位號稱三清弟子的道士陣仗更大，腳踏天罡步，左手各持桃木劍和銅錢劍，右手捏著一打黃符，口中大聲呼喊著。「火雷神，五方降雷。地火雷神，降妖除精。邪精速去，稟吾帝命。急急如律令……」

按照瀟箬的要求，四人居然整出了兩隊人的效果，吸引了一大圈人來圍觀。

見人群越聚越多，逐漸形成看不到最外圈的人牆，瀟箬知道是時候輪到她出場了。

在眾人的注視下，瀟箬將鋪面所有的門都敞開，登時塵封已久的鬼鋪面就暴露在陽光之下。

有幾個膽小的輕呼一聲，捂住眼睛扭頭不敢看，直到身邊的人小聲議論說沒看到什麼鬼之後，他們才敢透過指縫觀察起在盈州人人皆知的鬼鋪面。

一個掌櫃檯，幾個展示架，普普通通，和其他鋪子也沒什麼區別。

將人們的神態變化盡收眼底，一切都在瀟箬的計劃之內。

趁著人們的注意力都在鋪子裡，她突然向鋪子裡跑去，邊跑邊喊：「我看到妳了！還不現形！」

她幾步跑到右側小門，背對著人群，飛快地將剛才準備好的薑黃紙抖開，在空中作勢一撲，再轉過身來面對人群時，瀟箬的懷裡就虛虛摟著一團黃紙。

這套操作看得人們一愣一愣的，不知道這個看起來柔弱的俏姑娘這是在演哪齣。

瀟箬走到供桌旁，將懷裡的薑黃紙扔在地上，黃紙離開外力鉗制，緩緩舒展開來，恢復成薄薄一片。

「諸位，女鬼已經抓到了！」瀟箬面對人群，朗聲道。

聽她這麼說，人們紛紛伸脖子去看地上的黃紙，左看又看，沒看出什麼女鬼的痕跡。

「姑娘，妳唬誰呢，這不就是一張黃紙嘛！」人群裡有人大聲喊道。

引得身邊人紛紛附和。

「就是啊，啥都沒有！」

「一張紙就是女鬼啦？」

氣氛烘托到這兒，就是這齣戲的高潮時刻，瀟箬一扭身抓住供桌上的水碗，嘩啦一聲悉數潑灑在薑黃紙上。

只見薑黃紙立刻吸飽水分，越加平整地黏在地上，同時黃紙上緩緩浮現出血紅的圖案。那曲線，那姿態，赫然就是一團女人的血紅影子！

「媽呀！」人群中爆發出一陣驚恐的喊聲，本來聚攏的人牆同時往後退了兩步，每人都想離地上的血鬼影遠一些。

此刻的人們心中都是又害怕，又不想離去。

光天化日之下捉鬼啊！人生有幾次機會能看到這樣的場面？

「諸位莫怕！」瀟箬大聲喊道：「有大師和真人在，就讓我們共同見證厲鬼的消散！」

她這句話就是暗號，二僧二道聞聲齊齊來到供桌前。僧人面對血影盤腿而坐，以右手覆於右膝，指頭觸地，行降魔印。

道士用劍指向黃紙，大聲呼喝。「道法自然，乾坤無極，敕！」

隨著四人的動作，瀟箬藏在袖子裡的手指微微彎曲，朝被水浸透的薑黃紙一勾。

地上的黃紙瞬間被平地而起的一團赤金色火焰包裹，轉瞬間變成了一陣青煙。

一切發生在電光石火之間，這下不只圍觀的人群呆住，連二僧二道四人都愣住了。

剛才是佛祖和祖師爺顯靈了？

四人心中同時自問。

「多謝大師和真人們幫助，將我店鋪裡的厲鬼燒得神魂俱滅！」瀟箬故意大聲喊道。

清脆的聲音打破人群的寂靜，呆愣的眾人像是突然回魂，敬佩聲、讚揚聲、感嘆聲四處響起。

「那兩個僧人是金臺寺的吧？不愧是我們盈州最有名的寺廟！」

「那兩個真人是哪裡的？這麼厲害莫不是神仙降世？」

「剛才那團火是不是就是傳說的三昧真火啊？這也太厲害了！」

熱烈的議論聲裡，瀟箬在心中給自己點了個讚。

計劃通！從此東市再無鬼鋪面，只有信立冬蟲夏草專賣店！

第四十二章

解決人們心中對鋪子的恐懼，瀟箬打鐵趁熱，按風俗挑了開業的日子。

三日後的初八，正是良辰吉日。

之前的捉鬼讓瀟箬在東市聲名大噪，人人都知道富貴樓北邊那間鬼鋪面的新主人是個膽量驚人的漂亮姑娘。

開業當天，除了仍要上學的瀟昭，和脫不開身的林荀，瀟家其他人全來新鋪子裡幫忙。

「開業大酬賓！開業大酬賓啦！信立冬蟲夏草專賣店開業前三天，所有進店參與活動的客人都有小禮物，加入會員的客人儲一百送二十！」

門口站著的兩個小童賣力地喊著。他倆是瀟箬雇來的廣告小喇叭，賣力喊上三天就給二兩銀子。

本只是來看熱鬧的人們被小童的廣告詞勾起好奇心。

什麼是會員啊？什麼叫儲一百送二十？

這些套路盈都的人們聞所未聞，加上說進店的人都能有小禮物，陸陸續續就有人鼓起勇氣走進鋪子。

「歡迎光臨！」瀟箬對進門的人揚起熱情的笑容，抓緊機會介紹起開業活動。

「各位貴客，信立冬蟲夏草在盈都新開業，這三天只要來小店登記姓名，再喊三聲『信立冬蟲夏草，強身健體，滋補聖品』，就可以獲得免費的小禮物哦！」

她身後五尺長的木桌上堆放著各種或寫、或刻有「信立冬蟲夏草」六字的禮物，大多是扇子、木碗、木梳等實用的物件。

王大探頭看了看木桌上的東西，有點心動。

他是王家的僕人，負責每日去富貴樓給少爺買杏仁片，今天路過聽到有免費的禮物，才進來瞅瞅。

「這些都免費給嗎？」他忍不住問道。

重點是免費，買杏仁片都是記帳，月底一次性找管家結帳的，他可沒有現錢買其他的東西。

瀟箬笑得燦爛，肯定地點頭道：「只要參加活動，這些小禮物裡就能挑一樣帶走。」

「那好，我來！」王大拍拍胸脯，要做第一個吃螃蟹的人。

他看中桌上的木梳，王家廚娘的女兒小月兒前幾天說梳子斷了，他正好可以拿去送她，沒準兒小月兒一高興，就答應和他好呢！

王大在鄭冬陽處登記好姓名，便按瀟箬的指引面朝大門口，深吸一口氣後大聲喊道：「信立冬蟲夏草，強身健體，滋補聖品！」

他平日幹的跑腿活計，肺活量十分大，這三聲喊得驚天動地，甚至蓋過了門口兩個小童的宣傳聲，在街上傳得老遠。

三聲喊完，王大看到瀟箬點點頭，示意他可以挑選禮品。

「我要那梳子！」

客人指定了禮物，瀟嫋就拿起木梳遞給王大。

看真有人喊了幾句話，不用付錢就拿到東西，剩下的原本半信半疑的人也爭先恐後地要參加活動。

「我要扇子！」

「我喊完了，我要木碗！」

商從雲從表姑家回來，剛到富貴樓附近就聽到一直有不同的人在大聲呼喊，敲敲轎壁，隨行在側的小廝立刻貼近轎窗。

「去，看看何事喧譁。」

小廝領命，立刻小跑去前方打探消息。

不一會兒小廝就弄清楚了情況，跑回轎子旁，恭敬地說道：「少爺，旁邊有家新鋪子開業，說喊三聲就給禮物。」

這倒稀奇。商從雲從未聽過有哪家鋪子會這樣做生意。

「走，我們也去看看。」

轎伕領命，腳底一轉方向，抬著少爺往聲音來處走去。

到了鋪子前，轎伕矮身掀開轎簾，伺候商從雲下了轎。

新店鋪前圍著不少人在看熱鬧，形成了人牆，擋住商從雲的視野。

小廝機靈，立刻邊撥開人群邊喊：「讓讓！讓讓！」努力了好一會兒，才將人牆弄出個缺口，讓自家少爺進去。

站在大門口，商從雲先是仰頭看了眼牌匾。

信立冬蟲夏草……專賣店？沒聽說過。

他邁步進入店鋪中四處觀看，看到四周的櫃架陳列著一個個紅木托，每個木托上都有個流光溢彩的瓶子，瓶子裡是一根半蟲半草的東西。

從未見過這樣的東西，商從雲忍不住貼近觀察起來。

「這位客官，咱們店新開業，這三天只要來小店登記姓名，再喊三聲『信立冬蟲夏草，強身健體，滋陰補陽』，就可以獲得免費的小禮物。」

見這位青年沒去活動區，被瀟箬交代過的岑老頭熱切地上前介紹起活動。

被身後突然出現的聲音打斷觀察，商從雲嚇了一跳，立刻站直身子輕咳一聲緩解尷尬。

小廝從小跟著商從雲，馬上機靈地說道：「我家少爺不要免費的禮物，免費的能有什麼好東西。」

馬屁拍得又響又準，商少爺心中一陣舒暢。

聽小廝這樣說，岑老頭不僅不生氣，還有點兒高興。看來眼前的青年是個有錢的主！

他立刻搬出另一個活動。「那咱們店還有儲一百送二十的活動，儲一百兩送二十兩的額度，儲值完就是我們尊貴的會員了！」

一百兩！商從雲心中一驚，他從表姑家打一次秋風也不過三百兩。

「就這個東西要一百兩？」他指著櫃架上的冬蟲夏草，聲音都有些顫抖。

岑老頭笑咪咪地搖了搖頭，說道：「不，這邊琉璃瓶中的都是特級品，只展示、不銷售，要購買額到一定數量才有資格換購。」

還有人擺出來的東西只給看不賣的？商從雲覺得自己今天看到的、聽到的都在一遍遍刷新他的認知。

抓住每一個客人是瀟箬給他們培訓時強調的原則，岑老頭覺得面前的有錢青年沒準兒就是個潛在客戶，他得抓住機會！

「我們家冬蟲夏草有上品和上上品，上品一百兩一枚，上上品八百兩一枚，今天活動，儲一百送二十，並且即儲即用，等於儲值完再買上品冬蟲夏草就打八三折呢！」

越說越賣力，岑老頭滔滔不絕起來。「而且我們是儲得多、送得多，儲兩百是四十，要是您一口氣儲一千，不就等於送您兩百，划算得很！」

感覺面前老頭嘴裡的錢彷彿不是錢，誰會為這種半蟲半草的奇怪玩意兒花一千兩銀子啊！

商從雲忍不住問道：「你說的冬蟲夏草……有什麼用？」

岑老頭這才一拍腦袋，嘿！推銷活動上頭了，忘了先介紹產品。他嘿嘿一笑。「這優惠太大，把老頭子我都弄激動了。

「冬蟲夏草是一味珍貴的滋補藥材，能補腎益肺，止血化痰，還能夠緩解肺虛導致的久咳虛喘。」

說著說著，岑老頭把視線飄向商從雲的重點部位，壓低嗓音道：「冬蟲夏草還特別的滋陰補陽，對那個特別有幫助。」

老頭子的重音很有技巧地放在關鍵字上，加上他壓低的嗓音，商從雲立刻領悟。

「老頭你莫要唬我……」商從雲也忍不住壓低嗓音道。

岑老頭一擺手，滿臉的誠懇道：「我唬你做甚？我們這是專賣店，鋪子都是花大價錢過了契的，要是哄騙人的話，這生意還做不做了？」

他這話說得在理，商從雲清楚東市商鋪的價格，知道沒點實力的人根本就租不起，更別提買下過契。

再偏頭看一眼剔透琉璃瓶中被仔細保管的奇特藥材，商從雲咬著後槽牙，說道：「我儲一百！」

「哎好，您這邊登記！」岑老頭笑得見牙不見眼，這可是鋪子裡的第一位會員，是他開張的！

岑老頭喜孜孜地帶著商從雲到鄭冬陽這邊，得意地說道：「太禮，這位客人要加會員。」

鄭冬陽記了一天名字全是參加免費活動，這是第一個要登記會員的客人，不由也有點激動。

他熱情地說：「您貴姓？我給您登記好會員檔案，方便您以後參加我們的活動，咱們家尊貴的會員以後都是有優惠的。」

「尊貴的」三個字戳中商從雲的爽點，他難得捺著性子，把自己的姓名、住所都報給鄭冬陽，等檔案建成，從鄭冬陽手中接過刻著「信立冬蟲夏草會員證」的小木牌。

從懷裡掏出熱呼呼的三張百兩銀票時，商從雲還是有點肉痛的，不過想想花一百兩或許能換得更多的一百兩時，他又覺得沒有那麼難受了。

「儲一百！」他將一張銀票拍在櫃檯上。

鄭冬陽接過銀票，在會員冊上寫下商從雲的儲值金額。

「您現在餘額一百二十兩。」

商從雲點點頭，說：「給我拿一根上品冬蟲夏草。」

岑老頭馬上從小倉庫拿出一根冬蟲夏草包好遞給他，鄭冬陽隨後在會員冊商從雲名下提筆減去一百兩。

「您現在餘額二十兩。」

接過油紙包，商從雲一陣無語。

一百兩的貨物就拿油紙隨便包一包嗎？也太沒價值了吧?!

腹誹歸腹誹，他眼下有更重要的事情要辦。

商從雲把油紙包揣進懷裡，領著小廝再次擠過人牆，氣喘吁吁地回到轎子上。

「掉頭！回表姑家！」

轎伕們和小廝不敢質疑少爺的決定，重新扛起轎子，往來時的方向走去。

一刻鐘後，轎子四平八穩地落在一戶宅子門前。

宅子院牆高深，正中是八尺餘寬的對開紅漆木門，門上左右各釘著兩個厚重的黃銅環，昭示著這間宅子的主人非富即貴，家底殷實。

商從雲下轎後急忙去拍打銅環，黃銅環叩在大門上發出咚咚咚沈重的響聲。

門應聲而開，開門的僕役看到商從雲，驚訝地說道：「表少爺，您怎麼回來了？」

一把推開開門僕役，商從雲邁步進了宅子，往姑姑的房間疾行。

快到主房，他才放慢腳步，調整呼吸，儘量使自己恢復成平日翩翩公子的氣質。

「表姑。」離房屋兩步開外，他站定，拱手朗聲喊道。

幾秒鐘後主屋內走出一個尚算清秀的婢女，朝商從雲屈膝行禮後說：「表少爺請進。」

跟在婢女身後目不斜視地進了主屋，商從雲靠牆垂手站定，安靜地等待著。

他的表姑最講究禮節，要是失了禮數，他別想以後再從表姑這裡得到半文銅板。

過了片刻，一個曼妙身影從屏風後的內室走出來。

「從雲怎麼又回來了？可是落了什麼東西？」聲音溫婉輕盈，聽者只覺清風拂面。

商從雲這才抬起頭來，拱手行禮道：「從雲見過表姑。」

他面前的女人身穿一襲清雅的素綠色琵琶襟長裙，披著流雲銀絲雲肩，手執一把翠邊摺扇，一派風雅之意，唯有髮髻上的步搖是一抹鮮紅，像未開的花蕾，增添了別樣的風情。

商綠竹細白的手指了指凳子，示意表姪子坐下說話。

恭恭敬敬道了謝，做足了禮數，商從雲才坐到凳子上。

「表姑，我方才在回家路上，看到了個稀罕東西，想著表姑或許用得上，就趕緊買下，回來孝敬您。」

一番話說得情真意摯，滿是孺慕之情。

「哦？什麼東西讓你等不到明天，辛苦跑這一趟，讓下人送來也是一樣的。」商綠竹臉上泛起淺淺的微笑。

她最愛聽這個表姪說這些孝順話，雖然自己也才桃李年華，但是作為長輩，就該被晚輩記掛尊敬，這才算是規矩。

商從雲把一路貼身揣著的油紙包掏出來，放在桌面上。油紙包還帶著他的體溫，彷彿在大聲吶喊他的孝順。

商綠竹滿意地點了點頭，東西是什麼不重要，重要的是商從雲的這個舉動。貼身小心護著給她送來，這得多仔細啊，看來平日她沒白疼這個表姪子。

她皓腕輕轉，扇子拍了下油紙包，示意商從雲打開。

但當紅繩解下，油紙攤開，露出裡面的東西後，她臉上溫柔慈愛的表情瞬間崩塌。

「這，不是冬蟲夏草嗎?!」

商從雲驚訝道：「表姑認識此物？」

「怎麼不認識？」商綠竹的聲音裡帶著嫌惡，聽起來頗有幾分猙獰。「文麗春那個賤騷蹄子前幾年不就是靠這東西獨得老爺的寵愛！」

話中嫉妒之意明晃晃。

商從雲額頭上冷汗直冒。

他從自家娘親口中得知自己這個表姑從未成親，只是給一個有錢的老爺做外室，連個妾的名分都沒有。

雖然他從沒見過這個神秘的老爺，但是從這幾年的情況看來，這老爺可不只他表姑一個紅顏。

只怕表姑口中的文麗春便是不知幾個紅顏中的一人。

忍了又忍，商綠竹才強行克制住自己不在表姪子面前失態，她皺起精心描畫的黛眉，問道：「你從哪兒得到這東西？」

商從雲不敢伸手去擦額上的汗水，低頭拱手道：「是東市一家新開的鋪子，叫信立冬蟲夏草專賣店，店中所售皆是這種藥材。」

「新開的鋪子？」商綠竹挑眉。「專賣店是什麼意思？專門賣冬蟲夏草？」

「想來正是如此，我今日在這家店中沒有看到其他東西在販售。」商從雲頭埋得更低。

「嗤。」

面前的人發出一聲輕笑，商從雲都懷疑自己是不是產生了錯覺，怎麼聽到表姑在笑？

「從雲怎麼這麼多汗？熱到了？」

隨著這聲溫柔的關切詢問，一張角落繡著綠菊花的帕子遞到他眼皮底下。

「愣著幹麼？擦擦汗呀，小心別受了風寒。」商綠竹的聲音飽含關愛。

戰戰兢兢接過帕子，商從雲這才抬起臉，邊擦額頭上的冷汗、邊偷偷觀察。

只見剛才還氣得咬牙切齒的商綠竹，此刻又是一副溫柔表情。

「表姑……」商從雲深怕自己把她氣出了好歹，莫不是表姑發了癔症？

商綠竹看著沒比自己小多少的表姪子，慈愛說道：「從雲買冬蟲夏草花了不少錢吧？零用還夠嗎？」

她招手吩咐婢女。「去，給表少爺再拿五百兩銀子來。」

婢女應聲出門，直到拿著一疊銀票回來，放在商從雲手裡，他才有了一點切實的欣喜。

「表姑不怪我？」剛才的一切彷彿幻象，商從雲還有點恍惚。

商綠竹以扇遮面，笑彎了眉眼。「怪你什麼？我的好姪子孝敬我，幫了我大忙，我有什麼好怪你的？」

糊裡糊塗地從表姑家出來，商從雲還是滿腦袋霧水。

摸了摸新得的五百兩銀子，他又重新快活起來。表姑反覆無常關他什麼事呢？反正有錢拿就行！

這廂商綠竹打發走表姪，就趕緊吩咐貼身婢女。「妳馬上去表少爺說的那家鋪子，看看是不是真的出售這種冬蟲夏草。」

婢女屈膝行禮道了聲好，便要出門。

「等等！」商綠竹瞇著眼睛，輕搖著扇子道：「去帳房多支點銀子帶上，真有冬蟲夏草出售，給我挑好的買。」

婢女再次應是，恭敬地退出門去。

翠邊摺扇搖動帶出陣陣香氣，嗅聞著香氣的商綠竹身心愉悅。

她倒要看看文麗春這小賤人以後還能拿什麼和她比，占了老爺四年的寵愛也沒生個屁出來，等她也給老爺獻上冬蟲夏草，多多地磨一磨老爺，沒準兒自己就是能生下嫡子的那個！

心中暢快地想著自己以後成為大房的美好日子，商綠竹覺得平日看膩了的院中景色都越發宜人起來。

正沈醉在自己的幻想中不可自拔，婢女怯怯的聲音喚醒了她。

「夫人，冬蟲夏草買回來了。」

「哦？如此之快？拿來我看看。」

婢女雙手捧著和商從雲帶來的一模一樣的油紙包，遞到商綠竹面前。
打開紙包一看，果然是一根冬蟲夏草，不過比商從雲帶來的要肥大一圈。
商綠竹蹙著柳眉，不滿地道：「怎麼就買了一根，不是讓妳多支些銀子嗎？」
聲音輕柔，卻聽得婢女心中一驚，趕緊跪下解釋。
「奴婢支了一千兩，店家說這是上上品的冬蟲夏草，需要八百兩一根。不過奴婢儲了會員，店家說咱們會員帳戶裡還有四百兩銀子。」
商綠竹對這些算來算去的數字最不感興趣，她只要討了老爺歡心，多少銀子拿不到。
捏起桌上的冬蟲夏草對著太陽照著，她隨意地吩咐道：「妳再去支銀子就是了，拿這個月宅子裡一半的錢去，儲那個什麼會員，先買個十根再說。
「對了，妳再問問店家，這冬蟲夏草怎麼服用，對那方面的效果最好。」
半個月的用度就是三萬兩銀子，婢女領到這麼多錢心中很是害怕，央求了護院和她一起去信立冬蟲夏草專賣店。
兩人再到店中，已是中午休息時間。
瀟家四人今天忙壞了，瀟箬特地犒勞大家，直接叫了富貴樓的飯菜到店裡吃。
富貴樓不愧是東市有名的酒樓，飯菜好吃得幾人覺得自己的舌頭都要化了。
「不過還是比阿荀小子的手藝，差上那麼一點點！」岑老頭拇指和食指捏在一起，留出幾乎看不見的一條縫隙。

他可得維護瀟家專用大廚的顏面。

從這條瞇著眼睛都看不清的縫隙裡，岑老頭看到一張熟悉的臉。

他立刻放下筷子迎上去。「姑娘，妳是還要再買點冬蟲夏草嗎？」

岑老頭一眼就認出來這是早上第二個儲會員的人，一口氣儲了一千兩鉅款。

婢女左右觀看，確定身邊環境安全後，才低聲道：「我家夫人讓我再來儲些銀子。」

聲音之小，唯恐被人聽出她身懷鉅款，上來一把搶了去。

岑老頭耳朵已經不太好使，一時沒聽清，重複問道：「妳說什麼？」

還是瀟嫋耳朵靈敏，大聲轉述道：「這位姊姊說她來儲錢！」

瀟嫋脆生生的嗓子還挺大，嚇得婢女往護衛身邊緊緊貼去。

「哦哦哦，儲會員呀，歡迎歡迎！」岑老頭老臉樂開了花，趕緊招呼鄭冬陽幹活了。

「太禮，交給你了。」

鄭冬陽斯文地拿帕子擦了嘴巴上的油，才移步掌櫃檯拿起狼毫，攤開會員冊問道：「姑娘這次要儲多少？」

「三萬兩。」

「什麼?!」鄭冬陽幾乎不相信自己的耳朵，重複問道：「多少？」

「三萬兩！」侍女壓著嗓子，幾乎是貼著掌櫃檯，從袖籠裡掏出厚厚一疊銀票，塞到鄭冬陽手裡。

交出去銀票，她才像把燙手山芋送出去一樣，舒了一口氣。

瀟箬也聽到婢女的話，放下筷子走進掌櫃檯，從有些呆愣的鄭冬陽手裡接過那疊銀票，她點鈔機一般清點起來。

一百兩一張的銀票，蓋著惠安錢莊的紅印，整整三百張。

點了兩遍都沒有差錯，她臉上掛著熱情的笑容道：「金額沒錯，阿爺給客人記上吧。」

鄭冬陽趕緊在冊子上寫下金額，同時低聲唸道：「商綠竹，儲三萬兩，贈六千兩。餘下金額共計三萬六千四百兩。」

看著他在自家夫人名字下寫好了一串字，婢女接著道：「我家夫人還要十根上上品冬蟲夏草。」

儲完錢就消費，還有比這更優質的客戶嗎？

瀟箬親自去小倉庫取出十根肥碩的上上品冬蟲夏草，用油紙包好。

「這是您要的十根上上品冬蟲夏草，共計八千兩，您帳戶餘額還有二萬八千四百兩。」

婢女心中算了半天，才覺得應該沒有錯。

瀟箬遞上冬蟲夏草，笑得更甜美。這麼大的客戶，就應該牢牢抓住。

她熱情道：「姑娘，以後您家夫人再要冬蟲夏草，只要派人來喊一聲就行，我們對於尊貴的大客戶，提供送貨上門服務。」

婢女本就膽小，聽到自己以後可以不用拿著這麼貴重的東西來回於街道上，她立刻高興起來，屈膝行禮，道了一聲好。

婢女又詳細問了冬蟲夏草的吃法後，在護院的保護下，回到宅院中，將商綠竹要的冬蟲夏草呈給她過目。

十根明黃飽滿的冬蟲夏草在陽光下彷彿鍍金一般，看著就很是珍貴。

商綠竹滿意地點頭，囑咐婢女明日按照岑老頭說的方法，將冬蟲夏草和羊肉一同燉煮，做成一鍋濃濃的溫陽補腎湯。

明日正好是老爺到她這兒的日子，她可要好好的表現一番。

第四十三章

翌日，商綠竹早早就換上老爺最愛她穿的綠裙，描黛眉、點朱唇，那把翠邊摺扇更是在酥骨香上熏了整天，現在只要輕輕搖動，就能拂出一陣撩人的幽香。

直到傍晚，天色漸暗，大門上的黃銅環才叩出聲響。

商綠竹像隻歡快的小鳥，迎到門口，果然看到自己朝思暮想的人，戴著帷帽出現在暮色裡。

「應郎～～」商綠竹柳腰一歪，就要往門口的人身上靠去。

來人摘下帷帽，隨手往後一拋，藏在暗處的影衛不知從何處閃出，伸出手接住帽子，隨後又消失無蹤。

商綠竹被這個動作迷得神魂顛倒，她仰起小臉，看著面前人纖長的眉眼，癡迷地道：「綠竹好想應郎～～」

隋應泰最近特別好清高小娘子為自己變得放浪這一口，他蒼白修長的手指沿著商綠竹秀美的臉蛋線條描畫著。

「我也想我的小綠竹……讓我來看看今天小綠竹又給我準備了什麼驚喜？」

摟著纖不盈握的柳腰，嗅聞著勾人的幽香，兩人膩膩歪歪地往房間裡走去。

房內早就準備好一桌美味佳餚。

伺候心上人坐下，商綠竹親手舀了一碗冬蟲夏草羊肉湯餵到隋應泰嘴邊。

「應郎，這是我特地為你煲的湯，你嚐嚐。」

隋應泰垂下眼皮看了一眼湯碗，又抬頭看著好似無骨，一個勁地往他身上貼的佳人。明白他規矩的商綠竹拿起一個銀勺，自己先喝了一口湯。

看銀勺沒有變色，商綠竹也面色如常，隋應泰才張開薄唇，由佳人伺候著喝湯吃肉。

嘴裡傳來熟悉的味道，他這才注意到湯裡一截截的條狀物特別眼熟。

「冬蟲夏草？」他挑眉問道。

商綠竹抿著朱唇，軟軟嬌嗔。「應郎可算發現了，我還以為你只記得文麗春給你找冬蟲夏草的事情，沒發現我也找著冬蟲夏草呢。」

看著面前佳人撒嬌撒癡的模樣，隋應泰又想起她平日最講究禮節的端莊樣子，好似一塊潔白綢緞被他抓揉潑墨，讓他心肝脾肺都癢癢起來。

一把握住商綠竹潔白纖細的手腕往自己懷裡帶，隋應泰薄唇勾起風流笑容。

「文麗春哪裡比得上綠竹得我心……」說著就往朱唇湊去。

婢女們識趣地退到屋外，關上門窗，任由屋內燭光綽綽，鸞鳳通宵。

之後幾天隋應泰破例都宿在此處，也不知是冬蟲夏草羊肉的功效，還是佳人風情，他竟然連續幾天都覺得雄風頗盛。

直到影衛從陰影處閃出，附在他耳邊說了幾句話，他才皺著眉頭離開商綠竹的宅子。依依不捨地送別情郎，商綠竹嬌滴滴地說道：「應郎，你不在我都不知道要幹麼了。不如我去找麗春姊姊玩好不好？」

隋應泰這幾年已經有些膩味文麗春這類豔麗張揚型，索性擺手隨便商綠竹去折騰。得了允許的商綠竹就好似有尚方寶劍在手，得意洋洋地帶著隋應泰指派給她的護衛，去了文麗春的宅子好好折騰了幾次。

出了心中惡氣，情郎又要好一陣子不來，百無聊賴的她又想起了冬蟲夏草。

「上次的十根冬蟲夏草用完了吧？讓店家再送點來。」

閒著也是閒著，正好也讓她見見賣這種好東西的老闆是何模樣，聽說可是個漂亮姑娘。傳話的活計無須貼身婢女親自去，隨便派了個雜役就能辦成。

接到目前店裡最大會員的訂貨通知，瀟箬立刻把店中的事務都交給鄭冬陽和岑老頭，自己帶上十根上上品冬蟲夏草，跟著雜役來到商綠竹的宅子。

「妳是信立冬蟲夏草專賣店的掌櫃的？」商綠竹打量著眼前提著紙包的姑娘。杏眼柳眉，杏臉桃腮，身段窈窕，果然是個漂亮的姑娘。

商綠竹心中莫名不舒服起來，語氣中不自覺帶上了強硬。「女子拋頭露面做生意，挺少見的。」

瀟箬面上笑容不減，回道：「自然不是每個女子都能有綠竹夫人這樣的福氣，豪門大院身嬌玉貴地養著，不需要為了生計奔波。」

一口氣要十根上上品冬蟲夏草，還讓婢女特地問冬蟲夏草怎麼做才能最大程度的壯陽，一看就是深閨怨婦。

商綠竹完全沒聽懂瀟箬話中的深意，反而聽了後渾身舒坦，臉上有了笑模樣，覺得面前姑娘很會說話。

瞧瞧她怎麼說來著？說自己被應郎身嬌玉貴地將養著……商綠竹心中甜滋滋的。

她指著旁邊的楠木椅道：「坐下說話。聽說你們信立冬蟲夏草是欽州最出名的藥材？我還未出過盈州呢，妳給我說說在欽州你們冬蟲夏草是怎麼個出名法？」

瀟箬落落大方地坐下，畢竟面前的是自己目前最大的衣食父母，她還是要儘量讓客人舒心的。

「我們信立冬蟲夏草說起來和盈州也有些淵源，最早是盈州的麗春夫人來我們欽州醫藥商會求藥……」

話沒說完，商綠竹搖扇子的動作一頓，打斷了她。「麗春夫人？全名叫什麼？」

他們一直只喊麗春夫人，瀟箬還從未去記她的全名，仔細回憶一番，才想起來悅來客棧的夥計似乎說過麗春夫人姓文。

「好像是叫文麗春，綠竹夫人認得她？」

「哼！」商綠竹不屑地仰起下巴，下垂的眼皮裡滿是厭惡。「她也配稱夫人？不過是個四處鑽營的賤蹄子！」

當初就是她會鑽營，抓住應郎的病症，從神醫那裡得到冬蟲夏草的消息，又跑到欽州去真帶回了藥材，才會在這三、四年裡占了應郎那麼多時間。

看商綠竹秀麗的面龐有些扭曲，瀟箬不解問道：「綠竹夫人確定認識的那人，就是我說的麗春夫人？」

盈州那麼大，重名也不奇怪吧？

商綠竹有些暴躁地搖著扇子，搧出陣陣急風。

「還能有幾個文麗春，她身邊是不是總帶著個塗脂抹粉的僕人，還有個替她提鳥籠的少年？」

想到那個撲簌簌掉粉的油面泥人，瀟箬點頭，果然她倆說的是同一個人。

商綠竹不屑地說道：「那個提鳥籠的少年，還是她仗著應郎寵愛，從應郎那裡硬是討要去的。」

「討要？」瀟箬有點奇怪，明明悅來客棧夥計說那個少年是麗春夫人的弟弟。

「可不是，聽說她一眼看到那個少年，就淚如雨下，說他和早夭的弟弟長得一模一樣，央求應郎把他賜給自己。應郎心腸好，看不得人哭，就賞給她了。」

商綠竹說著又擺出唾棄的表情。「誰知道像不像，左右都是她一人說的，沒準兒她就是看那個少年長得還算湊合，想養個面首罷了，虧得我應郎對她這麼好！」

顯然是被這個話題擾了興致，商綠竹又隨便問了點別的，沒兩句話後就讓婢女送客。

離開商綠竹住處，瀟箬皺著眉往鋪子走，邊走邊整理著腦中剛才獲取的訊息。

麗春夫人和綠竹夫人是情敵關係？

照綠竹夫人所言，提籠少年應該原本是在她們共同的男人手底下的。那他又是怎麼到那個應郎手上呢？

提籠少年既然不是麗春夫人的弟弟，那他家人又在何處？

他是不是林荀記憶中同樣被人牙子禍害的小孩？

訊息紛雜凌亂，瀟箬還沒有辦法把它們串起來，決定還是晚上到家和林荀一起理一理。

回到鋪子裡已是差不多打烊時間，冬蟲夏草專賣店不像其他賣吃食的，不需要營業到很晚，每到申時，鄭冬陽就將一天下來的營業額做個盤點記帳，其他三人收拾灑掃完便一起上門板回家。

鏢局的休息時間要到酉時，等林荀回來的這段時間，瀟家四人通常會先洗菜摘菜，將準備工作提前完成。

「阿姊，我來摘小白菜苗！」瀟嫋捋起袖子，小手接過一大盆翠綠的蔬菜，放在打滿水的木桶旁邊開始幹活。

瀟箬還要繼續去打水，便囑咐瀟嫋。「小心別弄濕了衣裳，晚上天涼。」

「哎好！」脆生生應了一句，瀟嫋就埋頭和滿滿一盆菜戰鬥起來。

現在住的小院沒有水井，他們一家人用水都需要去一條街以外的水渠裡打水。

家中用水大部分都是林荀提前打好裝滿水缸，可今日他出門匆忙，沒來得及補充新水，這會兒洗了菜的工夫，水缸已經見底。

提著快半人高的大木桶，瀟箬推門而出準備去補充水缸裡的水，才剛開院門就和邁步跳下馬車的瀟昭打了個照面。

「昭昭，今日下學這麼早？」

國子監平日下學時間也是酉時，不過相比鏢局，國子監和瀟家距離更遠，所以通常瀟昭到家都要將近戌時。

「阿姊，我來吧。」瀟昭一把接過瀟箬手裡的大木桶。

自從來了盈都，瀟昭就好像雨後的春筍，身高直長，這會兒已經比長姊還要高上大半個頭。

在瀟箬手上顯得巨大的木桶，到了他手上好像也沒那麼粗笨龐大。

「我來吧！你長身體不要提重物，我娘說這樣會長不高的。」柳停雲大跨步從瀟昭身後走到他身邊，搶過大木桶說道。

瀟箬這才注意到瀟昭今日不是一個人回來，也不是坐轎子。

「你是昭昭的同學嗎？」瀟箬不著痕跡地上下打量了一圈柳停雲。

她還從未見瀟昭和哪個同學或者朋友一起放學回家的，搞得她一度以為瀟昭在私塾被校園霸凌，很是緊張過一陣子。
後來才知道，她這學霸弟弟只是一心唯讀聖賢書，兩耳不聞窗外事，沒怎麼和別人有交集而已。
柳停雲對瀟箬笑道：「阿姊，我叫柳停雲，現在與瀟昭同窗。」
他生得俊俏，這一笑很有些風流書生的意味。
瀟昭皺著眉，想拿回木桶，但柳停雲的手就像鐵打的一樣，死死抓著桶把手，他根本無法拉動木桶分毫。
他有點生氣。
這個柳停雲今天一到國子監，看到他就兩眼發光，和先生說與自己相熟，要和自己坐隔壁桌。
而後又在先生講學時不停地問他問題，一會兒這句話聽不懂，一會兒那句話是不是有別樣理解，擾得他根本沒辦法專心聽講。
明明柳停雲自己才是欽州解元，怎麼還要向他這個第三名請教問題？
好不容易挨到下學，柳亭雲又拉著自己不放，一定要瀟昭坐他家的馬車回家，美其名曰順路。拗不過柳停雲，瀟昭只能搭了順風馬車，結果到了瀟家，柳停雲不僅不回自己家，還要下車跟著，更過分的是還叫上阿姊了。
什麼阿姊？誰是他的阿姊？長姊是自己和嫋嫋兩個人的阿姊，柳停雲他湊什麼熱鬧！

拿不動木桶，瀟昭氣鼓鼓地自顧自朝水渠走去。

這麼愛拿水桶你就拿個夠！

「哎昭昭……」瀟箬好久未見瀟昭這麼孩子氣的模樣，感覺這孩子都要氣成河豚了。柳停雲見好朋友轉身走了，立刻跟上去，還不忘回頭囑咐瀟箬。「阿姊，妳快回去吧，打水這種粗活就交給我們。」

「那行，柳同學今晚就留下來一起吃個便飯吧！」瀟箬雙手圍成喇叭狀，朝逐漸走遠的兩人喊道。

「好！」即使走遠，柳停雲也依然超大聲的回應。

等兩人打完水回來，林荀也回到家中，在他一番煎炒煮炸的操作後，滿桌飯菜飄香。多加了一人，本就局促的飯桌越發擁擠。

「柳同學，都是家常便飯，沒什麼好菜……」瀟箬有點兒不好意思，昭昭這小同學怪熱情的，自家這麼擠他也沒嫌棄。

柳停雲何止不嫌棄，要不是為了顧及讀書人的顏面，他幾乎要把筷子舞成劍了。

瀟昭家裡的飯菜也太好吃了吧！

簡簡單單的青菜，就放了點蒜末，怎麼就這麼香？還有這炸丸子，外酥內嫩，一口咬下去顆顆爆汁。普通的雞蛋餅在瀟家都是格外金黃誘人，他還能再吃一碗飯。

「阿姊，你們家的飯菜好好吃哦……」嘴巴裡塞得鼓鼓囊囊，柳停雲勉強抽出空來回答。

瀟昭挾菜的動作一頓，心中憤憤，又叫阿姊！

不過這飯桌上也只有他一人介意這個稱呼，和他立場相同的瀟嫋完全不在乎多一個人喊自己的長姊，反而覺得昭昭的同窗長得好看又有趣，撐著小臉蛋笑嘻嘻地看柳停雲大快朵頤。

「柳同學也是欽州人？」瀟箬作為雙胞胎的姊姊，自覺地在飯桌上扮演起母親的角色，和弟弟的好朋友搞好關係是很重要的。

吃了八分飽的柳停雲這才放慢速度，重新端起文人雅態，斯斯文文地放下筷子，回答道：「是的，我家在欽州桂平街黃平巷。」

「那挺好，你和昭昭既是同鄉，現在又是同學，以後要多互幫互助，共同進步。」瀟箬腦子裡飛快地搜索著以前在電視裡看的場景，學著電視裡的長輩姿態和崽崽同學說話。

柳停雲點頭道：「我和瀟昭分外投緣，這次我來盈州除了入學國子監，還有就是要參加曼煙樓的賞花大會，屆時九州的解元及出名的文人雅士都會齊聚一堂。」

他語氣中毫無炫耀之意，而是飽含真誠地說道：「我想邀請瀟昭與我一同去。」

剛才在馬車上，他就邀請了瀟昭好幾次，瀟昭不知為何就是不答應，這會兒當著瀟家長姊的面再提，他多少存了點希望瀟昭長姊能勸勸瀟昭的意思。

聽柳停雲這樣說，瀟箬意識到這個賞花大會肯定不只賞花那麼簡單，很可能是一個文人之間互相交流和認同的場所。

這種宴會就類似於重生前的上流高層聚會，不是同一階層的人根本不可能參與融入，但是一旦能有機會參加進去，就等於跨入了另一個世界。

瀟箬自然希望瀟昭能參加。

只是希望是一回事，能不能去又是另一回事。

「柳同學，既然是九州解元和名人的聚會，我們昭昭他未受主人邀請，只怕不合適去參加……」

柳停雲對瀟箬的顧忌毫不在意，說道：「實不相瞞，曼煙樓老闆是我舅父，只要昭昭願意，和我一起參加賞花大會完全沒有問題。」

原來這柳同學還是個關係戶！

瀟箬聞此言就放下心來，笑著給柳停雲舀了碗絲瓜湯。「那就麻煩柳同學多多照顧我們昭昭。」

飯桌上又和樂融融地吃飯挾菜，瀟昭無法反駁長姊的決定，一肚子氣只能憋著，用力地拿筷子戳碗裡雞蛋洩憤。

柳停雲你要不要臉？叫完阿姊叫昭昭，昭昭也是你叫的嗎！

而被他在肚子裡罵了三百回的柳停雲仍在繼續喝湯，絲瓜湯暖胃又鮮美，他只想再喝上三大碗。

表面上賓主盡歡的晚飯一直持續到明月高懸，家中沒有空餘的房間，瀟箬就沒有招呼柳停雲留宿。

在瀟昭熱切期盼的眼神中，柳停雲遺憾回家。

送走了客人，瀟家人一起收拾殘局。

瀟昭拿起抹布仔細擦著小飯桌，瀟箬端著盆接他撣下來的飯粒菜渣。

看著弟弟開始長開的線條，瀟箬道：「昭昭，你是不是不喜歡柳停雲？你要是不想和他往來，那咱們就不往來了。」

她能看出來剛才在飯桌上，瀟昭有點兒悶悶的，只是礙於禮貌，她沒有直接問。

沒想到長姊會突然這麼說，瀟昭擦桌子的手一頓，問道：「阿姊怎麼突然提這個？」

「我看你剛才好像不太高興。柳停雲是欽州首富柳家的人吧？剛才聽他報家門我才想起來。」瀟箬接過瀟昭手上的抹布，繼續抹桌子。

「有錢人家脾性不一定和我們相投，你要是覺得和他相處不舒服，那我們就當不認識他，那個賞花大會，咱們也不去了。」

她對柳停雲和善的前提，是柳停雲和瀟昭是朋友的定位，若是瀟昭為了自己高興而強顏歡笑硬交不喜歡的朋友，那就是本末倒置。

「阿姊……」瀟昭低著頭，眼睛熱熱的。「其實……柳停雲人也挺好的……我就是有點不習慣……」

從在欽州柳停雲為他解圍，到現在要帶他一同參加文人宴會，柳停雲為他做了很多，他當然都看在眼裡，要說沒有感動那是假的。

他只是不習慣被瀟家以外的人事事關心，為他籌謀……

「你覺得他好就行，去，把抹布洗了。」瀟箬擦完桌子，端起木盆去倒垃圾。

年幼失去父母對於瀟昭、瀟嫋還是有很大的影響，即使自己在這些年裡盡力想要彌補這段缺失，也終究不及爹娘對孩子的時刻教導和關愛。

瀟箬知道瀟昭不與人深交的性格並非天生，她希望有人能走進弟弟乾涸的內心世界，帶他去領略天地寬廣，人生無垠。

一家人同心協力，飯桌殘局不到一刻鐘就收拾完了，讓二老二少早些休息後，瀟箬才有時間和林荀說起白天得來的消息。

聽瀟箬說提籠少年有可能是被稱為應郎的男人轉送給文麗春的，林荀問道：「妳今日有見到那個應郎嗎？」

或許應郎就是他們能摸著的那條藤，順藤摸瓜，就能知道提籠少年的來歷，以及當時人牙子帶走的其他人的下落。

瀟箬搖搖頭說：「我看綠竹夫人的宅子雖然氣派奢華，地段卻冷清幽靜，像是特地避人所建，只怕商綠竹和文麗春一樣，都是那個應郎的牆外紅杏。」

能在盈都同時擁有數名美麗紅顏，並供給她們吃穿用度，出手闊綽到不可思議的地步，這個應郎非富即貴，實力不可小覷。

這樣的男人不是他們平頭老百姓想見就能見到的。

最後兩人商議後決定，由瀟箬繼續搭著綠竹夫人這條線，抓住機會就去她宅子裡，看看有沒有機會能見到這個應郎，一切後續的計劃等見到應郎後，再做打算。

日子如流水淌過，不知是不是那應郎沒有去商綠竹處，冬蟲夏草還未消耗的原因，那邊一直沒要瀟箬送貨上門。

雖然最大的會員沒有消費，信立冬蟲夏草專賣店的收入卻越來越豐厚，每日流水入帳能看得人心潮澎湃。

盈都最不缺的就是有錢人，八百兩一根的冬蟲夏草，在有錢人眼中算不上珍稀寶貝。即便不能像綠竹夫人的應郎那樣當飯菜材料吃，也能隔三差五地來消費個一、兩根，再不濟一百兩一根的上品冬蟲夏草總歸是消費得起。

信立冬蟲夏草已經成為盈都炙手可熱的滋補品。

曹氏藥鋪的曹掌櫃最近覺得特別糟心，今日是每月帳房來報當月收入的時間，每聽帳房報一個數字，他眉頭就皺緊一分。

「本月石蛙售出五百六十二隻，比上月少了二百三十隻。」

「本月鹿茸售出七斤六兩四錢，比上月少了十斤。」

「本月寒食散售出……」

越聽越煩，曹掌櫃索性讓帳房別唸了，直接報銀子總數。

帳房用唾沫將手指沾濕，翻到帳冊最後一頁，唸道：「本月收入白銀一萬三千二百兩，比上月少了八千兩。」

啪！曹掌櫃忍不住把手上的茶盞砸了個粉碎。「少了將近四成！」

他深吸幾口氣，才勉強壓制住心中的暴怒。「是不是因為東市新開的那家冬蟲夏草店?!」

帳房是跟了他幾十年的老先生，完全不懼怕他，依舊平靜地說道：「是的，我們藥鋪主營的是滋補品，那家鋪子賣的冬蟲夏草也是滋補品，很多客戶都放棄我們家的東西，去那邊買補品了。」

曹掌櫃之前只是聽旁人說信立冬蟲夏草的貨可能會影響他家的生意，但他對自己家幾十年經營的口碑很有自信，盈都哪個人不知道他曹氏藥鋪？

這個月的帳目一出來，他才清楚地意識到信立冬蟲夏草對自家的生意有多大的衝擊。

無意識地轉動念珠，曹掌櫃腦子轉得飛快。

不能這麼放任信立冬蟲夏草發展下去，這個月只是少了四成收入，下個月呢？下下個月呢？曹氏藥鋪又能在這樣的局面中撐多久？

不行，他不能這樣坐以待斃！

眼珠子一轉，曹掌櫃讓老帳房先下去，隨後招來最機靈的小廝，貼著耳朵吩咐了一番。

小廝邊聽邊點頭，等曹掌櫃說完計劃，他立刻去著手準備。

當天下午，曹氏小廝便在西市最魚龍混雜的地方找了三個小混混，要他們去東市的信立冬蟲夏草專賣店買一根上品冬蟲夏草。

等買到冬蟲夏草後，這三個小混混就來曹氏藥鋪領藥服用，服藥之後三人會腹痛如絞，屆時他們再去信立冬蟲夏草專賣店，一口咬定冬蟲夏草有毒即可。

「這……你說的藥丸不會有什麼問題吧？吃了只會肚子痛，不會有別的毛病吧？」其中一個小混混忍不住再次發問。

他只想賺點錢而已，可不想真的中毒。

曹氏小廝安撫道：「放心，我曹氏藥鋪這麼多年，用藥就沒錯過，那藥丸只會讓你們肚子疼，這也是為了更加逼真！等事情成了，我們掌櫃的少不了賞！」

想想曹氏藥鋪幾十年屹立不搖的聲望，三個小混混決定接下這單買賣。

第四十四章

今日是盈州北陸節，慶賀寒冬入末，未出閣的姑娘們都會穿紅戴綠，紛紛上街，意為引春。

北陸節當天還有花神遊街，扮演春神的人會與扮演冬神的人進行一場武鬥表演，招式華麗，精彩紛呈，每每都能贏得滿堂喝彩。

對這個盈州特有的節日，瀟嫋期盼了好多天，早早就央求瀟箬帶她買了粉嫩嬌俏的新衣服，好在北陸節裡和其他姑娘一起遊街引春。

看她如此期待，瀟箬很樂意帶她去湊湊熱鬧討個好彩頭，今天一早就由岑大夫陪著兩人一同在西市參加北陸集會，鋪子交給鄭冬陽和林荀看顧。

林荀平日在鏢局忙著帶鏢師，甚少來鋪子裡。今天正巧鏢局放假，店中又缺人，他主動來幫著理理貨，把下層賣空的箱子和上層有貨的箱子對調，好方便以後瀟箬他們取用。

三個小混混昨日每人收了曹氏小廝的十兩訂金，今天便拿著買藥錢去信立冬蟲夏草專賣店按計劃買藥。

「給我來一支上品冬蟲夏草！」三人一進鋪子就直奔掌櫃檯，掏出銀票啪的一聲拍在檯子上。

盈州大部分人都去參加集會，東市鋪子大多冷冷清清。

看有三個客人上門，鄭冬陽掛著笑容，熱情地道：「客人要不先看看我們鋪子裡的展示品？這都是特級的冬蟲夏草，現在只要儲會員，購買到一定數量就能兌換……」

不等他介紹完，領頭的混混不耐煩地吼道：「臭老頭，讓你拿上品冬蟲夏草你就給我去拿，囉囉嗦嗦的幹什麼！」

買冬蟲夏草的人不是達官顯貴就是他們的僕役，都是客客氣氣很有禮貌，第一次遇上這麼凶的客人，鄭冬陽被吼得一愣。

二混混看面前的白鬍子老頭竟然沒有第一時間按他老大說的話做，語氣不善地說道：「你耳朵聾了啊？我老大讓你拿東西你沒聽到啊?!」

前堂的吵嚷聲輕易透過小門，傳到正在小倉庫理貨的林荀耳中。

他眉頭一皺，大跨步走到鋪子前堂，就看到三個身穿布衣，流裡流氣的小子正對鄭冬陽吆五喝六。

「阿爺，需要幫忙嗎？」他站到鄭冬陽的身後，話雖是對鄭冬陽說的，如鷹般銳利的眼睛卻緊緊盯著櫃前的三個小混混。

他身形高大，凌厲的眉眼和衣衫都隱藏不住的肌肉像一座山一樣壓迫著三人，三個小混混立刻委頓下來，說話聲音都小了好幾度。

「我們就是想買根上品冬蟲夏草……」三混混弱弱說道。

「是……是呀，我們是客人，來買藥的……」大混混都不敢直視眼前人的臉，視線忽左忽右飄著。

林荀直直看著三人，大手從寫著上品冬蟲夏草的櫃子裡取出一根，用油紙包好遞過去。接過油紙包，三個混混不敢多說一句話，轉身逃出了鋪子。

鄭冬陽看著三人匆忙離去的背影，用筆桿子撓撓腦袋自言自語道：「這幾個人怎麼這麼奇怪……」

拿起櫃面上的銀票核對了金額和錢莊的紅印，確定沒問題後，他便入帳不再糾結，反正銀貨兩訖，客人再怎麼奇怪也不干他們的事。

一上午就做了這麼一筆生意，等到吃過午飯，瀟箬來到店鋪中。

「箬箬怎麼來了？下午不參加北陸集會了？」鄭冬陽樂呵呵地接過瀟箬帶來的節日小點心。「這兒有我和阿荀呢，妳放心去玩。」

「早上表演我都看完了，下午沒什麼好玩的，有老爺子陪著嫋嫋就夠了。」瀟箬翻開帳冊，看到今日新增加的一筆。「我還以為人們都去集會了，沒想到早上還能成交一筆。」

有進帳她就高興，杏眼彎彎地朝小倉庫喊道：「阿荀，別搬了，出來一起吃糕點，我買了北陸糕。」

「好。」林荀低沈的聲音從後面傳來，將最後一個箱子搬到高處後，他才來到前堂。

見他肩膀上蹭到一塊灰塵，瀟箬踮起腳幫他拍乾淨。「以後不用搬上搬下，我下回弄個登高梯來，取貨直接爬梯子就行，你難得休息還要幹這些……」

瞧瞧這大冷天都能出一層汗，瀟箬有點心疼。

「哎喲！哎喲！你們家藥有毒……」

隨著喊叫聲，門口連跌帶爬地進來的三個人，打斷鋪子裡三人吃點心的動作。

大混混臉色蒼白，滿臉冷汗，捂著肚子聲音嘶啞地嚷嚷道：「信立冬蟲夏草專賣店是間黑店！」

二混混和三混混也跟著嚷嚷。「出人命啦！冬蟲夏草要吃死人啦！哎喲，疼死我了！」

邊喊著邊在地上打滾，亂蹬的手腳碰倒桌椅，噼哩啪啦一陣摔打聲。

街上其他鋪子裡的人正閒著，聽到叫嚷聲都聚集過來。

看到人多起來，三個混混叫得更賣力。

「疼！疼死我了！」

「哎喲，太奶奶，沒想到今天我就要來見妳了！」

「冬蟲夏草……冬蟲夏草有毒啊！大家快來評理啊！」

瀟箬皺著眉看在地上翻滾喊叫的三人，偏頭悄聲問道：「這三人今天來買冬蟲夏草？」

她對人的記性一向很好，之前的所有客人她都能一眼認出，面前三人卻面生得很。

鄭冬陽一介書生，哪裡見過這場面，磕磕絆絆地回答道：「正、正是他們，早上買了根上品冬蟲夏草。」

林荀將兩人護在身後，防止亂踢亂滾的三人手腳不長眼，傷了瀟箬和鄭冬陽。

「是他們，早上我親手給他們打包的。」他沈聲道。

聽到兩人的話，地上的大混混更大聲的哀號起來。「鄉親們，你們聽啊，他們承認是他們冬蟲夏草吃壞人了！哎喲，哎喲，黑店啊！賣毒藥材！」

圍觀的人們見此也開始指指點點。

「不會吧？這冬蟲夏草真的有問題啊？」

「我昨天還給我相公買了一根！哎呀，我得趕緊回去看看！」

眼看輿論即將形成，瀟箬不得不上前朗聲道：「你說是吃我們冬蟲夏草吃出來的問題，可有什麼證據？」

每隔幾天她就會盤庫存，檢查有沒有冬蟲夏草變質發霉，瀟箬很確定冬蟲夏草絕對不會有品質問題。

這三人的腹痛肯定不是因為吃了冬蟲夏草造成的。

「妳還不承認?!」大混混顫抖著手從懷裡掏出一團東西，扔在門口。「你們看，這就是早上我買冬蟲夏草時留下的紙包！」

被攥揉成團的油紙慢慢攤開，果然是鋪子裡用來包冬蟲夏草的那種油紙。

二混混半佝僂著身子，手指戳向瀟箬，哭喊道：「妳害我們兄弟三人至此，不賠錢道歉，我們絕不善罷甘休！」

聽到賠錢道歉這個訴求，瀟箬更加肯定這三人絕不是因為吃了冬蟲夏草中毒，多半是想鬧事訛錢。

她冷哼一聲，垂眼看著地上還在捂著肚子叫疼的三人。「我信立冬蟲夏草行得正，坐得端，是我們的責任我們不會推脫，不是我們的鍋也別想往我們頭上扣！」

瀟箬從林荀身後走出，繞過地上三人，走到大門口，對著所有圍觀的人們說道：「還請各位做個見證，我們要報官！」

腹中絞痛難忍，情況還沒按照預計的發展，三人中膽子最小的三混混有點撐不住了，蠕動著靠近老大，壓著嗓子說：「大、大哥，她要報官，咱們怎麼辦啊……哎喲……」

「怕什麼！」大混混低聲呵斥。「咱們又不是裝的，確實肚子疼。」

他奮力搖搖晃晃地站起來，扶著牆壁對人群說道：「報官就報官！哎喲，正好讓官老爺也看看這家謀財害命的黑店！哎喲，疼……」

說著他又沿著牆壁滑倒在地，滿臉的痛苦。

「官家！官家來了！」

瞬間人群像摩西分海一樣向兩邊退去，一隊腰佩寶刀，身穿紅褐色鱗甲軍裝的士兵走向店鋪。

「何事報官？」士兵中有一道威嚴凌厲的聲音響起。

竟然來得這麼快！他們說報官才沒過幾分鐘而已！瀟箬對這個速度暗自咋舌。

大混混看到官兵，直接從地上彈起，又雙膝跪地，捂著肚子叫屈起來。

「官爺！官爺您可要為小民們作主啊！」

二混混和三混混也有樣學樣，跟著大哥一起喊叫。三道鬼哭狼嚎的聲音尖銳刺耳，聽得在場所有人直皺眉。

「肅靜！」一聲嚴呵響起，三個混混頓時像被掐住脖子的老鴨，悶不吭聲。

士兵隊伍後方走上來一名身穿紅鱗鎧甲，面戴銀色半遮面頭盔的將士，一看便是這隊士兵的頭領。

他面無表情地對地上三人道：「有冤說冤，不得喧譁吵鬧！」

「是是是！」三個混混立馬不敢再叫喊，三人都捂著肚子顫巍巍地站起來，低著頭道：「我們三人今日上午在信立冬蟲夏草專賣店買了藥，中午吃完後就腹痛難忍，定是她家冬蟲夏草有毒導致！」

聽完三人的敘述，將士抬頭看向鋪子裡，問道：「另一事主何在？」

瀟箬盈盈一拜，回道：「民女瀟箬，是信立冬蟲夏草的掌櫃。」

「瀟姑娘？」將士驚訝道：「怎麼是妳？」

怕瀟箬吃虧，林荀和鄭冬陽此時也從鋪子裡面走出來，站在瀟箬身邊。

「林荀兄弟？你也在！」將士的聲音帶著一絲激動。

見他們面露迷茫，將士睜大眼睛，微微壓著嗓音說道：「是我，我是武毅啊！」

瀟箬這才看出來在銀色半遮面頭盔下的臉，確實是有一面之緣的校尉武毅。

「原來是武校尉，小民眼拙，一時沒認出武校尉，還請見諒。」瀟箬又是盈盈一拜。

武毅擺擺手，表示不介意。「我公務在身，不能隨便摘頭盔，是我失禮。」

他眉目飛揚，燦爛的笑容被頭盔遮去大半。「而且我現在也不是校尉了……」

看來的士兵將領竟然與信立冬蟲夏草掌櫃相識，三個混混頓時心中大駭。

難道他們這是踢到了鐵板？事已至此，總不能改口說是自己弄錯了，況且曹氏答應事成之後還有每人一百兩的酬勞……

想到這裡，三人互相交換了個眼神，重新捂著肚子顫巍巍地磕起頭來。

「大人！青天大老爺！您可要為小民作主啊！」

「信立冬蟲夏草用藥謀財害命！青天大老爺明察！」

「疼死我了，疼死我了！」

三個人又在地上邊叫嚷、邊翻滾起來。

「放肆！」武毅握刀的手緊了緊，神色緊張地回頭向士兵隊伍後方望去。

最後方站著一名精神矍鑠的老者，身邊還有個微微彎腰，面色細白的中年人。

老者微微一頷首，武毅這才鬆了口氣，轉回頭來朝混混們和瀟箬、林荀說道：「我們自會秉公辦理，當街不可喧譁，還是進裡面說吧。」

「等等。」瀟箬上前一步，攔住要進鋪子的武毅。「武大人，我有辦法證明他們三人的病症與我信立冬蟲夏草無關。」

她站直身子，目光冷靜地掃視著人群，道：「也請各位看個清楚，到底是我信立冬蟲夏草的東西有問題，還是有人從中搞鬼，故意抹黑。」

瀟箬清亮的聲音順著冬日寒風傳入每個人的耳中，身形纖瘦的姑娘此刻彷彿春日河邊的細柳，看似柔弱，卻有蓬勃的生機與力量，讓人不禁想看著她。

「那就依姑娘所言，也好讓大家心服口服。」面色細白的中年人突然開口。

其他人並沒有覺得他的話能起什麼作用，人們的目光聚集在武毅身上，想看他是怎麼定奪。

沒想到武毅點點頭，完全同意中年人的話，還讓士兵散開圍成大圓形，將瀟箬、林荀、鄭冬陽、三個混混，以及他自己圍在圈中。

「瀟姑娘，請。」他朝瀟箬點了點頭，示意瀟箬可按照自己的想法放手去做。

瀟箬感激地朝中年人方向行了一禮，能路見不平出聲相助，她覺得這是個好漢。

「武大人，還請允許我去鋪子裡取一樣東西。」

武毅自然應允，士兵圈讓開缺口，不一會兒瀟箬手中就捏著幾片黃褐色的藥材切片回到原地。

將手上的藥材切片遞給武毅，瀟箬說道：「武大人，這是常山，具有湧吐痰涎，截瘧之功效。只要讓他們三人吃下常山片，我們就能知道他們腹痛難忍是不是冬蟲夏草導致。」

接過藥片，武毅放在鼻尖嗅聞，一股淡淡的藥材特有的苦香味傳來。

他將藥材切片平分給三個混混，命令道：「吃了。」

三個混混你看看我、我看看你，心中萬分不情願，但紅鱗軍甲的壓迫感使得他們不得不按武毅說的做。

常山苦澀辛辣的味道在嘴巴裡蔓延，沒嚼兩口，三人就忍不住反胃作嘔，嗚哇幾聲將胃裡的東西吐了個一乾二淨。

污黃穢物伴隨著刺鼻臭味，白面中年人連忙擋在老者身前，低頭恭敬地道：「聖……聖老爺，咱們還是去富貴樓裡休息，等事情完了武將軍自會稟報……」

老者揮揮手道：「無礙，你讓開。」

白面中年人應是後退到原位。

圍觀人群被噁心得忍不住後退一步，連武毅都忍不住皺眉微微側頭，唯有瀟箬和林荀神色如常，瀟箬甚至往三人面前靠近幾步，隨手拿了個木棍在他們吐出來的穢物裡翻找起來。

「果然如此。」得到想要的答案後，瀟箬站起身來，對武毅說道：「武大人，按照他們三人所言，是在中午吃了我家冬蟲夏草才導致腹痛難忍，可是人消化一餐飯食一般需要三至四個時辰。

「從午飯點到現在，還不到一個時辰，他們胃中就無半點冬蟲夏草的影子，可見他們中午並沒有食用冬蟲夏草。」

說完她用木棍指著地上幾顆破碎的黃色小圓粒。「武大人請看，這個是大戟類的果實，有點類似巴豆碾碎後的樣子，食用此物確實會導致腸胃絞痛、腹瀉，若是過量服用的還會有生命危險。」

三個混混的臉色隨著瀟箬的話越來越白，聽到最後一句，三混混號啕出聲。「我還不想死啊！不是說好了只會肚子疼嗎！嗚嗚嗚……我不想死啊！」

這等於是招認了三人誣告信立冬蟲夏草。

武毅一揮手，士兵立刻上前壓住三人，將他們的手反綁在身後。

「說！是誰指使你們這麼做！」

事情敗露至此，三個混混心知自己這回是偷雞不成蝕把米，即使從實招來，官家並不會因此輕罰他們。

與其認罪受罰，還不如拚一把，逃出去找曹氏多要點錢。只要出了盈州，天高海闊，哪裡不能讓他們兄弟三人安家？

三人倒是默契，大混混一個眼神，二混混和三混混都明白接下來該怎麼做。

「喝啊！」大混混一聲大喊，左胳膊一扭，生生將自己胳膊卸了下來，身體順勢一滾，從押著他的士兵手中掙脫。

二混混和三混混也如法炮製，以一隻胳膊為代價，獲得身體的自由。

三人掙脫開後，皆從懷中掏出寒光閃閃的匕首朝人群中揮去！

突逢變故，武毅幾乎膽喪心驚，怒吼一聲。「抓住逆賊！」

給士兵下令的同時，他抽出佩刀攔在老者和混混之間，唯恐三個混混會突然轉向。

比士兵和武毅更快的是林荀，幾乎在三個混混扭動胳膊的瞬間，他就察覺到不對，一步上前將瀟箬護在身後。

當混混們抽出匕首，他便猶如一隻在海面低空飛過的海燕，飛速掠向三人。

只見他右腳點地借力，左腳踢向大混混心口，左右同時各出一掌，猛擊二混混和三混混持刀的手。

三聲慘叫過後便是三聲金屬落地的叮噹聲，三個混混同時被擊落了武器。

不給三人重新撿起匕首的機會，林荀一個矮身掃堂腿，將他們齊齊面朝地面絆倒，三人腦袋瓜子重重磕在堅硬的地面上，當場便不省人事。

這一切發生得太快，彷彿電光石火之間。

「好身手！」老者一聲洪亮的叫好聲喚醒看呆的人們。

目睹一切的人群爆發出熱烈的掌聲。

「太厲害了，我都沒反應過來！」

「那是輕功嗎？我第一次看到人能跑得如此快！」

在人們的叫好聲裡，士兵們才有些訕訕地上前，將地上死狗一樣的三人捆了，押送到武毅面前等他處置。

厚實的盔甲裡滿是嚇出來的冷汗，武毅不敢想像如果這三人的武器傷到了老者……

他轉身就要朝老者下跪請罪，膝蓋還沒彎下去，細皮白面的中年人就上前一步，雙手托住武毅的胳膊。

「武將軍。」他只說了這三個字，垂著眼皮輕輕頷首。

武家世代護衛君側，對有些事情的分寸把握都有數，武毅自然也明白中年人的意思。

他重新站直身子，低聲道：「武毅明白，謝公……公爺。」

後退兩步，他轉身面對林荀拱手行禮。「林荀兄弟，多謝你又救了我一次，武毅沒齒難忘。」

林荀不知道這有什麼好謝的，他出手並不是為了武毅，而是這三個混混意圖誣陷信立冬蟲夏草，抹黑瀟箬，他不能讓他們就這樣逃脫制裁。

他也拱手回禮，然後指了指三個被士兵拖著上半身的人，說道：「希望武大人能依法判決，還我們個公道。」

武毅還沒回答，老者帶著中年人先開口允諾。「你們放心，惡人自有惡報，他們會得到應有的懲罰。」

老者矩步方行，不疾不徐地幾步到林荀面前，上下打量著面前的青年。「你叫林荀？是個將才。」

被打量的同時，林荀也在觀察著老者，他面色紅潤，步履平穩，絲毫不見年邁體態，言談舉止中不自覺流露出上位者的強勢，看來老者的身分並不簡單。

一旁的瀟箬也看出來些端倪，怕林荀的沈默會惹老者不高興，她連忙出來打圓場。「武大人，兩位老爺，外面風大寒氣重，不如到我們鋪子裡說話吧，我家冬蟲夏草煮茶，也別有一番風味。」

說完這話，她暗暗觀察到老者先點頭後，武毅和中年人才以半步之距跟在老者身後進入鋪子。

心中嘆了口氣，對於老者的身分，她已經猜得八九不離十了。

一行人進到信立冬蟲夏草專賣店內，瀟箬支起陶爐，從櫃架上取下三個琉璃瓶，準備煮冬蟲夏草茶。

前堂設有一處平日供客人休息的茶桌，現在桌子旁只有林荀、瀟箬和老者坐著，鄭冬陽回掌櫃檯翻看帳冊，而武毅和中年人分立在老者的身後。

頗有興致地看瀟箬取出冬蟲夏草放在紅陶壺中，老者問道：「這是冬蟲夏草吧？還能煮茶嗎？」

瀟箬手上動作不停，回答道：「老先生見多識廣，這正是冬蟲夏草，是我們欽州醫藥商會從羌番採買來的。」

她倒出一杯冬蟲夏草茶遞到老者面前。「冬蟲夏草直接當茶煮，能提高身體對冬蟲夏草中有益成分的吸收效率。」

中年人上前就要從懷中掏出銀針，被老者攔下。「別掃興，就你麻煩，喝杯水還要驗來驗去。」

被拒絕的中年人笑嘻嘻地將銀針塞回懷中，後退半步回到老者身後。

舉起茶杯，老者慢慢啜飲。「嗯……確實香……」

他朝瀟箬誇讚一句後，視線又重新轉到林荀的身上。

「林荀……嗯……要不是不同姓，我還以為你是顧家子。」

顧？聽到本姓，林荀心中一動。

老者瞇著眼睛，眼神有些放空，似乎在看虛無中的某人。「你和我認識的一個人長得可真像，他年輕的時候也像你一樣，身手了得。」

放空的狀態只有短短一瞬，老者眼神又恢復清明。「不過他比你更出色些，他勇猛、堅韌，一腔熱血，信守承諾，滿腹忠誠……就算與我只有一面之緣，仍然誠信遵守與我的諾言幾十載。」

好似回想起那人當初許下承諾的情景，老者臉上露出一絲懷念的微笑，隨後又搖搖頭，說道：「不過那傢伙估計現在正在含飴弄孫呢，歲月不待人，一晃眼我和他都老了……」

握著茶杯的手用力到指尖泛白，林荀拚命克制自己的聲音不要露出破綻。「您……說的那個人，是顧敬仲將軍嗎？」

「哦？你也知道敬仲？」老者微微睜大雙眼，稍後又輕輕笑了笑。「也是，你們去北邊邊境收購藥材，想必是聽過顧百戶的名字。」

顧百戶，顧將軍，顧敬仲。這位老者說的人果然是他的父親！

林荀一時不知道該說什麼，心中百轉千迴。

他也猜到了面前老者的身分，這個面露和善的老人，就是當今的聖上。

他一直以為父親苦守漠北幾十年，一心為聖上開疆拓土，這份忠心只是父親的自我感動與執念，遙遠的盈州根本不會有人記得這個百戶將軍。

原來這竟然是一份親口許下的承諾……

第四十五章

耳邊是兩人的對話，瀟箬的注意力卻在他處。

她從剛才就注意到聖上拿杯子的手微微顫抖，但是他的臉上神情卻稱得上是寧靜祥和。

瀟箬眼角的餘光一直觀察著他說話間張合的嘴，以及偶爾露出的牙齒。

有血絲！是牙齦出血。

正常人絕不會說話間就牙齦出血，除非……

「老先生，我想問您點事情。」瀟箬出言打斷兩人的談話。

若是以前，有人敢在他說話時候打斷他，身為天子的臧呂絕對會讓這人知道什麼時候該閉嘴。

但是這次，或許因為自己是微服出巡，面前人並不知道他的身分，也或許是因為剛才回想起年輕時候的事情，讓他的心有一絲柔軟。

對於瀟箬這次貿然開口，他一點都不想計較。

「何事？妳說吧。」他臉上表情稱得上和善。

瀟箬斟酌片刻後，儘量委婉地問道：「您最近是不是經常頭暈頭痛，晚上多夢？」

臧呂放下手中的茶杯，微微皺眉看向瀟箬。「妳為什麼會這麼問？」

他的身體情況除了御醫，其他人都不應該知道，被一個民間姑娘說出症狀，這讓他心中有些不快。

「我猜您的記性也不如以往吧？而且經常牙齦腫痛，伴隨著出血，心緒常常煩躁不安，莫名就想發火，難以自制。」

一個、兩個症狀被說中，臧呂可能還會覺得是巧合，但是所有的症狀都說得絲毫不差，甚至比御醫診斷得更加準確。

特別是牙齦出血這個症狀，他從未和任何人提及。

天子龍體，每一絲精血都極其尊貴珍惜。

他克制心中悸動，不再壓抑自己上位者的威嚴，開口問道：「妳是從何得知朕的龍體情況？」

皇帝專屬的自稱一出口，武毅和中年人以及鄭冬陽立刻伏地而跪，瀟箬和林荀也跟著跪下。

雖然跪著，瀟箬依舊沒有半點驚慌，她垂眼答道：「民女學過藥理，略懂岐黃，剛才我看聖上手不自覺的顫抖，加上有牙齒出血的症狀，便斗膽猜測聖上龍體有恙。」

「是大膽。」臧呂看著面前跪著的青年男女，兩人雖然雙膝跪地，身板卻挺直，能看出兩人對他並不畏懼。

不知為何，臧呂覺得面前兩人意外地合他眼緣，就算瀟箬貿然猜測天子龍體，他也不怎麼生氣。

「那妳說說，朕這是何病症？」

心中仔細梳理皇帝的症狀，瀟箬越發肯定自己的猜測，她抬頭答道：「民女懷疑，聖上這是慢性汞中毒。」

「中毒?!」中年人失聲驚呼，他作為皇上的貼身內侍，日常所有的衣食住行都是他親自經手，如果說皇上中毒，他難逃干係。

相比蘇公公的驚懼，中毒者本人要鎮定許多。

臧呂皺眉問道：「汞是何物？朕為何會因此中毒？」

看面前跪著的眾人，他一抬手。「都起來回話吧。」

眾人謝恩，起身垂手站立。

瀟箬沒有不能直視龍顏的認知，杏眼滴溜溜地繼續觀察著。「回聖上，汞就是水銀，慢性汞中毒不是一朝一夕的事情，想必聖上日常的衣食住行裡，定然有水銀的存在，才會日積月累，不知不覺中毒的。」

她這番話嚇得蘇公公腿腳一軟，差點又跪倒在地。

臧呂此時也回頭看向蘇賀年。

這是他還在太子時期就跟著自己的貼身內侍，那時他二十八，蘇賀年才六歲。

等於蘇賀年從小就在他的身邊長大，忠心自然不必懷疑，他現在想的是小蘇子是否在不知不覺間被人利用，從而害自己中毒而沒察覺。

蘇賀年眼眶發紅，殷切地看向臧呂。「聖上，小蘇子願意以身家性命發誓……」

忠心還未表，臧呂便一揮手，示意他不用說了。「朕要你身家性命做什麼，你哪樣身家不是朕給的。你想想，朕的哪些日常吃用裡有可能摻了水銀。」

蘇賀年不敢馬虎，絞盡腦汁開始回憶每一樣他經手的事務。

「每日飯菜都是御膳房料理，食用之前也會用銀針驗毒，而且為了安全，每種菜聖上都不會超過三筷……

「聖上的衣物浣衣局洗完後會送到寢殿，由奴才親自熏香掛燙，理當也不會有水銀的存在……

「寢殿和太和殿的灑掃也是每日進行，若是有水銀的話，也該被清掃掉的。」

翻來覆去想了很久，蘇賀年還是沒有頭緒，究竟是什麼東西會含有水銀。

瀟箬也在思索。

皇帝的飯菜種類繁多，想要精準猜中今天皇帝會吃哪道菜並不容易，更何況還要天天猜中，才能持續性的摻入水銀，此途徑可以排除。

衣服之類的也不太可能，水銀是流動的水珠狀，想要殘留在衣服上，最多也就四到八個小時就會揮發完，若是穿著走動，消失得更快。

突然她腦中靈光一閃，古往今來的皇帝，只要年歲漸長，就會有一個共同的心願，那就是長命百歲、壽與天齊，他們會絞盡腦汁地延長自己的壽命。
比如求仙丹，尋長生。
難道當朝天子也有這個行為？若是求仙丹，那慢性汞中毒也不稀奇。
想到這裡，瀟箬便直接開口問道：「蘇公公，聖上可有服用仙丹的習慣？」
蘇賀年立刻回道：「不曾服用仙丹，聖上英明，從來不偏信方士之言。」
他突然一頓，補充道：「但是聖上一直有吃太醫院開的調理身體的湯藥。」
御醫的藥方自然是世上最權威的方子，誰都不會去質疑太醫院開的藥。
湯藥？難道問題就出在這經常服用的湯藥裡？
在場所有人心中都產生同一個疑問。
瀟箬他們是百姓，不明白太醫院的分量，而其他人則是再清楚不過。
臧呂最知道太醫院的重要性。若是太醫院出了問題，那就是威脅到所有身居高位的皇室宗親和官員。按律法規定，凡從五品以上官員，自身及直系親屬身體有恙，皆可請太醫院診治。
所以這件事要查，但是要毫無聲息地查。
他看向瀟箬。
面前的姑娘面容柔美，很容易讓見到她的人放下心中戒備，但臧呂並不會輕易因為一個人的外貌就對她徹底放下戒心。

她精通藥理，目力驚人，與自己相處的短短時間內，就能察覺到他身體的異常，這樣的人放在正確的地方，就是一把很好的利刃，若是能為己所用自然是最好的，若是不能……當然也是放在身邊，最容易毀掉。

思及此，臧呂朝瀟箬說道：「從明日開始，妳就去太醫院吧。」

一入宮門深似海，瀟箬沒吃過豬肉也見過豬跑，重生前看的那麼多電視劇不是白看的，她深知皇權集權下宮廷的可怕。

更何況她現在的夢想只有賺錢養好雙胞胎，再和小狗相守到老。

瀟箬雙膝一彎，重新跪下，表情真誠地說道：「謝聖上抬愛，民女只是略懂皮毛，讓民女當太醫，只怕別人會覺得民女德不配位，才不當職，誤解聖上識才之能就不好了……」

看她眨巴著一雙大眼睛，裡面明晃晃地寫著不願意，臧呂覺得有些好笑。別人求都求不來的高位厚祿，這姑娘倒像是燙手山芋，丟都來不及。

「誰說讓妳當太醫了？」臧呂勾起嘴角，說道：「朕是要妳行走在太醫院，替朕查出水銀問題是不是出自太醫院，查完這件事，妳若不願意留在宮中，朕自會放妳離開。」

至於什麼時候放，怎麼放，臧呂並沒有說死。

瀟箬還是不想進宮，就算只有一陣子也不想……

看她猶猶豫豫的模樣，蘇賀年趕緊示意瀟箬謝恩。「瀟姑娘，能進太醫院可是天大的福氣，其他人學了一輩子醫，都摸不到太醫院的邊呢！」

瀟箬使出洪荒之力才克制住自己翻白眼的衝動。什麼鬼福氣，這福氣給你要不要啊?!

臧呂假裝震怒，沈下嗓子說道：「怎麼？妳要抗旨？」抗旨不遵，禍及家人，被掐住命門的瀟箬只能暗嘆一口氣，恭敬道：「謝聖上恩典。」

「嗯。」臧呂一頷首，放下茶盞起身。「朕乏了，回宮吧。」

他轉身朝門外走去，武毅和蘇賀年緊跟其後。

在即將踏出店門時，蘇賀年回過頭來，說道：「瀟姑娘還請早做準備，明日咱家會派人來接姑娘進宮。」

事已至此，瀟箬再不樂意也沒轍，只好應了一聲算作答應。

目送三人背影消失在街道盡頭，鄭冬陽還是覺得惶惶，他忍不住問道：「剛才那個真的是當今聖上？不會是別人假冒的吧？」

「有武毅在，不會有假的。」瀟箬嘆了口氣。「今日應該也不會有生意了，咱們收拾收拾，回家吧。」

三人心中都壓著沈甸甸的石頭，只略作灑掃，便提早將店鋪打烊。

回到西市家中，瀟嫋和岑老頭已經從北陸集會上回來了，小丫頭正一樣一樣地顯擺著自己新得的稀奇玩意兒。

見瀟箬三人回家，瀟嫋一迭連聲地喚著。「阿姊阿姊，妳看這朵簪花，是不是特別襯妳呀？嫋嫋特地給阿姊選的！」

接過瀟嫋遞過來的紫絹簪花，瀟箬實在無心欣賞，只勉強扯了下嘴角算作笑容。「謝謝嫋嫋，阿姊很喜歡。」

敏感的瀟嫋立刻察覺到長姊的情緒不對，她抬頭看著瀟箬，小心翼翼地問道：「阿姊怎麼了……為什麼不高興呀？」

岑老頭看鄭冬陽和林荀沈重的表情，也察覺出不對來。

「你們今天怎麼了？鋪子裡發生什麼事情了嗎？」

重重嘆了口氣，鄭冬陽將今日發生的事情娓娓道來。

聽到當今聖上下令要瀟箬明日進宮，岑老頭又驚又怕。「箬箬啊，咱們要不走吧？現在收拾連夜出盈州！」

那紅牆黃瓦之地可是能吃人的，他聽了太多年輕姑娘一進皇宮就再也出不來的故事，他家箬箬又長得這麼好看，保不准……

「普天之下，莫非王土，就算咱們一時能逃出盈州，又能去哪兒呢？」鄭冬陽比岑老頭要理智得多。

瀟箬則是考慮得更多。

聖上親令，誰也違抗不了，更何況瀟昭還在國子監，為了她的意願而放棄瀟昭的大好前程，她又怎麼忍心呢？

還有瀟嫋，這個世界十二、三歲就可以許人家，若是跟著她成了逃犯，豈不是耽擱了嫋嫋的終身？

就算瀟昭和瀟嫋願意，她自己也不願意。

「明日就會有人來接我入宮，我先去收拾一下。」丟下一句話，瀟箬便低頭回了自己房間。

此去不知道要多久，瀟箬打開衣櫥準備多拿幾件衣裳。

一隻寬大厚實的手抵在衣櫥門上，是林荀。

「箬箬，我不放心妳一個人進宮。」他濃黑的眉毛皺著，越發像鋒利的刀。

瀟箬今天都不知道嘆了多少口氣了，她放開手，任由林荀將衣櫥門關上。

轉身與那雙深邃的眼睛對視，瀟箬無奈道：「皇宮守衛森嚴，又不是我想多帶一個人就能多帶一個人的。」

她知道小狗擔心她，想陪著她一起去。

「更何況你之前不是說只想過自己的生活嗎？若是要進宮，身分就要重新盤查，你恐怕就要回到顧勤罡的人生了。」

抵在衣櫥門上的指節微微彎曲，像是在克制，又像是在掙扎。

林荀聲音乾澀。「他記得我父親。」

低頭將額頭與瀟箬相貼，林荀低聲說道：「他還記得顧敬仲這個人，他們原來是有約定在……箬箬，或許是我錯了……」

伸出雙手抱住小狗腦袋，瀟箬感覺自己心都要化了，這樣的小狗可憐死了。

她輕輕撫摸著林荀微鬈的頭髮。「那你想怎麼做呢？」

聲音輕柔在他的耳邊蕩開，安撫著他迷茫的心緒。

林荀感覺自己從下午開始就始終在半空中飄蕩的心，突然就在瀟箬這聲輕輕的詢問裡落了地。

他再抬起頭，眼神又重新變得堅毅。「我和妳一起入宮。」

腦中飛快地梳理著各種入宮管道的可行性，最終他選定了武毅。

「箬箬，我去找武毅，他之前留給我一塊信物，說我想入軍可以找他。」

瀟箬回想在欽州時，武毅確實給他們留下一塊玉牌，說是隨身信物。

她來到床前從枕頭下拿出一把銅製小鑰匙，再掀起床板從縫隙中掏出一個小木盒，用銅鑰匙打開木盒後拿出一把略大的鑰匙，用大鑰匙打開被壓在衣櫃下面的木箱。

這是她一貫藏重要物品的習慣，以前是藏銀子，現在是藏瀟昭中舉時寫著名字的那張龍虎榜紙，瀟嫋送給她的荷包，以及其他瀟箬覺得重要或者意義非凡的東西。

武毅給林荀的信物玉牌，也被她藏在這裡。

從箱中拿出玉牌遞給林荀，她問道：「你是打算直接找武毅入軍？但是就算入軍，也不一定會被安排到皇宮中守衛吧……」

林荀捏緊玉牌道：「不管如何，我要去試一試，我不能讓妳一個人入宮。」

武家軍主守東市，軍處也設置在東市慶興宮旁。

林荀手持玉牌到達時，正是兩輪值守換班之際，新輪到的士兵正好是武毅原來帶的小隊中的一員，看到玉牌便知林荀是來找他們頭兒的。

「你來錯地方了，現在已經沒有武校尉了，得叫武將軍。」士兵提起頭兒的新官職，滿面自豪，與有榮焉。「將軍不用值崗，你去武將軍府尋將軍才是。」

他給林荀指了武毅的新府邸位置，也是在東市，位於東市陽宣坊，更靠近皇城，足見武毅深受器重與賞識。

依士兵所言，林荀又趕到武將軍府，看門雜役接了玉牌，請他在門口稍後，便小跑進去通報。

正巧今日送皇帝回宮後，聖上免了武毅的當值，讓他回家休息去，林荀拿來的玉牌便直接遞到在內府休息的武毅手中。

「這是我給林兄弟的信物。快，快快有請！」接到玉牌的武毅從椅子上迅速站起，連愛妾準備的銀耳湯都不喝了，直接往接待客人的正廳趕去。

剛到正廳，林荀也被僕役迎進來。

「林荀兄弟，真是稀客啊，哈哈哈！」武毅迎上前去，請林荀上座後親自給他倒了杯御賜的春茶。

兩人坐定，武毅笑著問道：「林荀兄弟拿著玉牌來找我，不是只來喝茶這麼簡單吧？」

林荀用眼角餘光左右看了一眼，沈默不語。

武毅立刻明白他的意思，朝伺候的僕役們揮了揮手，讓他們通通退下。

旁人退淨，林荀才將來意說出。「武大人，我想入伍。」

「好啊！我就說你這身手，不入伍報效朝廷，委實可惜！」武毅嘴巴咧得更大。

「我想要能入宮的行伍。」

林荀這一句話讓武毅的笑容僵在臉上，他有點沒弄明白。「林荀兄弟，你說的入宮的行伍是……」

「箬箬明日就要進宮了，我不放心她一個人，我想和她一同入宮。」林荀直白地說道。

這要求卻讓武毅發了愁，要說入伍，那很簡單，只需要他說一聲，武家軍中必定有林荀的位置。但是要安排到宮裡……他就算有這個權力，也要掂量掂量。

林荀看他遲疑，明白武毅的顧慮。

畢竟不是知根知底的人，隨意安插到皇城內，若是真有什麼意外，武毅他有十個腦袋也不夠掉的。

略一沈思，林荀決定將事情全盤托出，唯有這樣，武毅才可能幫他，讓他明日有機會可以和瀟箬一同入宮。

「武大人，其實林荀是箬箬給我起的名字，我本名叫顧勤罡，顧敬仲是我父親。」

啪嗒一聲，武毅手中的茶盞倒在桌上，千金一兩的貢茶灑了滿桌。

「顧敬仲是你父親？漠北百戶將軍顧敬仲是你父親？」他幾乎聲音都要破音了。

林荀點頭。

「那你為何……」

林荀將事情原原本本地說給武毅聽，從他被人擄走失憶，到他被瀟箬撿到改名林荀。但對於父親去世和他原本對當今聖上的誤解，林荀隻字未提，只說是後來去北邊邊境收藥材，機緣巧合才恢復的記憶。

聽完一切後，武毅沈吟片刻，對林荀說道：「林兄……啊不，顧兄弟，你要進皇宮裡護衛瀟箬姑娘也不是全無可能，只是茲事體大，容我多考慮考慮吧。」

他抬頭看了眼沙漏，已是申時，又說道：「最遲明日清晨，我就會告訴你結果。」

兩人就此說定，林荀拱手行禮後便告辭離去。

待林荀出了武將軍府，武毅立刻招來管家。「快，給我準備馬車，我要立刻入宮！」

這樣大的事情，讓他自己決斷是不可能的，他必須要稟告聖上，由聖上定奪。

管家行事俐落，立刻招呼府裡車伕準備好一輛外觀低調的馬車，將自家主人送進宮去。

宮中無人不識武將軍，武毅進宮未受阻攔，一路通行來到乾清宮外，皇帝正在這裡批閱奏摺。

聽到宮人傳話，武將軍求見，臧呂眉頭一挑。

「朕不是免了他今日值守嗎？怎麼回去了又回來？」他正好看奏摺看累了，便擱下朱砂筆，說道：「讓他進來吧。」

宮人傳話，武毅領命進了乾清宮內。

「你怎麼又來了？」臧呂用大拇指和食指捏住山根，緩解眼睛的乾澀。

他不得不承認，自己確實是不如從前，才批了沒幾個時辰的奏摺便覺得頭暈眼花，之前他可是連續上朝聽百官吵架，下朝通宵批閱都不覺得累。

「聖上，臣有一事稟告。」

臧呂擺擺手，示意他直接說。

武毅便將剛才林荀所言的身世，又原原本本地稟告給臧呂。

「哦？你說他是敬仲之子？那他今日為何不當著我的面直接明說？」臧呂皺起眉頭。下午他已經擺明了自己的身分，林荀竟然沒有說自己的真實身分，稟告本名。往嚴重了說，這可算得上是欺君之罪。

武毅小心觀察龍顏，斟酌用詞替林荀辯解道：「或許……或許是顧將軍沒有完成諾言便告老還鄉，對聖上心懷愧疚，才不許顧勤罡對聖上提起本名，怕徒惹聖上愁緒？」

「哼，這個老傢伙！」臧呂也不是真的生林荀的氣，畢竟顧百戶為國以肉身守護漠北幾十年，沒有功勞也有苦勞，衝著這點，他就不能對顧百戶的兒子下狠手。

「那現在他怎麼又肯說了？」

見聖上不追究林荀隱姓埋名的責任，武毅心中舒了一口氣，恭敬回道：「瀟箬姑娘明日入宮，顧兄弟與瀟姑娘兩情相悅，恩愛纏綿，想來是擔心瀟姑娘在太醫院查案會有危險，想請個恩准一同入宮。」

臧呂不輕不重地輕哼道：「他倒是個癡情種子，這點和他老子有點像。」不過是進宮陪自己的心上人，更何況兩人查案總比一人要快些，臧呂點頭允准。

「就讓他明日和瀟箬一同來吧。」偏頭又對立在一邊的蘇賀年說道：「你去騰一間清幽的偏殿，讓他們住，平日沒朕的旨意，其他人不得隨意打擾。」

蘇賀年垂手應是，後退著出了乾清宮，辦差去了。

武毅沒想到事情這麼順利，比預期得還要好太多，他立馬磕頭謝恩。「謝聖上恩典，臣這就回去告訴顧兄弟這個好消息。」

得了臧呂的允准，武毅退出殿外，神采飛揚地出了宮門，連夜朝林荀留下的住址行去，他等不及明天早上了，務必要將這個好消息第一時間告訴林荀！

第四十六章

瀟昭從國子監下學回來便聽說長姊要進宮，他緊緊攢著衣袖，抿著嘴，連飯都吃不下。

「昭昭，我只是去一陣子，等事情辦完，很快就會回來的。」瀟箬挾了弟弟最喜歡吃的茭白筍到他碗裡，安撫道：「更何況你阿荀哥哥拜託了熟人，到時候會一起進宮的，你不要擔心。」

瀟昭還是沈默，他讀了那麼多聖賢書，知道伴君如伴虎。要不要進宮，能不能進宮，哪裡是他們小老百姓說了算的？

瀟箬正要繼續勸慰表情沈重的弟弟時，大門被砰砰砰敲響。

岑老頭主動起身去開門，邊走邊問：「誰啊？這麼晚了有什麼事情嗎？」

門外傳來武毅隔著牆有些模糊的聲音。「是我，武毅！我來找林……啊不，顧兄弟！」

打開門，岑老頭趕緊行禮，疑惑地道：「武大人，我們家今天沒有別人在，你是不是找錯門了？」

「岑爺爺，武大人是來找我的。」林荀站起身，朝門口走去。

沒和岑老頭多做解釋，武毅哈哈笑道：「成了，明天你可以和瀟姑娘一起進宮！」

「真的嗎?!」

林荀還沒回話，瀟昭已忍不住站起來大喊，激動得身體撞到飯桌，一時盆碗碰撞聲音叮噹不絕。

他自從開蒙以後，就時刻提醒自己要保持文人該有的風度，幾乎從未如此激動到失儀。

武毅並不在意這些文人禮節，他滿面笑容地對林荀道：「自然是真的，職位麼，就做行走侍衛吧，除了太和殿、乾清宮這類要緊的地方外，其他地方你都能持令牌自由行走！」

他靠近林荀，用胳膊肘捅捅他的手臂，低聲道：「反正瀟姑娘去哪兒，你就能跟去哪兒，住處都給你們安排到一個地方，怎麼樣，兄弟我夠意思吧？」

這個順利程度出乎林荀的意料，本來以為最多就是安插他到太醫院附近值守，沒想到武毅能給他安排到行走侍衛的差事。

他抱拳彎腰，誠摯謝道：「武大人費心，林荀在此謝過武大人了。」

「哎，咱倆誰跟誰！」武毅嘿嘿笑了兩聲，撓了撓頭道：「你怎麼還自稱林荀？」

他朝院子裡努努嘴。「怎麼？你沒告訴他們你的本名？」

林荀壓低聲音。「還沒說，為了行事方便，武大人還是叫我林荀就好。」

「哦。」武毅一臉我懂我懂的表情，直起身子拍了拍林荀的肩膀道：「那成！消息我帶到了，天色已晚，我就不打擾你們了。林荀兄弟，告辭！」

送走武毅，瀟家院中的氣氛才算緩和，瀟昭也終於察覺出餓來，就著長姊給他挾的菜吃完了晚飯。

一夜無話，轉過天來。

林荀一大早就去鏢局向房掌櫃請辭，聽到他說是要進宮辦事，房掌櫃痛快地答應了，只叫他出宮以後若是還想來鏢局，只管放心來找順記，至於現在住的院子，不用擔心，只管繼續住著。

向房掌櫃道了謝，林荀不再耽擱，立馬回到西市瀟家。

辰時三刻，瀟家門外準時停著一輛低調的馬車，車轅上坐著一個車伕和一個細皮嫩肉的小太監。

「瀟姑娘，您準備好了嗎？蘇公公派小的來接您進宮。」小太監站在門口，細聲詢問。

林荀一人揹著兩人的包袱，跟著瀟箬走出門來。

瀟箬盈盈一拜道：「這位公公不知如何稱呼，麻煩你辛苦來我家接我。」

面前的姑娘面善又有禮，絲毫沒有因為他是個閹人就瞧不起他，小太監心中舒坦，語氣也越發和善起來。「瀟姑娘叫我小順子就好。」

看著瀟箬身後高大的青年，小順子笑咪咪道：「想必這位就是要和姑娘一起進宮的大人，請二位一起上車吧。」

瀟箬和林荀又道了謝，和送別的岑老頭、鄭冬陽和瀟嫋告別之後，兩人坐上馬車。

皇城威嚴，禁忌頗多，瀟箬和林荀兩人便一直手握著手，安靜地坐在車裡，不看不問不語，靜靜等待著轆轆轉動的車輪聲停下。

不知過了多久，馬車終於停止前進，小順子細細的聲音從外面傳來。「姑娘，大人，請下車，接下來的路，咱們要走過去了。」

兩人依言下了馬車，餘光打量四周，發現已經身處宮牆之內。

「這兒是東華門旁邊的一個側門，二位之後要住的地方從這兒走最近。」小順子一邊領著兩人往住處去，一邊介紹皇宮裡的布局。

「蘇公公給您挑了個清幽的地方，離太醫院近，順著右邊這條道一直走，一刻鐘就能到太醫院和御藥房。

「別看沒什麼人來往，環境卻是好的，這邊的小道抄過去就是御花園，只要聖上和貴人們不在，您隨時都能去賞花賞景。

「咱們這偏殿平時沒人住，蘇公公連夜讓宮女打掃出來的，可能有些地方沒法顧及到，您缺什麼只管和我說，本來還要給您派幾個宮女伺候，不過武大人說您可能不習慣。」

瀟箬笑咪咪地道：「武大人懂我們，不用人伺候，我們又不是來享清閒的，早點幹完聖上給的活才是要緊事。」

「哎！哎！您說得是。」小順子點點頭，他今天的任務就是帶瀟箬和林荀兩人入宮，現在人帶到了，該介紹的也介紹了，他就得告辭了，小太監的日常工作還有很多。

「那我就先退下了，您有事再讓人來喊我就行，我平日在乾清宮當值。」

送走小順子，瀟箬和林荀將帶來的包袱打開收拾。

果然如小順子所言，這處偏殿小而清幽，只有兩間房可做睡覺之用，剛剛灑掃過，環境整潔，床具、被褥都是新換的，他倆只需把自己帶來的衣物放在自己房間就行。

整理好一切也用不到半個時辰，看天色尚早，瀟箬決定先去接下來這陣子的工作場所——太醫院看一看。

兩人依照小順子來時指引的方向，順著右邊小道徑直行走，果然不到一刻鐘的時間，就看到一座四方殿，深藍色牌匾上是遒勁有力的三個金色大字——太醫院。

門口不時有小太監和宮女進進出出，想來是替自家主子拿藥的。

瀟箬和林荀沒有和任何人打招呼，自行邁步進入院中。

只見院中空地上有數名小太監正在翻檢晾曬的藥材。藥材種類繁多複雜，黃芩、麥冬、川貝、五味子、天麻……各種瀟箬熟悉的藥材分門別類，在小太監們手中翻轉。

「你們是哪個宮裡的？」一個蒼老威嚴的聲音驟然響起。

大堂左側第一間南廳門口站立著一位身著雲雁青袍的中年人，他背手皺眉，正審視著瀟箬和林荀。

院中小太監們見到他出來，紛紛停下手中動作，垂手道：「陸院判。」

此人正是左院判陸思成，太醫院的二把手。

瀟箬無視陸思成嚴厲的目光，坦然道：「我叫瀟箬，是聖上讓我來太醫院的。」

「哦？我怎麼不知道？」陸思成懷疑地打量著兩人。

離陸思成最近的一名小太監低頭彎腰道：「陸院判，確有此事。昨夜蘇公公派人來知會過了，昨夜當值的是應院判。」

陸思成哼的一聲，心中暗罵應中一這個老小子，早上交班時竟然不告訴自己這麼重要的事情，害他剛才差點出醜。

「既然是聖上的旨意，那你們就隨我來吧。」他面露不豫，拋下這句話就自顧自地轉身回屋。

林荀在旁人看不見的角度握了握瀟箬的手，示意她不要擔心，有他在，這個看起來凶巴巴的陸院判不能把她怎麼樣。

瀟箬回以一笑，兩人一同走進陸思成所在的房間。

見兩人都進來了，陸思成指了指自己座位對面的桌子道：「以後你們倆坐那兒，新的輪值表明天會出來，到時候你們就按輪值表來值守。」

看了看陸思成指向的桌子，瀟箬直截了當地說道：「陸院判恐怕誤會了，我來太醫院不是做太醫的，我只是來參觀學習。」

無懼陸思成越來越難看的臉色，瀟箬繼續火上澆油。「所以我不用值守，也不用看診抓藥，你們看診抓藥的時候我倒是可以來看看。」

「胡鬧！」陸思成一拍桌子，怒道：「太醫院何等重地，怎麼讓一個姑娘家來搗亂！」

瀟箬本來就是被迫入宮來這太醫院的，心中憋著一股氣，加上陸思成從看到他倆開始就不給好臉色，她也不再跟他客氣，乾脆直接回懟道：「這是聖上的旨意，你要是覺得是胡鬧，你找聖上說去吧。」

一句話直接噎得陸思成啞口。

房間裡正劍拔弩張，屋外傳來小太監的稟報聲。

「陸院判，國舅府送的藥材到了。」

這聲稟報猶如及時雨，一下子澆熄了屋內濃重的火藥星子。

陸思成黑著臉，沒好氣地說道：「那妳自己參觀吧，恕陸某人沒空奉陪！」

一甩袖子，他便朝外走去。

瀟箬和林荀對視一眼，也跟在他後面出了南廳。

見到送藥材的人，陸思成的表情立刻由陰轉晴，滿面笑容道：「趙管家，又煩勞你親自送來，下次你通知我們去取也是一樣的！」

被稱為趙管家的中年人也是一臉笑容。「哪裡的話，能給聖上分憂是我們的榮幸，再說這些藥材都是我家老爺費心尋得，我就是跑幾趟腿，算不得什麼事。」

兩人你來我往互相吹捧，一派和樂融融的情景。

瀟箬喚來離她最近的小太監，壓低聲音問道：「太醫院的藥材，不都是御藥房進行採購的嗎？怎麼國舅還要送藥材過來？」

小太監低頭垂手，低聲回道：「藥材是御藥房統一採購的，國舅送來的大部分都是初生鹿茸、深山林下參這種珍貴稀少的藥材，是國舅爺孝敬聖上的，不算在採購範圍內。」

「免費的?不收錢?」瀟箬沒想到國舅爺的政治覺悟這麼高，這屬於是自掏腰包補貼太醫院呀。

「不收錢。」小太監答道：「國舅爺門客眾多，裡面有好幾位經商奇才，所以國舅府上不缺銀錢。」

瀟箬若有所思地點點頭，看陸思成和趙管家還在商業互吹，她直接和小太監說道：「能帶我去御藥房看看嗎?」

小太監一早就接到應院判的指示，凡是瀟箬的要求他們都要盡力配合，這會兒她要去御藥房看看，小太監自然不會拒絕。

「兩位這邊請。」小太監帶著兩人從太醫院的南廳繞過，來到後院。

太醫院的後院分左右兩側，左側為御藥房，右側為生藥庫。

帶兩人到御藥房門口，小太監和內裡值班太監言明瀟箬的身分和來意後，便行禮告退。

「姑娘慢慢看，小的要回前院幹活，有什麼事情您跟小德子說就行。」

御藥房值班太監小德子要開朗許多，仰著臉笑道：「姑娘無須擔憂，小德子我在御藥房多年，有關於御藥房的問題，您儘管問我便是。」

瀟箬點點頭，向帶路小太監道了謝，反而惹得帶路小太監誠惶誠恐，低頭一串「不敢不敢」後才滿頭冷汗的退下。

小德子笑嘻嘻地道：「姑娘您別怪他，前幾天他犯了錯，被罰怕了，現在做什麼都小心翼翼的。」

他引著兩人進了御藥房。「您隨便看。」

御藥房格局簡潔有序，十幾個對開門的黑金描漆雙龍紋藥櫃依次排開，各類藥材按照名字存放在相應的櫃格中，櫃面上擺放著形形色色的藥具，瀟箬甚至還看到了銀製的薰蒸器。

「你們平時給聖上煎藥是怎麼個流程？」參觀藥房不是她的本意，她主要還是奔著完成任務去的。

小德子答道：「咱們御藥房煎藥，必須有太醫和太監在御藥房監製。煎畢，呈兩杯。太醫先嚐一杯，然後朝廷判官和太監共同品嚐，確認沒有問題後，再向聖上奉上一杯。」

「那煎煮御藥的太醫和太監，每日都相同的嗎？」

這個問題的目的就是想知道和皇帝同喝一個鍋裡藥的太醫和太監，有沒有慢性汞中毒的症狀。

可惜小德子的回答讓瀟箬大失所望。「聖上服用的滋補湯藥每日不同，是十幾種藥方按順序輪著來的，不同藥方開具的太醫不同，負責煎煮的太醫和太監就不同。」

「像今日聖上應該服用的是益壽首烏玄精湯，是由古太醫開具的，那今日負責煎煮和品嚐的就是古太醫和小允子。」

瀟箬忍不住皺起柳眉，十幾種藥方，十幾個太醫和太監，她想要看出哪個組合有同樣慢性汞中毒症狀，就是一個浩大的工程。

一旁的林荀見她面露難色，便對小德子說道：「你們可有聖上服藥的紀錄？」

小德子立馬點頭道：「有的，聖上每日使用的藥方和御醫姓名，都記錄在冊，立成專冊備查。」

「那能給我們看看嗎？」林荀有禮地問道。只要能拿到藥冊，便可以查閱對應的太醫和太監，在沒有其他更好的辦法之前，一對對去觀察他們便是眼下最有用的方法。

小德子面露難色。「聖上的專冊是不允許拿出密室的……不如這樣，等奴才請示院史，若院史同意，你們可以直接進入密室查閱。」

院史作為太醫院的最高層，自然最早就接到要全力配合瀟箬的命令，原專冊不能拿出密室，卻可以謄寫一份簡易版的。

簡易版只有寫明每日是哪位太醫和太監來煎煮和試喝御藥，不涉及聖上的龍體情況，因此可以給瀟箬拿回去慢慢看。

之後十幾日，瀟箬和林荀按照冊子上記載的名字，或假裝巧遇，或尋個其他事由，一個個太醫和太監去接觸，仔細觀察。

可惜一無所獲。

「哎呀，好煩！」薄薄的小冊子被翻來覆去地看，紙張都摸透了，瀟箬還是毫無頭緒。一向自詡冷靜的她忍不住趴在桌子上哀號。

烏黑的秀髮也隨著她的動作散亂在白檀木的桌面上，好似黃昏夕陽下的一潑墨痕。看她因為煩惱無意識皺著的柳眉，和微微嘟起的紅唇，林荀感覺自己的心尖上好像被小貓爪子輕輕撓了一下。

替她攏起散亂的秀髮，林荀臉上露出淡淡的笑意，道：「悶了這麼久，要不今天咱們不看了？」

下巴抵著桌面，瀟箬仰起臉問：「不看能幹麼呀，這宮裡也沒什麼能做的事情……」這個動作讓她的聲音沒有平日裡的清脆甜亮，含含糊糊的像是在嘟囔一般可愛。

「要不我們去御花園走走？現在這個時節，梅花一定開得正好。」林荀建議道。

滴溜溜的眼睛眨巴眨巴，這陣子悶頭查驗冊子上的人，瀟箬確實沒想過去御花園。想想以前電視裡御花園裡花團錦簇，滿是奇花異草的樣子，她也有些心動。

看窗外天色尚早，她精神一振，道：「走！我還沒見過御花園長什麼樣呢。」

說走就走，放下冊子，兩人沿著剛入宮時小順子指的小路，沒走一會兒就到了御花園。冬日蕭瑟，外面的草木都乾枯荒蕪，御花園中卻仍然一片綠意盎然。

茂盛的山麥冬被人為種植成一簇簇頗具趣味的造型，花園中間種植著寒冬仍然能綻放的曇花、朱頂紅，高低錯落的假山上還定植著垂笑君子蘭、大鶴望蘭等耐寒的植物，都處在熱鬧的花期。

兩人沿著碎石小徑一路欣賞著美景。

「皇家園林果然不一般，花兒都比別處嬌豔。」瀟箬把臉湊近一株君子蘭細細嗅聞，只覺一陣沁人心脾的幽香絲絲縷縷包裹著她。

她看著花，另一個人看著她。林荀第一次體會到什麼叫人比花嬌。

走走停停，很快兩人來到一大片假山旁。

這兒是宮中花匠特意搭建成小型的瀑布，假山與假山之間有一條僅供一人通行的狹小隧道，穿過這條隧道便能到達御花園冬日最美的角落——倚梅園。

「我先走，箬箬妳跟著我。」林荀怕小隧道裡走的人不多，萬一有什麼蛇蟲鼠蟻棲息在裡面，他走前面可以探一探路。

「嗯！那你小心點。」瀟箬雖然不怕，但是勇敢小狗想要表現，她自然也樂意滿足小狗的表現慾。

隧道昏暗，林荀在前，瀟箬抓著他的手慢慢跟在後面。

突然，林荀停下腳步。

瀟箬以為他遇到了什麼蛇蟲，心中一緊，低聲問：「阿荀，怎麼了？」

兩人的腳步聲一停，隧道裡越發安靜，彷彿可以聽到兩人怦怦的心跳聲，瀟箬低聲的詢問在這個安靜的空間裡也顯得異常響亮。

「噓……」林荀幾乎用氣音回覆，他將嘴巴貼到瀟箬的耳旁，輕輕說道：「我聽到前面有人在說話。」

「啊？」瀟箬也學著他用氣音說話。

林荀說話的氣息輕拂著她的耳垂，癢癢的，麻麻的。

如果光線明亮，她打賭林荀這時候肯定能看到她的臉比晚霞還要紅。

「我什麼都沒聽到呀？」她強作鎮定，豎起麻癢的耳朵去捕捉林荀所說的談話聲。

不知是耳朵被氣音擾亂，還是她的耳力本就不及林荀，她什麼說話聲都沒聽到，倒是自己的心跳聲震耳欲聾。

「我們往前走走……」林荀握緊掌心的小手，示意她跟著自己放輕腳步，一點點往前挪動。不是他不後退離開，而是剛才風中細碎的談話聲裡，他聽到了瀟箬的名字。

瀟箬躡手躡腳地跟在林荀後面，儘量放慢腳步不發出一點聲音，等他們前進了大概十來步，她終於也能聽到林荀口中的交談聲。

是兩個男人的聲音。

「這是皇上的旨意，國舅不去問皇上，來問我做什麼？」

「你真的不覺得很巧嗎，她的名字就是肅先生和滍箬的結合。」

「天底下巧合的事情多了去了，一個名字而已，那個瀟箬甚至和良坤不同姓，國舅真是好會想，這都能聯繫起來。」

「可不是我能聯想啊安親王，當初肅先生和滍箬在你的幫助下遠走他鄉時，滍箬腹中已有胎兒，算算歲數，和這個瀟箬可是差不多……」

「隋應泰，你鬧夠了沒有！當初就是你認定肅先生對我心懷有異，想方設法地讓我趕走肅先生，後來他娶妻成家，你還變本加厲地覺得他想要用妻子來引誘我……你……你……」

「我鬧？我哪點說錯了？他要不是對你有異想，一個能知天象、卜凶吉，推演上下千年的人，怎會甘心在閒散王爺府裡當個小小門客？何況我還不只一次看到他癡癡盯著你看……」

「夠了！你以為誰都像你一樣，肚子裡都是骯髒心思、破爛腸子！」

「呵，我是骯髒心思、破爛腸子，安親王你又能好到哪裡去？你的皇妃為何自縊？你為何又不肯娶？先皇后的病故真的是病……」

「住嘴！你不要命了，敢妄議先皇后！不要以為你是當今皇后的親哥哥，皇上就不敢把你怎麼樣！」

「哈哈哈哈哈哈哈哈哈……他能把我怎麼樣？他有什麼理由把我怎麼樣？就憑你說我在背後妄議先皇后？有證人嗎？哈哈哈哈哈，安親王啊安親王，十幾年過去了，你怎麼還這麼天真……」

「你你你……」

連續三個「你」之後，被稱為安親王的人似乎氣得不輕，怒哼一聲拂袖而去，留下另一個人放肆的笑聲響徹倚梅園。

兩人直到倚梅園中徹底沒了聲響，才從假山中走出。

短短一段對話蘊含的訊息量，把瀟箬衝擊得滿臉恍惚。

這是什麼皇室倫理大戲……

林荀看著她因為過於震驚而放空顯得茫然的表情，以為是他們在隧道裡待得太久，導致瀟箬被悶到了，於是他趕緊以手做扇，加速空氣流通。

「箬箬，好點了嗎？」他關切的問道。

瀟箬僵硬地轉頭面對林荀，問道：「你不覺得剛才他們的對話很震碎三觀嗎？」

林荀不懂。

「他們不就是在猜測妳的來歷嗎？」

要不是和林荀朝夕相處這麼多年，知道他從來不會騙自己，瀟箬幾乎都要以為他是在裝純潔了……

好吧，眼前的小狗是真純潔。

瀟箬決定還是不要污染小狗白紙一樣的內心，反正這種皇家八卦與她也沒什麼關係。

「算了，咱們還是回去吧。」拉著林荀的手往回走，瀟箬決定先遠離這個是非之地。

回到住所，瀟箬想當作什麼都沒發生，林荀卻開始琢磨。

「箬箬，妳說剛才他們說的會是真的嗎？那個肅先生有沒有可能就是瀟伯父？」

瀟箬扶額，她真的不想再去回想這齣倫理大戲了，放過她吧……

「怎麼可能，我姓瀟，他姓肅，八百年前都不是一家人。」她給自己倒了一杯涼水來掩飾尷尬。

「行了，咱們別想這些不相干的了，再看看冊子上有什麼線索吧，再過幾天就過年了，我還想回家和昭昭、嫋嫋他們一起過年呢。」

願望是美好的，現實是殘酷的，兩人又琢磨了幾天，還是一無所獲。

年三十這天，蘇賀年一早就來到兩人住所，帶來了幾樣賞賜，以及一道口諭。

「聖上宅心仁厚，憐惜妳家中尚有老小，特地恩准你們回家團圓，只需年後元宵前再入宮即可。」

這實在是意外之喜，瀟箬忍不住問道：「我沒作夢吧？」

眼見年關將近，她對著黃曆已經唉聲嘆氣好幾天，心中已經做了和林荀兩人在宮中過一個冷清新年的最壞打算。

蘇賀年笑咪咪地道：「聖上金口玉言，自然是真，還有這些東西，都是聖上賞賜你們的，帶回去給孩子們當年禮吧。」

沒想到他們在宮中小半月，尋找水銀的事情毫無進展，皇帝不僅不怪罪，還給了賞賜讓他們回家過年。

瀟箬突然覺得臧呂也不是那麼霸道和不通人情。

謝了恩，當天中午兩人就搭乘蘇賀年準備的馬車回到瀟家。

目送兩人的馬車消失在朱雀大街的盡頭，蘇賀年回身趕往乾清宮覆命。

第四十七章

臧呂低頭批閱著奏摺，不時用朱砂筆在上面圈畫，左側的小桌旁坐著個十六、七歲的少年，正是七皇子臧廷華。

蘇賀年在殿外平復了呼吸，整理好儀容才端手入內。

「啟稟聖上，瀟姑娘和顧公子已經出宮。」

臧呂沒抬頭，只嗯了一聲表示知道了，隨後將手上正在批閱的奏摺遞給蘇賀年。

蘇賀年趕緊低頭雙手接過，轉身呈給臧廷華。

「敏寬，你看看這個摺子。」臧呂抬起手朝奏摺一指，示意他打開。

臧廷華字敏寬，性子和他的表字一樣，開敏寬厚。

翻開奏摺，見是兩廣總督狀告部分官員不作為，導致水患發生時仍有百姓未及時撤離，喪命洪水當中。

他皺起眉頭，氣憤道：「地方官員之於百姓，猶如父母之於孩童，理應盡到保護之責，這些人竟然不將百姓的生命當回事，實在可惡！」

臧呂撫著鬍子，點頭贊同。「那依你看，這些官員該如何處置？」

「這……」臧廷華臉上露出一絲糾結。「兒臣覺得，應該罷去這幾人的官職，換更體恤百姓的好官去接任他們的職位。」

聽到他這樣的回答，臧呂面上不顯，只淡淡地說了句「你該去唸書了，別讓太傅等」，便讓臧廷華離開乾清宮。

等臧廷華告退離去後，他才幽幽嘆了口氣。

蘇賀年很有眼力見的端上來一直溫著的銀耳蓮子羹，道：「聖上累了吧，喝點湯潤潤嗓子。」

接過描金白瓷碗，臧呂無心品嚐，他的雙眼不知落在何處，像是和蘇賀年說，又像是和自己說。

「敏寬仁愛寬厚，是極好的，可是作為唯一的皇子，光有仁心卻遠遠不夠……」

臧呂的拇指與食指互相搓了搓，眼神陡然銳利。「父母之於孩童，理應盡到保護之責，確實如此。」

「小蘇子。」

蘇賀年一甩拂塵，低頭應道：「奴才在。」

「宣安親王。」

「遵旨。」

蘇賀年倒退著出了乾清宮，領命奔往安親王府。

花開兩朵，各表一枝。

回到家中的蕭箬和林荀受到全家人的熱烈歡迎。

今兒個除夕，信立冬蟲夏草專賣店早早打烊，國子監也早就放了年假，一家人整整齊齊地聚在不大的小院中，臉上洋溢著幸福與歡樂。

「阿姊，這是什麼呀？好香哦。」從兩人帶回來的一堆東西裡翻找出一個精緻的食盒，蕭嫋嚥著口水問道。

刮了下小饞貓的鼻尖，蕭箬滿臉寵溺。「想吃就打開，應該是聖上賞賜的糕點。」

抱著有她半個身子大的食盒放到桌子上，蕭嫋迫不及待地打開蓋子，裡面一層層都是做成花鳥蟲魚形狀的糕餅，栩栩如生，香味撲鼻。

「哇！」一聲歡呼，小饞貓迫不及待地拿起一朵桃花形狀的小餅，深吸一口香氣後，嚥著口水遞到蕭箬唇邊。「阿姊，妳吃！」

看她口水都要氾濫成災了，還想著第一口給自己，蕭箬又是感動、又是心疼。

這崽崽沒白疼！

小小咬了個邊，蕭箬把糕餅推回蕭嫋嘴邊。「妳吃吧，阿姊在宮中吃膩了。」

小饞貓這才歡天喜地地啃起了糕餅，逗得蕭家其他人都露出寵溺的笑容。

轉頭看了看又長高了點的弟弟，蕭箬欣慰道：「昭昭像個大人了。」

「可不是嗎！」鄭冬陽一臉得意地道：「國子監今年的考試，咱們昭昭可是拔得頭籌，夫子們還給了賞呢！」

「真的？」瀟箬頗感意外，畢竟國子監是全國最高級的學府，能在國子監的考試裡得到第一名，屬實是不容易。

她從荷包裡掏出一把銀子，想了想，乾脆拿下整個荷包塞到瀟昭手裡道：「咱們學問做得好，人情也不可少，這些錢你先拿著，平日沒事就請同學們吃吃飯，節日裡先生們的禮品也不能少。」

想想又覺得不夠，她打算晚點再拿些銀票給瀟昭。「過完年你就去買點吃食用度，挑好的買，給夫子們送去。」

瀟昭乖乖點頭道：「阿姊放心，這些禮節停雲也和我說過，他還約我年後一同去拜訪盈州有名的學士和各州的解元。」

「停雲？是以前來過我們家的柳同學？」瀟箬對這個人有點印象，畢竟人家是欽州首富之子。「他應該對這方面的事情比較有經驗，你多多請教他。」

「嗯，我們打算初一就開始按照他舅父給他的名冊，一個個拜訪過去。」瀟昭全然信任柳停雲的安排，畢竟他舅父年年召開賞花會，廣邀各路文人雅士、學術大家。

一家人在院中說了些體己話，便一同去準備除夕宴，過了個美滿的除夕年。

昨日下了整晚的雪，此刻的盈都好似裹了件潔白絨毛大裘的少女，家家戶戶的紅燈籠就是少女頭上的步搖，在孩童們陣陣歡笑中迎風搖曳。

大年初一，新春伊始，柳停雲早早梳洗好，換上母親讓人從欽州家裡帶來的紫貂大氅。

「金銀，快備馬車！我要去接昭昭！」他邊照著鏡子確認自己依舊玉樹臨風，邊吩咐貼身小廝。

「哎喲我的少爺，誰會年初一這麼早就去別人家拜訪呀，您好歹先吃點東西墊墊！」柳金銀著急忙慌地端來熱騰騰的白麵小饅頭和海參小米粥。

年前柳停雲就和瀟昭約好，年初一開始拜訪文人名士，為此他今年過年都沒有回欽州。從國子監放年假到現在，他有三天沒見到瀟昭了，此時是一刻也等不了。想到能和瀟昭一起和那些名揚天下的學士暢談古今，他就一陣心蕩神馳。

一揮袖子，他起身就往屋外走。「不吃了，讓小廚房準備點熱豆腐腦和炊飯，等我接了昭昭回來，再一塊兒吃！」

柳停雲剛到門口，差點和舅父冀元範撞個滿懷。

「哎喲，停雲你幹什麼去？行色匆匆的，小心摔著！」對於唯一的親外甥，冀元範笑得一臉慈祥。

柳停雲站定，有些不好意思地拱手行禮道：「舅父新年好，我是去接我的朋友。」

「就是你老念叨的那個瀟昭吧？」冀元範對這個名字可太熟悉了，寶貝外甥老念叨他這個朋友是如何的文采斐然、天資卓越，他耳朵都要聽出老繭來了。

「正好，按往年來說，初一上午我們曼煙樓會有不少文官來賀新春，你也帶上你朋友一起去見見世面，午膳就在樓裡吃，下午再去拜訪那些學士。」

一連安排下來，把兩人的行程定得明明白白。

「好呀，那就先謝謝舅父了。」柳停雲笑眼彎彎，能早些在當朝文官面前混個臉熟，對他和瀟昭往後出仕有極大的幫助。

得了冀元範的允准，柳停雲美滋滋地上了馬車，直奔瀟家。

馬車剛停穩，他掀開車簾便看到在門口掃雪的瀟昭。

「昭昭！」跳下馬車，他兩個大跨步就到瀟昭面前。「我舅父說讓我們參加曼煙樓早上的文官賀新春！」

說話間呼出的白氣在空中繞了小圈圈才消散，好似在映襯他的快活，替他跳了支舞。

聽柳停雲這麼說，瀟昭怔了一下，原來只說是拜見了他舅舅後，兩人便按照他舅舅給的名單逐一去拜訪聞名盈州的學士、文人。

現在卻是去參加文官的新春聚會！

一同在掃雪的林荀見瀟昭還呆愣著，便接過他手中的笤帚，說道：「去吧，別讓人家久等。」

抿了抿唇，瀟昭才點頭道：「那……阿荀哥，你幫我和阿姊說一聲。」

「好。」

又拱手行了一禮後，瀟昭才跟著柳停雲上了馬車，先回冀府拜見長輩。

冀元範在盈都經營多年，家底殷實，府上馬車用的都是頸細身壯的四蹄踏雪，跑起來又快又穩。

瀟昭感覺沒幾個起落，他們便到了冀府門口。

「昭昭你吃過早飯了嗎？」柳停雲問了又不等他答覆，直接扭頭和貼身小廝說道：「金銀，你先去小廚房，讓他們再熱一熱炊飯，那個冷了就不好吃了。」

「我吃過了的。」瀟昭趕緊說道，他現在肚子裡還滿滿當當，是一點也塞不下了。

今日一早瀟箬就給每人一碗水粄湯果，要他們全部吃完，說是一家人新的一年都會團團圓圓、順順利利。

看瀟昭確實是不想再吃，柳停雲撇了撇嘴道：「可我還沒吃呀……那等會兒你就看我吃吧！」

瀟昭應了聲好，他才又快活起來，拉著瀟昭的手腕就往冀府正房裡走，管家說冀元範這會兒正在屋裡喝早茶。

繞過影壁，穿過幾十公尺長的前院，過了垂花門，又穿過造景別致錯落的內院，兩人才抵達正房前。

站在廊外，柳停雲朗聲道：「舅舅，我和瀟昭來給您拜年了！」

房內立刻傳來和藹的笑聲，冀元範道：「今日倒是規矩，都進來吧。」

被親舅舅拆臺的柳停雲不好意思地撓撓臉，帶著瀟昭一同進入正房。

庭院葳蕤彰顯著冀府的雄厚財力，這主人的正房更是只能用奢靡二字來形容。寬敞的屋內四角立著漢白玉柱，上面雕刻著細膩靈動的鳥雀百草。牆上掛著層層金銀各色絲線繡成的幔帳，折射著屋內的光線，好似無風自動，流光溢彩。

觸目所及的桌椅床榻皆是金絲楠木製成，這種昂貴的木料在這個房間裡也只是隨意取用的家具。

冀元範坐在鏤花的象牙凳上，手執官窯汗青杯，啜飲著雲山白霧茶。

柳停雲在前，瀟昭略後半步，兩人一齊拱手彎腰道：「新年好，祝您天增歲月人增壽，春滿乾坤福滿門。」

「好好好！」一番吉祥話聽得冀元範滿面春風，笑盈盈地讓兩個小輩起身入座。

待兩人坐定，他掏出早就準備好的紅包，一人一個塞到手裡。「新的一年，你們兩人也要精進學業，勤耕不輟！」

長輩的拜年紅包是不可推脫的，瀟昭道了謝接下。

冀元範看著面前少年似曾相識的側臉，心中湧起一絲異樣的情緒。

「你叫瀟昭是吧？」他壓著心中翻湧的心緒，臉上依舊笑盈盈地道：「總聽停雲提起你，百聞不如一見，確實是個翩翩少年郎。」

親手給兩人倒了茶水，他狀似隨意地說道：「你也是欽州人？我好些年沒回欽州，都忘記欽州的街坊鄉親了，你家住哪條街？興許我還認得你家長輩呢。」

瀟昭雙手接過茶杯，恭敬道：「我家是欽州嶺縣上溪鎮的，後來為了鄉試，才舉家搬到欽州府裡。」

「哦……」冀元範若有所思地點點頭，又問道：「那你父親做何營生？你與停雲關係要好，我們兩家也可以在其他方面互幫互助一下……」

他還沒說完，柳停雲便氣惱地打斷他。「舅舅！我之前不是說過了昭昭年幼失怙……」聲音越說越小，到最後幾個字，柳停雲忍不住偷偷瞟著身邊人的臉色，唯恐自己提及了他的傷心事。

瀟昭反而落落大方道：「多謝冀伯伯好意，只是我父母在我三歲時便病逝，家中只餘姊弟三人，現在還有一位蒙師和爺爺共居，加上未來姊夫，家中共計六口人。」

「那挺好，六口人也還算熱鬧。」冀元範臉上依舊帶著慈祥的笑意。「停雲還沒用早膳吧？快去吃點，別餓壞了。用完膳你們就直接去曼煙樓吧，賀春宴也快開始了。」

被舅舅這麼一提，柳停雲感覺腹中空盪，餓得很。

他拉著瀟昭起身向冀元範拱手行禮道：「那我和昭昭先告退了。」

笑咪咪地目送兩人離開後，冀元範驟然收起臉上的笑容，朝虛空招了招手，道：「去查一查，欽州嶺縣上溪鎮的瀟家。」

空氣中閃過一道波紋，好似一隻肉眼看不見的飛燕掠過。

國都盈都，天子腳下的年初一，熱鬧程度絕非南方的欽州可以比擬。滿街飄蕩著年糖的香甜味道，人們穿著新衣走在寬敞的街道上，互相作揖拜年，素不相識的人碰面都要笑盈盈地互道一聲新年好。

掃完門口積雪，林荀進門放好笤帚，瀟家其他人都已穿戴一新，等著他一起出門逛街。瀟箬將搭在手肘的黑絨滾邊大氅抖開，踮起腳尖替林荀披上。「昭昭已經被柳同學接走了？」

「嗯。」彎下身子方便瀟箬繫繩，林荀順勢貼到她耳邊低聲道：「箬箬今天真好看。」

紅火的簇絨襖子上用銀絲繡了團團祥雲，妥帖地裹在瀟箬身上，盡顯她的身材窈窕又凹凸有致。烏黑柔順的秀髮簡單綰成桃心髻，綴以鎏金海貝花鈿，增添一絲俏皮。

白皙水嫩的臉龐飛上一抹雲霞，她假意白了他一眼，嬌嗔道：「你這嘴皮子越來越滑溜了。」

替他繫好繩結，後退一步左右偏頭確認給小狗訂製的新衣服合身後，她才轉頭向房簷下迫不及待的二老一少道：「好了，咱們也上街吧。」

「好耶！」瀟嫋蹦起來歡呼，她早就聽說盈都初一的春會遊街很熱鬧，等不及要去見識見識了。

一家人在她的催促聲裡鎖好院門，朝主街方向走去。

一路上雖然有不少人，瀟嫋卻沒看到春會遊街的隊伍，不由得小嘴巴就嘟起來了，拉著長姊的手，大眼睛左右張望著。

看出小崽的失望，瀟箬攔住一名行人拱手問道：「新年好，請問您知道春會遊街的隊伍在哪裡嗎？」

被攔住的行人拱手回禮，面帶笑容答道：「新年好，我剛從那邊回來，估計這會兒遊街的隊伍該進行到曼煙樓附近了。」

道了謝，瀟箬摸摸瀟嫋的腦袋，徵詢其他人的意見。「那咱們現在就去曼煙樓？」

岑老頭和鄭冬陽笑呵呵的全無意見，林荀也點頭表示贊同，道：「早上我聽昭昭說他們也要去曼煙樓，沒準兒等下還能遇上。」

全票通過，瀟箬招手喚來五輛春車。

盈都的春車類似於人力車，一張大椅子下面裝上兩個車輪，再套上車梁，由伙夫在前面跑步拉動。

坐這種春車價格不高，又免得二老一少累著，瀟箬乾脆讓每人坐一輛春車，往曼煙樓方向趕春會遊街的隊伍去。

伙夫腳力非凡，拉起春車跑得飛快，一刻鐘後便到曼煙樓附近。

果然樓前街上敲鑼打鼓走著的，正是遊街的隊伍。

可惜裡三層、外三層的人群圍著，除了林荀，剩下四人就算踮起腳尖，也只能看到遊街花車的車頂。

瞅了眼身後高聳的曼煙樓，瀟箬建議道：「不如咱們去上面開個朝街面的座位，邊喝茶、邊看遊街？」

即使知道曼煙樓的消費不低，她這會兒也不覺得心疼。大過年的，給一家老小花錢那是理所當然。

一家之主的決定再次得到全家的捧場，五人轉身走進裝修華麗的曼煙樓。

訓練有素的店夥計見有客人上門，堆著笑臉迎上前。

「新年好！各位客官好福氣，咱們一樓正好還有最後一間包廂，幾位可要喝茶休息？」

岑老頭背著手抬頭朝二樓張望。「樓上呢？都滿了？」

可惜通往二樓的樓梯口站著兩個壯碩的護衛，將樓梯口後面的二樓堵得嚴嚴實實。

店夥計一臉歉意道：「客官有所不知，咱們曼煙樓每年初一都是只開放一樓。」

樓上分明有交談聲，店夥計卻睜眼說瞎話，岑老頭皺著花白的眉毛，不滿道：「我們又不是不付錢……」

說話間便看到有個夥計打扮的人，托著造型別致的茶點往樓上送，岑老頭立刻伸手指向他，拔高的聲音裡帶著怒氣。「你這不是二樓有客人嗎！怎麼？別人坐得，我們就坐不得？」

不知是被驚到，還是腳下不穩，那個往二樓送茶點的夥計突然身子一歪，瞬間滾下三、四個臺階，手中的瓷碟砸在地上。

幸好曼煙樓不差錢，裝修精緻，連樓梯上都鋪了厚厚的地毯，白瓷碟才沒有摔碎。厚地毯吸音，這一摔竟然沒有引起其他人的注意，只有瀟家五人和迎接的夥計目睹了全程。

「哎呀，你怎麼又摔了！」店夥計一跺腳，顧不上眼前還在招呼的客人，一溜煙地跑到摔倒的人身邊，動作索利地幫他將地上的糕點撿到碟子裡。

「快點起來，別被領班看到，不然你晚飯又沒得吃了！」店夥計壓低聲音，一手托起重新裝好的盤子，一手拉起還歪倒在地的人。

等他重新站好，店夥計才把東西放在他手中道：「去後廚換一份新的，小心點，別讓領班看到！」

那人低低應了一聲，抱著白瓷碟一瘸一拐地走向後院。

看他消失在拐角沒再摔倒，店夥計才小跑著回瀟家五人面前，賠著笑臉道：「不好意思啊客官，讓你們久等了……」

伸手不打笑臉人，岑老頭這會兒也發不出火了，正要說「算了我們走」的時候，林荀突然開口說道：「麻煩小哥帶我們去一樓最後一間包廂吧。」

他一說話，瀟家其餘四人全看向他。

以林荀的性格，在外面若沒什麼要緊事，他都是一副平靜無波的神情，能不開口就不開口，萬事都隨瀟家其他人決定。

這會兒突然作主要在曼煙樓喝茶，幾人都感到有些詫異。

一家人生活這麼多年的默契還是有的，誰也沒反駁說不要，五人在夥計熱情的引導下，來到最後一間包廂雅座。

入座後也是林荀主動先開口。「不知小哥有沒有推薦的茶和點心，我們第一次來，不清楚你們的招牌。」

瀟箬早就注意到剛才林荀看到摔倒的夥計時的異樣神情，便適時地配合道：「我看剛才那個夥計拿的茶點就挺新奇，讓他也給我們上一份一樣的吧。」

店夥計有些遲疑地道：「他手腳不太索利，我怕他伺候不好幾位貴客……」

「無妨。」瀟箬掏出一小塊碎銀放在桌邊。「就讓他來伺候吧，再給我們上壺熱的洛神花茶。」

店夥計撿起碎銀塞到兜裡，滿臉堆笑道：「好咧，幾位稍等，小的這就去安排！」

他殷勤地用抹布快速擦了擦桌子後，便快速出了包廂。

沒了外人，瀟箬看向林荀問道：「阿荀，你是不是認識那個人？」

林荀搖了搖頭。「我還不確定，只是覺得身形有點像他……又不太像……」

剛才隔著一大段的距離，加上沒看到正臉，林荀也不敢百分百說摔倒的夥計就是他認為的人。

咚咚咚。

包廂門被敲響，店夥計端上來一壺茶水，他身後跟著的人正是剛才摔倒的夥計，低頭捧著一碟茶點。

「客官請慢用。」店夥計放下茶壺，很有眼色地往外面退去。臨出門前朝縮在一邊的人使了個眼色，示意他機靈點，不要得罪了客人。

安靜下來的包廂裡，五人都看向幾乎貼著牆縮站的人。

他身形纖瘦，曼煙樓的夥計服在他身上空盪盪的掛著，袖口露出來的手腕瘦伶仃，好似一捏就斷。

此刻他低垂的頭幾乎要貼在胸前，哪怕其他人都是坐著，也看不清他的臉。

林荀無端嚥了下口水，有些乾澀地開口道：「是你嗎？抬起頭來。」

那人像是提線木偶，一個指令、一個動作，抬起頭，露出在陰影裡也同樣蒼白到幾乎無血色的臉。

消瘦到幾乎只有薄薄一層皮的臉中間是尖尖的翹鼻子，和依舊肉嘟嘟的鼻尖。細長的雙眼裡瞳孔大得出奇，好似一汪深不見底的死水。

還有眼角的一點黑痣。

第四十八章

「是你?!」瀟箬不禁驚呼出聲，意識到不能引起外面人的注意後，又立刻壓低聲音。「你怎麼會在這兒？麗春夫人呢？」

或許是熟悉的字眼觸動了他，少年囁嚅著。「麗春……」

僅僅重複這兩個字後，少年又像河蚌一樣緊緊閉上嘴巴。

林荀起身走到他面前，半蹲下來與他平視。「你還記得我嗎？在馬車上，我們被關在鐵籠子裡，你給我遞來鐵絲……」

似乎被掀開了一層常年籠罩的塵布，少年的眼神從空洞到迷茫，稀疏的眉毛也因為努力回憶而微微皺起。

「鐵籠……鐵絲……」他呢喃著。

「對，你給我的鐵絲，我才能打開籠子跳車逃跑，你想起來了嗎？」林荀耐心地重複。

細長的眼睛越瞪越大，他終於回想起惡夢的開端。

是的，就是那輛馬車，他是被那輛馬車運到盈都，運到最可怕的地獄。

隨著記憶的復甦，他好像喘不過氣來，喉嚨裡發出呵呵的呼氣聲，薄薄的身板像再也支撐不住的機器發生形變，弓成蝦米狀。

「不好！」岑老頭眉頭一皺，出手快如閃電，一把拉過少年的左手，用拇指依次推壓他的內關、太淵、極泉等穴位。

等一圈穴位按壓完畢，岑老頭已是滿頭汗水，少年也逐漸平復下來，呼吸綿長而平穩。瀟嫋和鄭冬陽起身，讓出更多的座位空間，讓岑老頭和少年能較為舒服的坐下。

「爺爺，您沒事吧？」瀟嫋掏出小手絹，心疼地為岑爺爺擦拭著汗水。

「沒事沒事。」岑老頭露出寬慰中帶著疲憊的微笑，拍拍瀟嫋的小手安撫她，轉頭對一臉擔憂的瀟箬和林荀說道：「他也沒事，就是剛才心緒湧動，急火攻心。」

包廂裡的騷動引起一直關注著這邊的店夥計的注意。

包廂門被敲響，店夥計側身貼耳問道：「客官，可還要點什麼？」

「再送幾碟茶點吃食上來。」林荀揚聲朝外喊道。

打發了門外夥計，他壓低了聲音問少年。「你是不是想起來了？上次在欽州我……」

話沒說完，少年突然緊緊抓住他的手臂，哀聲祈求道：「求求你，求求你帶我走……你以前就能逃走，現在也一定能帶我逃……求求你！」

枯枝一樣的手指因為過於用力深陷在林荀的袖子褶皺裡，聲音中帶著讓人不忍的痛苦。

怕再次驚動外面的人，瀟箬趕緊伸手覆住少年的手，安撫道：「你別急，我們能再遇到你，就不會不管你的……」

輕柔的嗓音和溫暖的掌心溫度像是有驅散惡夢的神奇力量，短短幾句話就讓少年不再驚恐。

咚咚咚。

曼煙樓的店夥計訓練有素，行動俐落，只這一會兒工夫已經送來茶點到門外。

「這兒不是說話的地方，今夜子時我去尋你。」林荀低聲迅速說道。

少年眼中迸發出希望的光芒，也迅速回道：「我就住在後院的柴房，我等你。」

說完他立刻起身，恢復成貼牆站立的瑟縮模樣，好似剛才的一切都沒有發生過。

下一秒店夥計便打開包廂門，送上茶點。

瀟家五人面色如常，喝茶吃點心，聊聊近日的趣聞，吃喝完結了帳、給了賞錢後，就如尋常客人一般離去。

子夜時分，萬家燈火都已熄滅，盈都像是個襁褓中的嬰兒陷入沈睡。

黑影毫無聲息地潛入曼煙樓後院，正是一身夜行衣，和夜色融為一體的林荀。

曼煙樓的夥計們都已經在伙房裡進入黑甜鄉，只有少年懷中緊緊抱著一個薄包裹，瑟縮在柴房的牆角。

啪！林荀丟了個小石子到縮成一團的少年腳邊，等少年抬頭注意到自己以後，做了個噤口的手勢，示意少年過來。

少年點點頭，努力克制心中的激動，躡手躡腳地靠近林荀。

在冰涼的冬夜裡，他終於離開了捆住他多年的惡夢。

少年輕得好像隻貓兒，林荀毫不費力地拎著他的後領，就能帶他一起踏雪無痕的回到瀟家。

家中油燈未熄，一家人都聚集在瀟箬的房間裡。

聽到院中動靜，瀟箬打開院門，果然是林荀帶著少年回來了。

「快進來。」她小聲招手，等兩人閃進房間後又趕緊左右看了看，確保沒有任何人看到後，緊閉了大門。

屋子不大，聚集了七個人就顯得有些局促，不過好在人多暖和，在冬夜裡這樣的溫度尤為舒服。

少年坐在凳子上，僵硬緊繃的身體終於放鬆下來。

抓著自己的褲子，他帶著濃重的鼻音感激道：「謝謝你們……」

「不必道謝，還不知道怎麼稱呼你呢。」瀟箬臉上掛著溫柔的微笑，遞上一杯熱氣氤氳的玫瑰花茶。

接過茶杯，少年臉上也露出久違的笑容。「我原來叫什麼已經不記得了，不過麗春姊說我叫文學明，她弟弟就叫這個名字。」

「對了，你不是一直在麗春夫人身邊？怎麼又到了曼煙樓？」

瀟箬想起他在麗春夫人身邊提著鳥籠的模樣，彼時的他還沒有這麼瘦，臉蛋圓嘟嘟、肉乎乎的，想來麗春從不在吃食上苛待他。

提起麗春，文學明臉上露出悲傷與惆悵，他慢慢說道：「麗春姊的老爺不要她了，趕她回老家去，我本來就是麗春姊從她老爺那裡討來的，就被收回去了，後來被管家和另外一批雜役一起給了曼煙樓做夥計。」

文麗春的老爺？瀟箬想起綠竹夫人之前提到過文麗春討要少年的事情。「你說的老爺，是不是叫應郎？」

文學明猛一抬頭，眼中滿是驚懼，好似這個名字就是個禁忌。

他抖著嘴唇，聲音斷斷續續。「妳……妳知道……他？」

瀟箬搖了搖頭。「這個應郎全名叫什麼，你知道嗎？」

幾度張合嘴巴，好幾分鐘後文學明才好像聚集起一絲可憐的勇氣，低聲說道：「隋……應泰……」

「什麼！」瀟昭聽到這個名字忍不住站起身來，難以置信地重複道：「隋應泰？當朝國舅隋應泰?!」

隋應泰這個名字，瀟昭今天聽到了很多次。

在文官們的嘴裡，當朝國舅隋應泰是個儒雅和善，且禮賢下士的人，他對所有文人都十分尊敬。

經常有落魄或者自稱懷才不遇的人去投奔國舅府，只要確有才幹，隋應泰都會為其謀一個差事，或者收為門客，好吃好喝地在府裡供養著。

在交際方面，隋應泰不拘一格。只要談得來，上到白髮蒼蒼的老者，下到垂髫的小兒，他都可以與之成為摯友，其中最有名的就是他與當朝老宰相喬生元的忘年交情。

似乎在這些文官眼裡，隋應泰就是一個完美的人。

而這個文官們人人稱道的好人，卻是文學明口中蓄養外室，隨意玩弄女子，把人當物品一般處置的薄倖男子。

「你確定是國舅隋應泰？」瀟昭忍不住問道。

文學明被他嚴肅的語氣嚇到，結結巴巴道：「我、我不知道他是不是國舅……」

拉了拉弟弟的袖子，讓他別嚇著人家，瀟箬給文學明遞了塊綠豆糕。

明顯比起茶水，文學明更需要能填肚子的糕點，他乾瘦似雞爪的手接過綠豆糕立刻往嘴巴裡塞，胡亂嚼了兩口就哽著脖子往下嚥。

「慢點慢點，還有呢，你別急！」

怕他噎到，瀟箬趕緊把整盤糕點都放在他面前，又用手試了試茶水的熱度，不燙嘴，她才給文學明的杯子滿上，好讓他順一順。

接二連三塞了六、七塊糕點下肚，又灌了一大杯暖呼呼的茶水，文學明才小小吐出一口氣。

看他放慢了進食速度，瀟箬才坐回床邊，問道：「那你又怎麼會到隋應泰的手裡？」

這個問題似乎觸及文學明內心最恐懼的地方，正要繼續拿糕點的手一縮，他渾身發出細微的抖動。

「我……一直都在那裡……所有的鐵籠子都在他那裡……」

文學明的眼神又逐漸空洞起來。

「所有人……黑房間……我們從籠子裡被拉出來，男的和女的要分開……」

從他七零八落的話裡，瀟箬和林荀努力汲取訊息。

「你是說，當年人牙子的馬車把你們運送到隋應泰那裡？所有人？」林荀注意到關鍵點，他皺眉繼續追問道：「那其他人呢？當時車上少說也有十來個人，其他人現在何處？」

「其他人……沒啦，全沒啦！」文學明的聲音尖銳起來。「每隔一段時間就有人被帶出黑房間，有的能回來一次，有的再也沒回來，他們都被拉走做藥了！全是藥！」

「藥？什麼藥？」瀟箬心中一驚，這是什麼說法？以人入藥？

「回來的人胸口都有個大窟窿，他們說是被取了心間血做陰陽藥，女童的心間血做的是陰藥，男童的心間血做的是陽藥……」文學明說這些時聲音又壓得很低，好像深怕別人聽到一樣。

瀟家六人面面相覷，文學明口中的事情若是真的，那簡直就是人間煉獄。

拐賣的孩童被用特殊的毒物改頭換面，抹去記憶，然後被統一關在一處地方，按照需要拉去取心間血，做成可怕的陰陽藥。

這麼多年來，不知道多少可憐的、被拐被擄的孩童喪命於文學明口中的黑房間裡……

「這哪是藥，簡直就是邪術！」岑老頭咬得後槽牙發麻，忍不住閉上眼睛低聲呢喃道。

瀟嫋被自己腦補的場景嚇壞了，小臉煞白地緊緊抱住長姊的手臂。

鄭冬陽氣憤地直拍大腿。「怎麼會有如此殘忍之事，罔顧人倫，有違天道！」

同樣臉色發白的瀟昭還算冷靜，他皺眉問道：「你既然逃出生天，怎麼不去報官？」

文學明連連搖頭，面上驚恐更甚。「不行，不行的，我和阿澤逃過一次，剛跑沒多久就被街邊衙役押回去，阿澤……阿澤被活活打死了……」

室內一片死寂。

整個盈州城內有誰敢和當朝國舅爺同名同姓？

又有誰能耐大到可以讓巡街衙役直接押送逃跑的人回去？

那麼多孩童被關押，以取藥的名義被殺害，難道官家一點也不知道？

越想心中越是一片冰涼。

夜越來越深，寒風颳在門板上傳來幽幽嗚咽。

瀟箬握了握僵硬的拳頭，打破這片死寂。「太晚了，大家都回去睡覺吧。」

她轉頭看向林荀。「阿荀，今晚他就和你睡一間湊合一下吧，等明日城門開了，我們再把他送出城安置……」

曼煙樓是盈都數一數二的大茶樓，突然丟了個人，還是國舅府給的人，只怕他們不會善了。滿城翻找必然是躲不過的，為今之計，只有趁著他們沒有反應過來之前，就將人送出城外。

「我、我想去找麗春姊！」文學明鼓起勇氣爭取自己的去處。「我知道麗春姊老家在哪裡，求你們讓我去找她……」

文麗春是他有限的記憶中對他最好的人。

把他從魔窟裡拉出來帶在身邊，會關心他有沒有吃飽穿暖，也會在別人欺負他時護著他。

甚至文麗春在被趕出藏嬌宅院時，都想要帶上他一起走。可惜還是被管家攔下，只將她一人往門外一丟，厚實的大門把兩人永遠地隔絕開來。

文學明瘦到只有巴掌大的臉上，一雙細長的眼睛顯得也大了很多，圓睜著看向瀟箬和林荀，裡面盛滿快要溢出來的祈求。

咬了下嘴唇裡的軟肉，瀟箬抬頭看向林荀。

陰陽藥牽扯到當朝國舅爺，不是他們這樣的平民能管得起的事情，說她自私也好，說她膽小也罷，瀟箬不希望瀟家人摻和到這種要人命的事情裡去。

既然不想摻和，那可以作為人證的文學明就沒有必要留在盈都，他現在有自己的去處是最好的發展方向。

但是瀟箬擔心林荀會有不一樣的想法。

他和文學明當年是同一車被人牙子擄走的孩童，是當事人之一，或許他會想要去調查這件事，揭露隋應泰的醜惡嘴臉……

感受到瀟箬的不安，林荀伸出大掌，將她柔若無骨的小手握在掌心，低聲道：「沒事的箬箬，妳來決定就好。」

瀟箬這才鬆了口氣，朝文學明點頭答應道：「也行，那明日送你出城後，我就幫你找輛馬車。」

一家人沒睡多久，天就泛起魚肚白。

兵分兩路，林荀帶著喬裝過的文學明混在第一批出城的隊伍裡出了盈州城門。

瀟箬去西市車行挑了個老實本分的車伕，藉口自家弟弟要去找表姊，託他一路多多照顧文學明。

目送馬車消失在道路盡頭後，兩人才慢慢走路回城。

天色剛白，又是年初二，人們多在暖和的被窩裡躲懶，街上只有零零散散幾個移動攤販賣早點。

剛出爐的肉包子香噴噴、熱騰騰，瀟箬一口氣買了兩屜帶回去當早飯。

二十個肉包被分成四個油紙包，林荀拎著三個，瀟箬捧著一個暖手。

隨著兩人的步伐，呼出的白氣又重新撲向臉上，旋即消散。

無聲的數著自己的步伐，瀟箬心中忍不住糾結起來。

七、八、九……要不要說呢……十三、十四、十五……昨晚是我自己決定不摻和的……三十五、三十六、三十七……要是連累家中老幼怎麼辦……五十八、五十九、六十……

「箬箬？箬箬！」

被拉住手，瀟箬才意識到林荀在喊她。

替她攏一攏被風吹亂的鬢髮，林荀擔心地問道：「想什麼呢？這麼出神，是不是昨晚睡少了犯睏？」

抿著嘴，抬頭看比自己高了一頭的林荀，瀟箬最終還是決定把自己的糾結點全盤托出。

「我……我在想要不要把這件事告訴聖上……」

她從決定將文學明送走後開始，心中就逐漸開始被負罪感和憤怒折磨。

真的不管嗎？

昨夜躺在床上後，懷裡摟著被嚇壞了死活要和她貼著睡的瀟嫋，感受手掌下軟軟熱熱的身體，瀟箬將目光投向窗外幽深的黑暗中。

在這寒冷的冬夜，不知道還有多少絕望的孩童被鐵籠裝著，關在漆黑的房間裡，惶惶不可終日的擔憂著被選中為藥的那天。

他們原本也該在溫暖的家裡，或許和父母撒嬌，或許和嫋嫋一樣，賴在長姊的懷中討抱。

被擄走、拐走之後，這些可憐的孩子們就再也見不到春天的花朵、夏天的涼風、秋天的碩果和冬日的暖爐，他們像是等待被屠宰的牲畜，迎接他們的只有死亡。

瀟箬自認不是聖母，她見過的殘酷和血腥數不勝數，末世時她無數次從殘肢斷臂裡尋找自己眼熟的面龐，為了活下去，她也用火燒死過叛軍和敵人。

但是這些被拿來做成陰陽藥的都還只是年幼的孩童……就像當年的林荀和瀟嫋……

一想到瀟嫋曾經差點被人牙子擄走，林荀也曾經被他們虐待，她心中就忍不住升騰起殺意。

看著心上人因為用力抿嘴而顯露出來的兩個小梨渦，林荀凌厲的眉眼舒緩地垂下。他注視著瀟箬的眼睛，問道：「箬箬是在害怕這件事會牽連昭昭、嫋嫋和兩個老爺子嗎？」

瀟箬點了點頭，又補充道：「還有你。」

被人記掛擔心的感覺好似一股溫泉，緩緩流淌過心間，驅散冬日的寒意。

林荀面帶微笑道：「這件事只怕不只文學明說的那麼簡單，從未聽說當朝國舅有什麼重疾，而且經年累月的大量運送孩童到盈都，光入城的查驗就不會那麼容易過。」

這也是瀟箬早就想到的。

陰陽藥是幹什麼的？當了一輩子藥師的岑老頭都不曾聽說過。

國舅要是生病了為何不求助太醫院？要知道天下最好的醫生都在皇宮中，以他尊貴的身分，什麼樣的藥不能弄到？這個陰陽藥還要以幼童心間血入藥，必然是特殊用途的邪門藥。

盈都作為天子所在，進出城都要盤查，一次、兩次還好說，頻繁大量的運送一車車孩童入盈都，若是只靠國舅的力量，只怕也不是易事。

這麼多年來沒有露出破綻，這些人牙子背後的勢力肯定是盤根錯節，根深葉茂。

她還記得當年欽州那幾個人牙子就是被送到盈州審判，看來十有八九都是被這背後的勢力保下來了。

所以她才會想到要告知聖上。

沒有人比當今聖上更有權力，也沒有人比他更在乎別人殘害他的子民，畢竟那些孩子都是以後的勞動力，是國之根本。

但是她不能直接說。

凜冬的風像隻殘酷卻有力的大手，輕易奪走一切的熱度。

瀟箬察覺到手裡的包子開始變冷，她曲起手指，右掌心的溫度便被控制在五十度，溫著包子不至於涼透。

左掌心溫度控制在四十度，攥成拳塞到林荀空著的右手裡。

暖暖包瀟箬變身成功。

感覺包裹著自己左手的大掌溫度緩緩升高，她才滿意地說道：「事情不簡單，我們就讓它變得簡單。」

沒察覺到這個姿勢下的兩人就像新婚燕爾的小夫妻，瀟箬偏頭解釋自己的打算。

「最簡單的方法就是我們不插手，將這個皮球直接踢給聖上，皮球就是蹴鞠。」

晃晃手，示意繼續走。

「國舅我們得罪不起，聖上卻可以拿捏，只要聖上願意插手，那十有八九這事就會有進展……

「不過君心似海，聖上不會只憑我們一面之詞就相信國舅濫殺孩童，說到底，我們才是外人。」

感受著掌心的溫暖，林荀自己都沒意識到他現在的臉上滿是幸福的笑容，說話的聲音都柔了好幾度。「那我們要怎麼做聖上才會相信我們？」

這個問題她也想知道答案，瀟箬噘起小嘴。

想讓君王相信別人的話，這可是門技術活，現在他們兩人在臧呂心中的天平裡，肯定是比不上國舅隋應泰那一端的重量。

嘆了口氣，瀟箬語氣裡帶著無奈。「想讓聖上相信我們，至少我們要先把水銀的事情給解決了……」

只有切實地讓君王看到可用之處，才能獲得一點信任。

林荀也贊同道：「那等元宵我們回宮後，就再去查一遍那些輪班的太醫和太監們，雁過留痕，肯定有什麼東西是我們還沒注意到的。」

除此以外，暫時別無他法。

極目遠眺，橘紅色的朝陽已經溫柔擁吻整個盈州，瀟箬深呼吸一口冷冽的空氣，繼續和身邊人牽著往家走去，家中的崽崽和兩個老爺子，還等著吃飯呢。

冬天，總歸要過去。

一家人團聚的日子總是過得特別快，轉眼正月就要過半。

在這十幾天裡，他們經常看到街上有人在詢問打聽有沒有見到哪家有生面孔，想來就是曼煙樓在尋找文學明。

不過曼煙樓再有錢，終究只是一家茶樓，不能大肆搜查。

十幾天找不到人，漸漸地也就沒了下一步動靜。

第四十九章

明日便是元宵，蘇賀年昨日便差人來告知瀟箬和林荀二人要在明日申時之前回宮，明晚宮中的元宵夜宴有他們一份。

謝恩領命後，瀟箬和林荀就抓緊最後的時間，帶著早就準備好的禮物去給房掌櫃和江平拜年。

今年是頭年，兩人的家人都接到了盈都安置，他倆就把回老家的路程時間都用來忙鏢局的事情。

提著江平最愛的醬肘子和房掌櫃喝過一次就念念不忘的瀟家自釀，林荀熟門熟路地來到順記鏢局的內院正房，房掌櫃和江平正在裡面商量今年鏢局裡的事項安排。

「林荀？你怎麼來了？」看到好一陣子不見的兄弟，江平大笑著迎上前去。

房掌櫃笑咪咪地假意訓斥道：「江二掌櫃你說的什麼話，林荀來鏢局裡還要找理由嗎？想來就來了！」

轉眼看到陶製酒壺，他立刻不裝了，立刻起身，嘿嘿笑著大跨步到林荀身邊，拿過酒壺深深吸了口氣。「嗯，就是這個味！林荀懂我！」

從林荀背後探出腦袋，瀟箬笑著打趣道：「是阿荀懂你，還是我懂你呀？」

兩人只看到高大的林荀和他手裡的東西，竟沒發覺被他擋住的嬌小倩影。

「哎呀，箬箬姑娘也來了啊。」房掌櫃在美人面前暴露出酒蟲屬性，老臉微紅。「快快請進！」

將人迎到屋內，房掌櫃又掏出珍藏的涼山毛峰，沏了壺新茶。

「房掌櫃別忙了，我們坐會兒就要走的。」

話是這樣說，瀟箬還是拿起香茗呷了一口，滿口茶香，不愧是收藏級的好茶葉，不遜於宮裡的。

她忍不住讚嘆道：「好茶！」

收藏的茶葉被誇獎，好似自己被誇了似的，房掌櫃臉上樂開了花。

江平沒有他的雅致，喝茶跟牛飲差不多，連喝到嘴裡的茶葉都嚼嚼嚥了，朝林荀問道：「你們宮裡的事情辦完沒有？我還想你回鏢局幫我和老房一起繼續幹呢！」

茶葉梗發苦，他呸出來點渣渣。「沒你在，那些鏢師都沒以前聽話了，老給我鬧事找麻煩！」

想起那幾個被自己收拾停當的刺頭，林荀也露出一絲笑意。「還沒完成，明日我和箬箬還要進宮。」

「還進啊？」江平皺起粗黑的眉毛。

「是呀，所以我們今天來，是有事想要拜託江大哥和房掌櫃。」瀟箬主動拿起茶壺，反客為主地為江平添上茶水。

「我來我來！」房掌櫃趕緊接過茶壺。「箬箬姑娘有什麼事儘管說，咱們順記鏢局只要能辦到，絕不推辭！」

新茶燙手，他可不想瀟箬白皙的手指燙紅了。

抿了抿唇，兩個梨渦又浮現在瀟箬的唇角，她有點不好意思地說道：「我是想拜託你們幫我多多照看家人。」

她很少求人辦事，所以這會兒有點難得的羞赧，兩頰染上淡淡紅暈。

「我和阿荀進宮辦事，就怕在不知不覺間得罪人，皇宮牆高院深，我擔心有事我們趕不及回來，弟妹尚小，兩個老爺子又歲數已高……」

話已至此，房掌櫃和江平心中已經有了些眉目。

瀟箬說這樣的話，大概是遇上事情了。

房掌櫃毫不猶豫地接話道：「箬箬姑娘，妳放心，皇宮裡的事情我們沒辦法，但是宮外，我順記還是有些能耐，你們家中安全只管交給我們。」

江平也點頭道：「放心吧，在你們回來以前，我保證瀟家連蒼蠅都不會少一條腿！」

得了兩人的保證，瀟箬才放下心來，閒聊幾句後便告辭離去。

回家後又是一番叮囑，她和林荀接下來要做的事情不能悉數告訴家裡人，只能反覆囑咐讓二老二少平時注意安全，夜晚關好門窗之類。

待到次日，接他們回宮的馬車準時到達瀟家。

依依惜別後，瀟箬和林荀又一次回到紅牆黃瓦的四方城裡。

是夜，月淡星疏。

宮中早就掛上萬盞彩燈，形色各異的燈籠點綴著亭臺樓閣，燭火搖曳，照得整個皇宮亮如白晝。

按照慣例，宮中於元宵節這天設群臣夜宴，所有官員皆可帶家屬參加宴會，享受皇恩。

瀟箬和林荀雖無官職，但蘇賀年早就派人來通知兩人今晚也要出席。

兩人不敢耽擱，跟著引路的小太監來到乾清宮外。

這會兒已是酉時三刻，群臣該來的都已入宮，只待戌時開宴。

乾清殿內設御宴寶座，只有皇親國戚和王公大臣可以入內。殿門口臺階之上的月臺設置數張黃幔，下面擺放著各類金器，彰顯皇家氣度和尊貴身分，這裡的席位屬於文三品、武二品以上官員。

皇帝儀仗後設置青幔，青幔之下設置的席位才是餘下百官的座位。

瀟箬和林荀被安置在太醫院這群御醫旁邊的位置，離乾清宮大門挺近，稍稍一抬頭便可看清楚裡面的情形，裡面的絲竹談話聲豎起耳朵也能聽清。

戌時一到，只聽太監們高亢綿長的聲音一浪接一浪傳來。「聖上駕到——」

天子御輦抵達乾清宮，眾人皆下跪伏地，口中三呼萬歲。

待皇帝入座，禮官立刻指揮中和韶樂響起，皇親國戚和王公大臣依照身分依次入殿內，各官員也按照自己的身分地位在對應的位置站定。

等禮官唱唸磕頭後，才在皇帝恩典下入座賜茶。

其後賜酒，跪恩，再賜菜，又跪恩。

瀟箬從來沒有跪過這麼久，她估計等這套流程結束，自己的膝蓋肯定是青一塊、紫一塊。

心中疼得齜牙咧嘴，肚子餓得咕嚕亂叫，面上還要保持恭敬肅穆。

該死的封建陋習！

瀟箬咬著後槽牙，好不容易熬過漫長的禮節流程，禮官終於宣布謝恩開席。起身時僵硬疼痛的膝蓋讓她身形一晃，差點摔了個四腳朝天，還好林荀在背後扶了她一把，才不至於落個殿前失儀的罪名。

兩人的位置相鄰，反正沒有相熟的官員需要寒暄，林荀乾脆挪坐到瀟箬旁邊，在桌子的掩護下替她揉著痠疼的膝蓋。

「箬箬，還疼嗎？」他壓著嗓子，用只有兩人能聽到的聲音輕聲問道。

瀟箬噘著小嘴，小幅度點頭。「這皇宮裡的規矩也太多了，吃個飯還要三跪九叩，簡直浪費體力！」

深吸一口氣，鼻尖滿是珍饈佳餚的香味，她像隻小貓兒一樣嗅聞著，低聲咕噥道：「等會兒我可要多吃點，不然就虧了！」

只可惜算盤打得再好也沒用，宮中宴席因為人數多，要準備的菜量很大，基本上都是膳房提前做好的。

等冗長的禮節流程走完，菜早就冷透。

正式開宴的飯菜都是熱了又熱，光有色和香，味道卻遜色一大截。

白玉筍菜綿軟，錦繡魚丸子腥味十足，雞絲更是反覆熱到又柴又乾……

沒吃幾口，瀟箬臉皺成小包子，用手掩著嘴小聲對林荀說道：「我覺得聖上應該派你做御膳房大總管，你做得比這些好吃太多了……」

林荀嘴角勾起一絲笑意，挑揀著多次加熱也不太影響口感的糕點給她。「稍微吃點墊墊肚子，回去後我給妳拿牛乳凍。」

瀟箬啃著糕點，抬頭四下觀看。

看到這麼難吃的菜，那些官員還要裝作珍饈美食一般，臉上帶笑違心地連連誇讚，瀟箬忍不住搖了搖頭輕嘆一聲。

不論是哪個時代，社畜都不易啊……

一片觥籌交錯中，既沒官位又沒家世的兩人好似隱形了一般，沒有一人注意這個角落。

杏眼滴溜溜一轉，瀟箬把最後一口糕點嚥下，附在林荀耳邊悄悄說道：「咱們開溜吧，這麼漂亮的燈籠不好好欣賞太浪費了。」

見確實沒有人留意他們，林荀點了點頭，指著左後方的小徑，用手指做了個小人行走的姿勢。

兩人一點點悄悄退後，沿著牆角退出宴會區域。

「呼——」朝夜空吐出一口自由的氣，瀟箬扭扭脖子、轉轉手腕，像給木偶人上油一樣，將關節活動了個遍。

「可憋死我了，剛才說話都不能太大聲……」

並肩走在宮道上，林荀看著瀟箬像隻出籠的小鳥，在一盞盞花燈下穿梭，燭光映在她白嫩的臉上，好似一顆散發溫軟螢光的珍珠。

皇城錯綜複雜，在夜色中宮道長得都差不多，兩人邊走、邊看花燈，不知不覺偏離了原本的路線，等他們察覺時，已經不知走到哪處殿宇。

正值元宵夜宴，大部分宮人和護衛都被派去乾清殿，走了一刻鐘也沒見到可以問路的人。

左看看，是紅牆黃瓦；右看看，是黃瓦紅牆。

「完了，咱們好像迷路了……」

林荀依舊鎮定，安撫道：「不用擔心，等宴席散了就會有宮女、太監重新分散值守，到時候我們再問問路就行。」

走了小半個時辰的路，他有點擔心瀟箬的膝蓋。「累嗎？我剛才看到旁邊有個亭子，我們去坐會兒？」

敲敲發脹的膝蓋，瀟箬還真覺得有點累。

於是兩人往回走了一小段路，來到剛才路過的亭子。

亭子挨著迴廊轉角，是個視野盲區，宮人便沒有在亭子四周掛花燈。

靠在亭子石欄上，兩人手握著手，靜靜欣賞著絢麗的燈火。

曲廊夜放花千樹，火樹銀花不夜天，沒有掛燈的亭子便好似藏在影子裡，溫柔又靜謐的包裹著他們。

正在他們交換彼此掌心溫度時，有個四處張望的身影出現在迴廊之上。

璀璨燈光將他蒼老的面容照得清楚，瀟箬眯眼一瞧，認出這人他們之前在太醫院見過，正是國舅府的趙管家。

奇怪，國舅府的管家怎麼會在這個時間出現在宮裡？

東張西望、鬼鬼祟祟的模樣，一看就不像幹正經事的。

瀟箬無聲地撓了下背對趙管家的林荀的掌心，示意他也往迴廊處看去。

就在此刻，一個宮女打扮的人匆匆趕來。

趙管家見到此人，身子板立刻挺直，人都顯得年輕了幾分。

「含珠，這裡！」趙管家招手示意，老臉的笑容在燈影下格外燦爛。

被叫含珠的宮女要謹慎許多，她朝四周看了幾圈，確定旁邊沒有其他人，才走到趙管家面前。

「趙管家，這次怎麼改地方了？萬一被別人瞧見怎麼辦！」她話中帶著明顯的不滿。

趙管家依舊笑咪咪地道：「不用怕，我早就打探過，今天的人都去伺候元宵宴了。」邊說著，他就要伸手去牽含珠的柔荑。「我可有好一陣子沒見到妳了，過年就是這點不好，讓人好生相思……」

含珠向後退了一步，剛好讓趙管家摸了個空，她面色冷淡地說道：「正經事要緊，皇后娘娘的東西你帶來了嗎？」

「嘖……」趙管家嘬了下牙花子，臉上笑容淡了幾分。「這兒風月正好，含珠不和我說些體己話，上來就要東西，顯得生分了啊。」

「趙管家！」含珠加重語氣，克制地握了握拳，才忍下怒火。「國舅爺和皇后娘娘的事情才是最要緊的，耽擱了你我都擔待不起！」

搬出隋應泰的名號，趙管家才有所忌憚地收斂了些許，輕哼一聲後從懷中掏出貼身攜帶的白玉瓷瓶遞給面前滿臉寒霜的人。

「喏，這個月的陰藥。」借著遞瓷瓶的動作，他又乘機在含珠白嫩的手背摸了一把。

含珠忍了又忍，終於是忍不住了，抽出袖籠裡的帕子，用力地擦了好幾遍手背，又將瓷瓶擦了好幾遍，她才把白玉瓷瓶放進懷裡貼身保管。

快速敷衍地道了個萬福，含珠轉身就要走。

目睹她全部動作的趙管家不悅地沈下臉，在含珠要走時喊道：「等等！老爺讓我轉告娘娘，陰陽藥他倆服用多年，恐怕已有抗性，以後服藥需要往日雙倍的量，才有可能見效。」

含珠聽完應了聲是，又道了個萬福，這次是頭也不回地走了。

腳步飛快，好像身後有吃人的惡鬼在追一般。

倩影遠去，趙管家往地上啐了口唾沫，陰沈沈、自言自語地道：「等老爺成功和娘娘生下最純正的隋家血脈，榮登大寶，到時候我就讓老爺，啊不，太上皇把妳賜給我做四姨娘，到時候看妳還怎麼傲！」

像是腦中已經有了美人在懷的畫面，趙管家搓著手，滿臉淫笑，原地轉了兩圈後才美滋滋地離開花燈迴廊。

第五十章

瀟箬和林荀兩人隱匿在暗處目睹全程，不由心中震驚。

沒想到會在這裡聽到陰陽藥的消息，而且趙管家最後那句話訊息量更大，他的意思是當朝國舅爺隋應泰，和當朝皇后娘娘，也就是他的親妹妹，要一起生孩子?!

這個不倫的產物還要當下一任皇帝？

「你們都聽到了吧？」更暗處傳來幽幽一句，把沈浸在震驚中的兩人嚇了一跳。

林荀下意識地擋在瀟箬面前，身體每一處肌肉都進入警戒狀態，目光如炬，隨時準備給這個突然冒出來的人致命一擊。

「不用緊張，我不會傷害你們。」聲音的主人主動往前邁出一步，讓自己完全暴露在瀟箬和林荀面前。

石青色龍褂正面繡著四團栩栩如生的四爪金龍，兩肩前後各繡一條四爪金龍與五色雲。腰中一枚金光閃閃的純金佩牌，哪怕在昏暗的光線裡，也折射著熠熠光輝。

普天之下能穿四爪金龍的人，只有當朝唯一的皇子——臧廷華。

就算是來自現代的瀟箬，也知道見到皇子應該下跪行禮。

兩人正要按當朝禮法跪下時，臧廷華先掌心朝上抬了下手道：「免禮。」

他率先邁步走出暗處的亭子，瀟箬和林荀對視一眼，也不得不保持一步之距，跟在他的身後。

火樹銀花驅散黑暗，橘黃燭光溫柔地擁抱三人。

借著亮光，臧廷華回身打量瀟箬和林荀。男的高大俊美，女的聰慧嬌俏，好一對璧人。

臧廷華臉上露出平和的笑容道：「宴席酒菜不合口味？我記得欽州那邊飲食偏清淡，應該讓膳房給你們準備些淡口的菜餚的。」

稱得上平易近人的話，卻讓兩人背後出了一身冷汗。

短短兩句已經表明七皇子對他們瞭若指掌，不僅知道兩人是誰，連他們來自欽州，口味如何都一清二楚，這讓瀟箬和林荀不得不提起戒備心。

瀟箬小心地挑選著用詞。「是民女突然身體不太舒服，所以才想回去早些休息……」

臧廷華聞言立刻露出關切神色。「瀟箬姑娘現在可好些了？要是還不舒服可以去太醫院取些藥來。」

「多謝七皇子關懷，可能就是剛才人多氣濁而已，出來透透氣後，我已經覺得好多了。」瀟箬不動聲色地挪了一步位置，和林荀靠得更近。

她的直覺告訴她，這個七皇子遠不像表面那般無害。

臧廷華贊同地點點頭道：「確實，我剛才也覺得氣悶，才出來散散心，沒想到竟然會看到……」

話語一頓，他抬眸直視兩人，語氣中帶著誠懇。「剛才發生的事情，還希望二位不要宣揚。若是剛才兩人所說皆是真的……事關皇家顏面，茲事體大，我希望能在查清事情來龍去脈以後，再將這件事告訴父皇。」

臧廷華敦厚的臉上露出愁苦的表情，怎麼看都是個害怕父親傷心的孝子。

「屆時再請二位替我做個見證，不知二位……」

作為當朝唯一的皇子，最有可能成為下一任皇帝的人，臧廷華的態度顯得格外誠懇和謙遜。

他完全可以命令兩人按照他說的去做，也完全可以直接派人拿下趙管家和含珠，但是他沒有。

兩人根本沒有拒絕的權利，雙雙屈膝行禮回道：「七皇子所言甚是，民女遵命。」

「小民遵命。」

「好，夜深天寒，瀟箬姑娘既然身體不舒服，就早些回去歇息吧。」臧廷華拍了拍手，不知從何處鑽出來個小太監，小碎步跑過來。

「想來皇宮夜路不好走，二位迷了去路，小金子，帶他們回去吧。」

小太監脆脆應了聲是，起身引導著瀟箬和林荀朝另一個方向走。

在他們即將走出迴廊時，臧廷華的聲音從身後傳來。「瀟姑娘，要是還不舒服，記得去太醫院拿藥，太醫不在，妳就自便。」

話中飽含濃濃關切，瀟箬回身屈膝謝恩後，才跟著小金子走出臧廷華的視線範圍。

從小在宮中長大的小金子閉著眼都能行走完所有宮道，沒多少時間便將兩人送回寢殿。

瀟箬學著以前電視劇裡看到的場景，掏出一塊碎銀塞給他，小金子卻立刻後退三大步，連聲道：「謝姑娘賞，只是宮規在上，小人不能拿！」

見他是真心不要，瀟箬才收回銀子。

待小金子低頭告辭後，瀟箬歪頭看向他離去的方向若有所思。

「箬箬，先進屋吧，外面冷。」

朝夕相處的默契下，林荀自然察覺出瀟箬的異常，盈都正月的夜風凜冽如刀，他不捨得瀟箬受凍。

到了屋內，他趕緊點燃炭火。

皇帝對他們兩人有心，蘇賀年自然不敢怠慢。他們住的寢殿雖然偏遠，也沒有伺候的宮女、太監，內務府主動送來的炭火卻是最好的銀絲炭，分量足夠整個偏殿燒上一個月的。

炭火散發出暖意，很快驅散了整個房間的寒氣，瀟箬半趴在桌面看著林荀忙活，腦中不斷地回憶著剛才的場景。

「阿荀，你說怎麼會這麼巧，七皇子和我們都剛好看到趙管家和含珠的秘密交易……」

她相信世界上有巧合，但是各種巧合都一起發生時，巧合就不一定是巧合了。

林荀先將牛乳凍放在炭火上溫熱，聽完瀟箬的言語，他也說出自己的疑惑。

「我進亭子之前，確定亭子裡和附近都沒有人，若說七皇子早就藏身於亭子裡，應該是不可能的，除非他是武功蓋世的高手。」

對於自己的耳力，林荀很有自信，故而七皇子何時到亭子裡，他也想不通。

「一個在皇宮中長大的皇子，有些身手，或者擅長騎射都不奇怪，但是要說武功蓋世，輕功登頂，那幾乎是不可能的吧？」瀟箬皺起眉頭說道：「而且也從來沒聽說過七皇子會功夫啊……」

皇子武藝好，那是皇家長臉面的事情，應該早就拿出來頌揚才是，民間對於七皇子的評價卻只有溫文爾雅、敦厚寬明。

除了這點，瀟箬還有一處想不通。

七皇子為何強調讓她去太醫院拿藥呢？第一次提起可以說是關心她的身體，在臨別時又特地說一次，還說什麼太醫不在就讓她自取……

太醫院？藥？難道……

腦海中像是有一簇火苗突然被點亮，一拍桌子，她起身喊道：「阿荀，快，我們去太醫院！」

「現在？」林荀一愣。「御醫們現在恐怕都還在元宵宴上，太醫院裡應該沒人在……」

「要的就是他們都不在！」瀟箬來不及多加解釋，拉著林荀就要走。

「等等！」林荀起身用涼茶水潑向炭火，只聽刺啦一聲，一團白煙升起。

確認炭火已經完全熄滅，林荀這才和瀟箬一起向太醫院趕去。

果然太醫院裡靜悄悄的，今夜特殊，並無輪值，只有小德子坐在南廳門口守夜，這會兒正腦袋一點一點地犯瞌睡。

瀟箬和林荀並沒有叫醒他，輕手輕腳地繞到後院御藥房。

御藥房中只有幾處燭火在琉璃罩中發出昏暗的光，照著方寸地界，其他燭光照不到的地方依舊是暗沈沈的，幾乎看不清地面。

幸好兩人已經來過御藥房數次，熟門熟路地走到放藥材的區域。

瀟箬壓低嗓音說道：「按紀錄今天聖上應該服用安神滋心湯，可能有朱砂、磁石、龍骨之類的藥材，我們分開找，只要看到這類藥材，你就喊我。」

囑咐好林荀，兩人便分開尋找。

赤芍、枳實、高良姜、金櫻子……一樣樣藥材飛速地從瀟箬手中過去。

片刻之後，林荀將盛放一塊灰白石狀物的碟子遞給瀟箬。「箬箬，妳看是不是這個。」

借著燭光一看，果然是五花龍骨！

「就是這個！」瀟箬用竹夾接過龍骨，湊近光源仔細觀察。

只見龍骨的細微凹陷處閃過一絲銀光。

水銀具有流動性和揮發性，瀟箬不敢直接用手去觸摸，只用竹夾撥弄。這塊龍骨上的水銀分量很少，而且巧妙地全在凹陷或者裂縫處，不仔細觀察很難發現。

一番觀察過後，瀟箬的心中有了猜測。

今夜的目的已經達成，兩人將龍骨放回原處，悄悄出了太醫院回到寢殿，小德子依舊在打著瞌睡，全程沒有察覺有人來過。

再次回到只屬於兩人的住處，瀟箬才把剛才的發現和自己的猜測告訴林荀。

「水銀是一種很容易揮發的東西，暴露在空氣中最多兩、三天就會揮發乾淨，所以我懷疑下毒的人是按照自己的入宮時間，隨機挑選當日的其中一樣藥材下毒。」

「妳是說下毒的是宮外之人？」林荀重新點燃炭火，繼續把牛乳凍放在銀絲炭上加熱。

瀟箬點了點頭，走到炭火盆旁邊，伸手烤火。

「我覺得下毒的人可能就是趙管家。他每隔一段時間就會送藥材到太醫院，今日正巧他入宮，我們就找到加了水銀的藥材。」

當然這只是她的猜測，拿賊拿贓，凡事都要講證據，瀟箬現在懷疑到趙管家頭上七分靠直覺，三分靠推測。

林荀用火鉗子將銀絲炭撥弄出空隙，讓更多空氣進入炭盆，好讓瀟箬更快暖和起來。

對於瀟箬的下毒之人是趙管家的推斷，他無絲毫疑問，只補充道：「所以我們之前查聖上的用藥紀錄，找每對太醫和太監觀察，都沒有發現有和聖上同樣中毒的症狀，是因為下毒的藥材太隨機，每個太醫可能都喝到過幾次，只因為量少，沒有表現出來。」

「有這個可能，本來輪值的太醫就多，就算試喝的湯藥中有水銀，個把月才輪到一次，每次分量又少，的確症狀就不明顯了，只有每碗藥都喝的聖上，才會在體內積累中毒。」

「趙管家竟然如此大膽，敢給當今聖上下毒，這可是死罪。」

轉念一想今夜趙管家和含珠的對話，林荀覺得也不奇怪。國舅都想和自己親妹妹生孩子奪取皇位了，他的管家給聖上下毒又有什麼稀奇？

只怕假以時日，聖上真的死於水銀中毒，隋家不倫之子誕生，國舅和皇后就真的一手遮天，謀逆上位成為這個國家的主宰……

即使之前因為父親的事情對當今聖上頗有微詞，林荀也不得不承認，臧呂是個合格的君王，至少在他的治理下，百姓尚可安居樂業。

相比史書記載的前朝暴政、禍亂四起，如今勉強稱得上是太平盛世。

低眉沈思片刻，林荀說道：「那接下來我們明面上就減少去御藥房的次數，只私下察看藥材，等趙管家再次入宮時，再重點檢查當日的藥材中是否含有水銀。」

瀟箬正和他想到一處，贊同道：「我也這麼想的，要是平日的藥材都沒有水銀，只有他來的那天能檢查出水銀，那十有八九就是他幹的。」

凍牛乳的香氣四溢開來，刺激著她被元宵晚宴折磨的胃。林荀將加熱好的凍牛乳端到桌子上，取出小銀勺塞給她。「吃吧，小心燙。」

與此同時，永壽殿。

臧廷華站在窗前仰望著星空，今日宮中彩燈明亮，反倒襯得繁星暗淡得很。

小金子低聲來報。「啟稟殿下，他們已經從太醫院出來了。」

得到想要的答案，臧廷華面無表情的臉上終於露出笑容。

「他們看到他們想看的嗎？」目光從夜空中收回，暗淡的繁星不是他想要的風景。

小金子低垂著頭，聲音更低地答道：「該看的都看到了。」

「做得好，賞。」臧廷華隨手扯下佩帶上的東海珠，丟給小金子。

小金子磕頭謝恩後，和來時一樣無聲無息地退下。

接下來的十五天，瀟箬和林荀就像什麼也沒發生過，和年前一樣，隔三差五地去一趟太醫院，每次都轉悠幾圈，不輕不重地問點問題後就離開，並未久留。

二月初一，陽貴正北，陰貴西南，按照從小太監那裡打探的消息來看，今日是趙管家送藥的日子。

為了不錯過趙管家送藥的時間點，瀟箬和林荀一早便來到太醫院。

今日又是左院判陸思成當值，他不得不從早上開始就吃狗糧。

這對小情侶和他共處南廳一號屋，一會兒男的給女的捂手暖身，一會兒女的幫男的整理壓皺的袖口。

陸思成差點咬碎一口銀牙，手上的醫書半個字沒看進去，光聽兩人在這兒你儂我儂了。

「陸院判，趙管家送藥材來了。」

小太監的這聲稟報不亞於救他於水火，陸思成立刻丟下醫書，起身匆匆出屋。

瀟箬和林荀對視一眼，默契地和陸思成保持著距離，也慢慢走出南廳。

趙管家今日送來靈貓香和糖靈脂，用錦盒裝著，蓋以紅綢，旁人無法窺見真身分毫，瀟箬和林荀還是從趙管家和陸院判的對話裡才知道這次送來的藥材是什麼。

「哎呀，真是太珍貴了……大斑靈貓分泌的靈貓香，我上次見還是剛進太醫院時……」陸思成老臉笑成一朵花兒，朝趙管家拱手作揖。

趙管家嘴上說著「哪裡哪裡，這都是老爺對聖上的一片心意」，手卻只撫著鬍鬚，並沒有還禮。

好一隻仗勢傲慢的走狗派頭！

趙管家被陸思成請到正廳去喝茶休息，小太監萬分小心地接過藥材，送去生藥庫入冊登記，待小太監完事離開，瀟箬和林荀馬上進入生藥庫察看。

新入的靈貓香和糖靈脂不論是性狀還是氣味，都沒有一點問題，瀟箬將藥材拿到明亮處查驗，也沒有發現水銀的痕跡。

「看來問題不是出在送來的藥材上。」瀟箬將靈貓香和糖靈脂放回原處。「咱們等趙管家回去後，再去御藥房看看。」

他們要是時刻跟著趙管家，未免過於打草驚蛇，只能選擇事後再驗證之前的猜測。

兩人回到南廳，時刻注意著屋外的動靜。

在正廳喝完茶後，趙管家又在陸思成的陪同下，逛了逛太醫院，豎起耳朵還能隱隱約約聽到他評論太醫院的造景有待改進。

約莫一個時辰之後，門外終於傳來陸思成送客的聲音。

「趙管家您慢走，國舅爺對聖上的一片忠心，我一定傳達到！」

一陣客套之後，院中重新歸於安靜。

陸思成含笑回到南廳一號屋，看到瀟箬和林荀的剎那，他臉上的笑容以光速消失，回復到面無表情的狀態。

瀟箬起身道了個萬福，說道：「陸院判，我們就不打擾你精進醫術了，先行告辭。」

抬起眼皮瞟了兩人一眼，陸思成不輕不重地嗯了一聲，權做回應。

出了南廳一號屋，瀟箬和林荀立刻繞過南廳，來到後院的御藥房。

輪值的還是小德子，他看到熟悉的兩人，立刻笑嘻嘻道：「姑娘您來了，這回是要查些什麼呀？」

「你去忙吧，我們就隨便看看。」並不想讓小太監跟著，瀟箬面帶微笑地保持平日的鎮定說道。

平日兩人經常隨處走動，小德子已經習慣了，便應了聲好，忙自己的事情去了。

等他走遠，瀟箬和林荀立刻來到放藥材的區域，查驗起今日聖上滋補湯藥所需的藥材。

龍眼肉、黃精、石斛、枸杞子、天麻……

直到檢查到牛黃，瀟箬終於看到一抹眼熟的銀色。
果然出現了水銀！
果斷拿出早就準備好的牛皮袋，將含有水銀的牛黃裝入袋中，瀟箬低聲道：「走，是時候交成績單了。」
兩人面色如常地離開了太醫院，直奔乾清宮。
乾清門侍衛頭戴孔雀翎，身著明黃馬褂，腰佩統一的長鞘刀，威嚴肅穆。
侍衛們並未見過兩人，聽到他們說有要事求見聖上時，就讓兩人在宮門外等候，由小太監進去通報。
不一會兒工夫，蘇賀年身後帶著通報的小太監，疾步走來。
「蘇公公，怎麼煩勞您親自來，讓他們傳個話就行……」侍衛沒想到面前兩人的面子竟然會如此之大，能讓皇帝身邊的大太監親自來迎接。
蘇賀年白淨面龐上露出和善的笑容，細聲細氣地說道：「是咱家顧慮不周，沒和你們說清楚，以後他們二人再來求見，直接帶到宮前就好。」
侍衛們拱手連聲應是，各自左右一讓，露出通行道路。
「瀟姑娘，顧公子，請吧。」
蘇賀年在前引路，瀟箬和林荀跟在他身後，一路暢通無阻地直達昭仁殿。
到了殿門口，蘇賀年卻止步不前了。「您二位請進，聖上就在裡面。」

待瀟箬和林荀邁步入內，他一甩拂塵，門口的左右宮女上前將大門徐徐闔上，由蘇賀年守在門口，其他太監和宮女皆低頭退出三尺以外守候。

進到昭仁殿內，瀟箬便察覺出怪異，偌大的殿宇裡竟然沒有一個伺候的宮女、太監，空盪盪的生出一股蒼涼感。

「你倆上前來吧。」臧呂威嚴的聲音從裡殿傳來。

循聲走近，瀟箬和林荀才發現裡面除了臧呂，還有七皇子臧廷華。

兩人在階下外行了叩拜禮後，臧呂低沈著聲音問道：「你倆今日求見所為何事？」

瀟箬並沒有第一時間回答，只看了看七皇子的方向。

瞧她的眼神，臧呂猜到了八、九分她的來由，依舊沈聲道：「無妨，妳直說吧。」

瀟箬這才拿出裝著水銀牛黃的牛皮袋，雙手呈上，恭敬地說道：「啟稟聖上，水銀之事已有眉目。」

臧廷華上前從她手上拿過牛皮袋，轉身走到父皇身邊就要打開袋子，將裡面的東西拿出來。

「且慢！」瀟箬立刻出聲制止。「水銀有毒，不能直接用手接觸，更不能靠近嗅聞！」

聽到她說袋子裡的東西是毒物，臧廷華好似被驚到一般，手一抖，牛皮袋便掉落在地，裡面的牛黃也隨之滾了出來。

對臧廷華的失儀，天子只瞇了下眼睛，轉頭朝瀟箬說道：「你們有什麼發現，都說出來吧。」

瀟箬腳尖踢了下牛黃，讓牛黃縫隙裡的銀光朝上，指著牛黃說道：「聖上請看，這就是被人加入牛黃的水銀。

「我在元宵夜宴那日偶感不適，就想去太醫院求點藥，沒想到剛好被我們發現當日聖上滋補湯藥所需的藥材之一，龍骨裡就有水銀的痕跡。

「我們當時就有了懷疑對象，不過當時只是猜測，直到今天，我們又在牛黃裡發現了水銀。而牛黃正是聖上今日滋補湯藥所需藥材。

「兩次發現水銀，都是在趙管家入宮之後，而他沒有入宮的這段時間，我們檢查的藥材都沒有發現水銀的痕跡。」

臧呂越聽臉色越陰沈，雙眉壓得很低，明顯是發怒的前兆。「妳說的趙管家，可是隋國舅府上的趙獻？」

還沒等瀟箬回答，臧廷華先身子一軟，面色慘白地囁嚅道：「竟然是他……他竟然想毒害父皇……」

但他馬上又好似強撐著跪直身體，俯首悲愴說道：「父皇恕罪，兒臣剛才有所隱瞞！」

臧呂眉峰聚攏成川字，不悅中帶著一絲困惑道：「你隱瞞什麼了？」

「兒臣剛才只說國舅與喬丞相往來過密，其實、其實……」臧廷華好似下了莫大決心，咬著牙才將事情吐露清楚。「其實國舅他有謀逆之心！」

從元宵那日迴廊中趙管家夜會皇后身邊的大宮女含珠，到他倆傳遞陰陽藥，直至最後趙管家在含珠離開後的一番驚天獨白，臧廷華原原本本，一字不差地全部複述出來。

「父皇，兒臣所說的一切都是兒臣親眼所見，絕無半點誇張。」他如泣如訴地說完後，好似才剛想起來還有瀟箬和林荀二人一般。「當日，當日他們兩人也在場！」

此刻臧呂的臉上已經不能用陰沈來形容了，而是像布滿暴風雨前壓境的濃稠黑雲，隨時隨地就能用雷暴摧毀一切。

「元宵至今已有十幾日，你們為何之前不來稟報！」他聲音中蘊含著雷霆之怒，讓人聞之膽戰心驚。

臧廷華立刻連磕三個響頭，額頭砰砰砰地敲擊地面，帶著一絲顫音回道：「父皇息怒，是兒臣不讓他們說的，兒臣想先查清楚事情的來龍去脈，再來稟告父皇。萬一其中有什麼誤解，兒臣怕傷了隋家和父皇的心……」

「婦人之仁！」臧呂大手一揮，桌上的名貴瓷器和鏤空象牙擺件全部被掃到地上，噼哩啪啦碎成一片。

明顯他已經處於盛怒之中，朝外大喝一聲。「來人！」

蘇賀年聞聲彎腰小碎步地跑進殿中，面對一地狼藉和跪在地上的三人，他一個多餘的眼神都沒有，只低聲應道：「聖上有何吩咐？」

「宣安親王！」

「遵旨。」蘇賀年目不斜視地領命退下。

安親王昨夜被召見入宮，和臧呂下了一夜的棋，領恩留宿宮中。此時被宣召，不到一刻鐘，便匆匆趕到昭仁殿。

進到殿中，看到跪俯在地的三人，安親王挑起眉頭問道：「皇上怎麼了？發這麼大火，看把敏寬嚇得……」

他與臧呂雖非一母所生，但是自小一起長大，向來要比別人親厚。加上當初在各方勢力奪嫡之戰中，他全心全意幫助臧呂，可以說臧呂能成為九五之尊，他功不可沒。

因此在自己的皇兄面前，他比旁人要多一分自在。

聽他這樣似怨非怨的說著，臧呂反而不像剛才那般暴怒，垂眼看著面前跪著的三個人，面無表情地道：「都起來吧。」

安親王主動扶臧廷華起身，瀟箬和林荀起來後識趣地向後退了一步，讓出狼藉的戰場。

宮女們在蘇賀年的指示裡腳下無聲地進來，迅速收拾好碎瓷破玉，又如潮水一般退去。

昭仁殿的大門重新被關上。

第五十一章

雖然順著安親王的攙扶站起身，臧廷華卻腳下不挪步，只原地垂首站著。

看看面露悲傷的姪兒，又看看面色陰沈的皇兄，安親王略微直彎的眉毛聚攏成淺淺的川字。目光似流水一樣從瀟箬和林荀的臉上滑過，在瀟箬臉上幾不可見的停頓了兩秒，轉瞬又若無其事地投向坐在主位的天子。

「皇上，可是有事需要臣去辦？」

臧呂右手撐著額頭，左手食指在黃梨木山水暗紋桌面敲擊著，片刻之後才開口道：「之前讓你查喬生元的事情，查得怎麼樣了？」

說到正事，安親王立刻正身拱手，恭敬答道：「據飛魚衛來報，喬生元確實不曾與敵國有往來，算得上忠誠。」

臧呂叩擊桌面的手指一頓，安親王緊接著繼續說道：「但是他在朝堂上拉幫結派，在各州安插自己的親信，雍州刺史燕實甫、連州司馬許光友，錦州長史周永合，都是他提拔起來的。」

垂下的眼皮遮擋著眸中的情緒，敲擊桌面的節奏變得緩慢，臧呂哼了一聲，面上沒有露出絲毫明顯的情緒。

「喬生元這個老傢伙，真以為自己是一人之下、萬人之上了。」臧呂抬頭看向依舊垂手站在一邊的兒子，語調不急不緩地說道：「這隻章魚還不算大，網收得起來。」

他深知這些位高權重的老臣，在高處待久了後總會有些不該有的心思，所以當初登上皇位後，便將一國最重要的東西——兵權牢牢掌握在自己的手裡。

人人都說當朝天子嗜好奇特，喜愛分封將軍。只要有功勛能面聖的將士，就能得一個某某將軍的名號。只有他自己知道，最核心、最精銳的軍隊——武家軍、奔狼營都在他的掌心，而天下最頂端的情報系統，他也只交給最信得過的弟弟。

所謂的丞相，不過是在朝會上歌唱的鷯鶉，能諫言、能分憂，卻不能左右他分毫。鷯鶉就要有鷯鶉的樣子，想變成觸手多而長的章魚，就到了被烹煮的時候。

幾十載的共處，不需要臧呂明說，安親王就明白自己該做什麼。

「臣領旨。」

敲擊桌面的節奏略快起來，一下下像是敲在眾人心上，臧呂又開口道：「你查喬生元，沒查到國舅身上？朕聽說他們倆可是出了名的忘年之交。」

沒想到皇上會突然提到隋應泰，安親王明顯一愣，隨後馬上恭敬答道：「飛魚衛也查了阿泰，雖然他和喬生元是忘年交，卻沒有和他在官場上有牽扯……」

一頓後，他又立刻補充道：「阿泰是為自己的門客求了幾個差事，那些門客都是些手無縛雞之力的騷人墨客，差事也都是些無關緊要的庫史、吏目……」

「飛魚衛何時這麼沒用了！」臧呂曲起食指，停止敲擊的動作，目光如炬，緊緊盯著安親王。好似一把寒刃出鞘，昭仁殿裡的所有人立刻感到來自帝王的威壓。

安親王立刻跪下，目光惶然。「明軒失職，望皇上恕罪……」

安親王臧熠，字明軒，這個表字正是當朝天子臧呂的生母慈和皇太后所賜。

聽到他自稱表字，臧呂稍稍壓制住心中的怒火，緊皺眉頭說道：「你是該請罪，朕將天底下最善於探查情報的暗探交予你，你卻連一個人有無謀逆都察覺不出來。」

「謀逆?!」這兩字猶如九天雷擊，安親王瞪大雙眼，難以置信地重複著。「謀逆……皇上是說阿泰謀逆?!」

「哼！」看著最親厚的弟弟滿臉震驚不似偽裝，臧呂才稍稍安心，抬手指了指快站成一尊雕像的七皇子臧廷華說道：「你來說。」

得了命令的臧廷華又重新複述了一遍元宵夜宴時所看到的場景。

越聽越心驚，聽到最後安親王俊朗的臉上只餘麻木，是太過於震驚而不知道該做何表情了。

突然，他膝行數步到臧呂面前，伏地不起、含悲半泣地道：「皇上……皇上請賜罪……」

他越是這樣悲痛，臧呂就越對他發不出火。

畢竟這個弟弟是他在詭譎多變的皇家裡，除了生母外唯一信得過的人。他還記得年幼的臧熠像個奶呼呼的肉團子，路都走不穩就揮舞著小手朝他邊跑邊喊皇兄。

後來九子奪位，臧熠替他培養謀士，拉攏朝中官員，甚至在最後關頭親自手刃二皇兄。要說天底下除了他的生母，還有誰會將他永遠放在第一位，也只有這個弟弟了。

心中嘆了口氣，臧呂起身親手攙扶起伏地哭泣的安親王。

「隋應泰有不臣之心，你頂多就是失察，朕又沒怪你，你還先哭上了。」

顫抖的雙手緊緊握住臧呂雙臂，安親王眼淚似斷線的珠子，大顆大顆地砸在昭仁殿的御窯磚上，浸出一塊深色的晦暗痕跡。

「不……不……臣有罪……有罪……」他聲音顫抖。「當初是臣向皇上推薦的隋家……是臣識人不清……臣有罪啊……」

彼時先皇后仙逝已滿三年，中宮空虛，天子不耽美色，所以後宮中本就不多的妃嬪個個都卯足了勁，想要一舉成鳳。為了防止妃嬪相爭，也防止各妃嬪背後的娘家勢力相互較量，臧呂乾脆打算從宮外女子中另立新后。

宮中皇嗣單薄，特別是皇子，沒有一個平安養大，唯一剩下的獨苗七皇子看起來也並不十分健壯。

總是替皇兄考慮的安親王也為此頗費心神，憂愁難眠。

恰巧總是愛來找他的隋應泰看到他滿面愁容的樣子，便問他發愁些什麼，不如講出來看看自己能不能幫上忙。那時的隋應泰在安親王眼中不過是個風姿俊朗的富家兒郎，見識算得上豐富，又與自己頗為投緣，便邊對飲、邊把自己的煩惱向他一番傾訴。

誰知隋應泰一口飲盡杯中佳釀，笑逐顏開地道：「我妹妹正當婚配之年呀！豈不就是最好的人選？」

不知隋應泰是真心，還是酒意衝腦隨口一說，安親王卻認真思量起來。

隋家在盈州是數得上名的富戶，家中只有一個表叔在朝中做個不大不小的五品文官，勉強算得上是官宦人家。而且隋家是出了名的能生育，家中子嗣眾多，只隋應泰這一輩便有二十二個。雖然隋應泰只有一個親妹妹，想必也是有隋家好生養的血脈，能為皇家開枝散葉的。

最最重要的，是隋家沒有依靠，最好掌控。

一番分析利弊，安親王當即心中下了決定，要將隋家女子推薦給他的皇兄。

隋應泰的胞妹隋應瓊姿容秀麗，行事溫婉大方，臧呂很滿意安親王推薦的這個人選，力排眾議，將無權無勢的隋應瓊扶上鳳位。新婚剛成的那陣子，帝后也曾情深，含苞待放的花蕾與遒勁有力的蒼柏交織成別樣的美景。

可大半年過去，新后的腹中毫無要誕生龍子的跡象，本就不沈溺女色的臧呂漸漸便不怎麼去坤甯宮。嬌花初承露，就再也少逢甘霖。

許是心中有愧，或者是不想再折騰，即便新后無子，臧呂也沒有理會朝臣提出廢后再立的建議。中宮正主這個位置，隋應瓊一個人穩穩坐了近十年。

看平日丰神俊美、穩重沈靜的弟弟哭得跟小時候一樣，臧呂拉著他的手到貴妃榻坐下，威嚴的聲音不自覺軟了下來。

「行了，那時候你也想不到多年後他們二人會有這種大逆不道的心思。」掃視一圈也沒看到帕子一類的東西，他無奈地扯著自己的袖口給抽抽噎噎的弟弟擦眼淚。

「多大的人了，還在子姪輩面前哭鼻子，丟不丟人。」

壓低聲音輕飄飄地說了一句，又覺得自己這樣哄弟弟的模樣有失帝王威嚴，臧呂清了清嗓子，老臉微赧。

他重新坐直身體，端起架子說道：「你和飛魚衛接下來就去查隋家的事情，務必要抓住明確的證據。」

瞟了眼安親王哭得紅通通的鼻頭，又補充一句。「就當是將功補過。」

皇命如山，金口玉言，安親王立刻起身領命道：「臣遵旨。」

哭得狠了有些鼻塞，這句話應得含含糊糊，帶著濃重的鼻音。

臧呂抬頭看向一直安靜貼牆站著的瀟箬和林荀，眸中精光閃現，開口道：「你倆就和安親王一起，共同查隋應泰和隋家，將他的罪行樁樁件件，一清二楚地昭告於天下。」

他們今日知道太多的皇家秘密，若是按照他以前的心性，必然會滅口以絕後患。

但看顧家子那張和顧敬仲相似的面龐，臧呂竟然狠不下心。

哎，終究是老了，手軟心慈。

他在心中重重嘆了口氣。

罷了，既然不想殺他們，那便讓他倆成為自己手裡的刀，替敏寬掃去路上的障礙吧。

瀟箬只想交上水銀案的答卷後，就和林荀遠離皇宮，並不想更深地步入這灘沼澤中，但是皇命難違，她根本沒有說不的權利。

兩人齊齊領命。

「民女遵旨。」

「小民遵旨。」

安排好任務，臧呂疲憊地揮了下手，說道：「敏寬留下。」

即便是天子也要服從生老病死的天道，他不得不承認自己是真的老了，今日之事讓他過於心緒波動，此刻的他只想和唯一的兒子坐一會兒。

安親王、瀟箬和林荀行禮後輕輕後退離去，將空盪盪的昭仁殿完全留給這對天下最尊貴的父子。

盡職盡責地守在昭仁殿大門口的蘇賀年見到三人出來，向安親王行了禮後便笑咪咪地看向瀟箬。

「恭喜瀟姑娘、顧公子，二位接下來是回寢殿小憩片刻，還是直接回家呢？」

不愧是皇帝身邊得力的大太監，觀察力驚人。瀟箬和林荀來的時候並沒有提及水銀案，蘇賀年卻早就猜到他們的來由，並且能斷定兩人已經完成皇帝指派的任務。

他甚至已經提前備好馬車，就等著二人出來後隨時可以回家。

瀟箬屈膝表示感謝，道：「謝謝蘇公公這段時間的照拂，既然事情已經辦完，我們還是直接回家吧。」

林荀也拱手向蘇賀年行禮道別。

出了昭仁殿後就一直沈默的安親王突然開口，打斷正欲說話的蘇賀年。

「皇上命你們與本王一同辦案，本王就應該先對你倆知根知底，才知道如何安排。」

他此刻面色沈靜，除了眼角還未完全退去的微紅，已經看不出方才痛哭的痕跡。

「不如你倆就坐本王的馬車，正好本王也可以到你們府裡，瞭解情況。」

高高在上的王爺輕飄飄地就定了他們接下來的安排，瀟箬柳眉微蹙，心中不悅。

臧呂是九五之尊，她拒絕不了，不過一個王爺要到她家去，還是可以拒絕的吧？

瀟箬拱手低眉，貌似謙遜地說道：「民女家簡陋狹小，恐無法招待王爺，不如等過幾日後，我們必然去安王府拜見王爺，屆時王爺再問詢瞭解也更方便。」

這番表面溫良恭敬，實則委婉拒絕的說辭並沒有說服在爾虞我詐中長大的臧熠。

他只淡淡說道：「本王無須你們招待，有道是一葉落知天下秋，本王就是要去你們家，見見你們的身邊人，自然就會知道你們的為人如何。」

話說到這份上，再找理由拒絕就顯得生硬，瀟箬握緊拳頭，心中把這個安親王罵了個狗血淋頭，臉上卻還是要笑臉相迎。

蘇賀年趕緊打圓場道：「安親王願意送二位回去，那可太好了，咱家正發愁宮中最近車馬不夠用，怕怠慢了瀟姑娘和顧公子呢。」

此刻再看宮門口剛才停放馬車的地方，早就空盪盪什麼都沒有了。

原來是蘇賀年剛才見情形不對，暗地裡打手勢讓小太監去挪走了。

這下瀟箬再也沒有推脫的理由，只能心不甘、情不願地謝過安親王。兩人跟在他的身後，踏上了回家的道路。

安王府的車伕機靈且熟悉盈都的所有大街小巷，瀟箬報了住址後，無須再指引方位，他就可以驅趕馬兒走最平穩便捷的路徑回到瀟家小院。

小院大門敞開，下了馬車就聽到江平豪邁的笑聲。

「鄭先生棋藝高超，在下佩服！佩服啊！」

鄭冬陽得意地笑道：「要是換成昭昭跟你下，不出五步，你就被殺個片甲不留！」

聽到熟悉的聲音，瀟箬這才露出發自內心的笑容。

顧不上還有個王爺在，她拉著林荀的手走進院中，喊道：「江大哥今日怎麼有空來？」

看到院中滿滿的人，她臉上笑容一頓，驚訝道：「昭昭你怎麼在家？今日沒上學嗎？」

只見瀟家並不寬闊的小院中，除了江平、鄭冬陽外，還有岑老頭、瀟嫋、瀟昭、柳停雲和一個面生的壯漢，看裝扮應該是江平帶來的順記鏢局鏢師。

那面生大漢看到林荀，銅鈴般的眼睛一亮，激動地叫道：「阿荀哥！」

林荀見到此人，也露出一絲難得的笑意，點了點頭後附在瀟箬耳邊輕聲介紹道：「他是順記的鏢頭，叫莊一。」

「阿姊！」瀟嫋一聲歡呼，從小板凳上一躍而起，蹦蹦跳跳地向瀟箬衝來。

自從長姊進宮，她都是扳著手指頭算日子，都說一日不見、如隔三秋，她過完年後都有四十五個秋天沒見到長姊了，此刻自然十分激動。

同樣激動的還有一向沈穩的瀟昭，也忍不住倏地站起身，向瀟箬小跑過來。

嚇得柳停雲在屋簷下連連跺腳。「昭昭，你慢點，傷口別裂開了！」

「你受傷了?!」

瀟箬這才注意到瀟昭的右手袖子形狀要比左邊鼓脹，托著他的胳膊將袖子捋上去，只見雪白的綳帶層層裹住手臂，好似一個蠶繭。

想仔細察看傷勢，又怕弄痛弟弟，瀟箬的柳眉徹底皺成結。

瀟昭安撫地微笑道：「就是點皮外傷，沒什麼大問題的……」

看長姊的臉色依舊不好看，他斜了跟過來的柳停雲一眼。「是停雲小題大作了，非要多裹幾層，才顯得誇張了些。」

「我小題大作？」柳停雲現在想起瀟昭受傷的畫面，還心有餘悸，他不滿地向瀟箬比劃道：「阿姊妳都不知道當時有多危險，我們……」

剛起了話頭，便被江平拍了拍肩膀打斷，江平轉移話題道：「瀟姑娘，門口這位大人不介紹一下嗎？」

這位面如冠玉、錦衣玉服的人一看就不像平民，也不知跟瀟箬和林荀是何關係，是敵是友。謹慎起見，江平打斷了柳停雲，防止他貿然在這人面前描述瀟昭遇險的情況，會招致更大的危險。

瀟箬這才想起來安親王還在門口，她玲瓏心思自然明白江平的用意，感激地向江平微微頷首後，才向門口屈膝行禮道：「我倆思家心切，怠慢了王爺，還請王爺恕罪。」

王爺！

院中眾人皆是一驚，他們只覺得這人穿著華麗，相貌不凡，沒想到他的身分竟然尊貴至此。

從未被冷落這麼久的安親王非但沒有發怒，反而邁步進到小院中。

瀟家小院更加擁擠了。

安親王環視一圈，他從沒踏足過這麼狹小的院子，加上他十個人，這院子就已經幾乎連轉身都困難了，安王府的柴房都比這兒大。

「你們就住這兒？」他心中隱隱有些不忍和慚愧。

在宮中看到瀟箬時，他就覺得分外眼熟，也想起隋應泰曾經和他說過的猜測。

而現在看到幾乎是肅良坤複刻版的瀟昭時，他百分百確定這個瀟家，不是肅良坤和沚箬的後代，就是他們的近親。

（上頁續）肅良坤身懷經天緯地之才，有氣吞山河之志，上知天文、下知地理，博曉古今、推演內外。在替皇上奪位時，肅先生的計謀決策無一不精，發揮了至關重要的作用。

多少次午夜夢回，他都會感慨有肅良坤在，他才可以在詭譎的皇位鬥爭中尚可安眠。

沒想到這樣一位奇才的親人，卻蝸居在如此狹小的地方……

垂下雙眸掩蓋心中的波瀾，他裝作隨口一提般說道：「我在西市有幾處宅院空著，改天你們挑一挑，有喜歡的就搬過去吧。」

西市的幾套宅院，對於最受皇帝信賴，從小錦衣玉食長大的親王來說算不得什麼，對於小老百姓而言卻是貴重到承擔不起的厚禮。

出乎安親王意料之外，瀟家人非但沒有心花怒放，反而臉色淡漠地看著他。

瀟箬這下連禮都懶得行了，淡淡開口道：「無功不受祿，瀟箬替家人謝過王爺的好意，而且我們覺得這兒挺好的，一家人住得也習慣。」暗暗翻了個白眼，她心中腹誹道：一來就嫌棄我們家小又破是吧，像誰不知道你這個王爺房子多似的，呸！顯眼包！

安親王這才後知後覺地發現自己說的話不太合適，想說自己不是那個意思，又不知道該如何開口，尷尬的沈默了一會兒後，他生硬地換了話題。

「那可否帶本王轉一轉，本王好多瞭解下你們的……嗯……情況。」

看就看，不過是帶他參觀下而已，瀟箬自認行得正、坐得直，沒有什麼好隱瞞的。最好快點看了、快點走，她還想好好問問瀟昭的傷是怎麼來的呢！

第五十二章

瀟笞和林荀帶著安親王一間房、一間房的參觀過去。

幾個用來住的房間都是一眼就能望到頭的，沒有什麼好講，而且瀟笞和瀟嫋的閨房也不便於向外人展示，只匆匆掃一眼便罷了。

唯獨最西邊的房間，原本是放冬蟲夏草的倉庫，後來信立冬蟲夏草專賣店開業，冬蟲夏草都被搬到店鋪裡的小倉庫了，這邊就空了下來。

瀟笞將這間屋子收拾了一番，專門供奉瀟家父母的牌位，以及放置瀟家父母留下來的物件和書籍。

當瀟笞推開這間屋子的門，供香常燃的桌子上兩塊牌位異常顯眼。

「這供奉的是……」安親王遲疑問道。

「是先父、先母。」

原以為這個王爺得到答案後便會離開，沒想到他竟直接邁步入內，說道：「既然是令尊、令堂，那本王也該上一炷香以示尊敬。」

說罷便從一旁的香燭籃子中取過三炷香放在一旁的燭火上點燃，高舉過頭頂，恭恭敬敬地行了祭拜禮。

堂堂王爺竟然給平民百姓上香行禮，這在瀟箬的兩世認知裡也是十分炸裂的存在，更別論在屋外看著的眾人。

「太禮……莫不是我老眼昏花了……我怎麼看到王爺在上香……」岑老頭目瞪口呆，喃喃對鄭冬陽說道。

鄭冬陽也很難以置信。「岑老哥，我大概和你一樣老眼昏花了……」

不管門外的眾人如何震驚，安親王自顧自地行完禮，將香插到香爐上，隨後他一偏頭，便看到一件眼熟的東西。

「這……」上前捧起整齊疊放在供桌一旁的書冊，他的手有些顫抖。「這書你們是從哪裡得來的？」

他不會看錯的，《博古意象志》，這是肅良坤還在安王府就開始撰寫的書冊！

即便再克制，敏銳的瀟箬還是察覺到眼前人的異樣，她邊暗暗在袖子裡曲起手指，邊答道：「這些書都是先父的遺物。」

要是安親王接下來有任何不對的舉動，損害到瀟爹爹的遺物，她定能在第一時間讓他失去行動能力！

完全不知道自己已經在生死線徘徊的安親王眼眶一紅，視線從手中書籍移到瀟箬臉上，說道：「果然，妳果然是良坤的孩子……」

「良坤？」瀟箬莫名覺得這兩個字耳熟，好像在哪裡聽過。

「對，肅良坤，妳父親的名字，妳母親叫菈箬……」安親王的眼眶紅得更明顯。

在門口一直注視著裡面一舉一動的瀟昭開口道：「我們父親叫瀟坤，並不是肅良坤。」挺直脊背，逆光站立，屋內的人看瀟昭，好似一棵倔強的小松柏。

似曾相識的場景讓安親王陷入回憶。

最早見到肅良坤時，他也是逆光而立，敢一個人當街攔住王府的馬車，昂起下巴傲然說道：「我來助你。」

彼時的他是那樣的鮮活自信……

「我想起來了！」門外莊一突然擊掌喊道：「我說怎麼覺得肅良坤這個名字耳熟呢！我跟蹤那個蒙面人的時候，就聽到他說過這個名字。」

眾人聞言目光立刻全部聚集到他身上，江平皺眉道：「什麼時候的事？我怎麼沒聽你說過？」

莊一咧著嘴嘿嘿一笑，撓了撓腦袋回道：「就是那天瀟公子遇襲，我擊退那兩個蒙面人後，他們也不戀戰，轉身就往東西兩個方向跑了。

「我那時候就一個人，看瀟公子有他朋友照應，就選了東邊方向追去。一路追到城外，我也沒瞅見人。本來吧，我都以為我追不上了，沒想到靠著一戶人家的牆歇腳呢，就聽到裡面有人對話的聲音。

「說什麼沒得手之類的，話裡就提到肅良坤這個名字了！我好奇，爬上牆想瞅瞅誰沒得手。我剛上牆頭，就看到說話的正是之前那個蒙面人！」

莊一唧唧啾啾的跟說書似的，就差把蒙面人穿什麼衣服、做什麼動作都描述個遍，江平不耐煩地打斷他。「那你後來怎麼空著手回來的？」

他瞭解莊一的身手，腳下的輕功不算拔尖，手上功夫卻是江湖上排得上名號的，一雙鐵臂尋常兩、三人根本不是他的對手。

而且他性格極其強，和他交戰的人就算不被他擒住，也會被他扯下幾塊布來，甚少空手而歸。

莊一之前覺得丟人，回鏢局後只說自己跟丟了，這會兒被二當家當面質問，才羞紅著臉道：「沒注意，著了暗道，我才上牆瞅了那麼一眼，就被打暈了……」

聲音輕得跟蚊子哼哼似的。「醒來已經被丟到城門口了……」

越聽莊一的描述，瀟箬的拳頭捏得越緊。

瀟昭和瀟嫋可以說是她一手拉拔大的崽，又乖、又貼心，這麼多年來她寵都來不及。為了給崽崽們更好的生長環境，她學炮製藥材，開拓商路，可以說兩人既是她的鎧甲，又是她的軟肋。

沒想到就她不得不進宮的這麼十幾天工夫，她的崽就被人欺負了！

怒火中燒的瀟箬沒有注意到安親王異樣的臉色，林荀卻發覺了，他沈聲問道：「王爺對這些害昭昭的賊人是誰可有頭緒？」

安親王卻閉口不答，只用手撫摸著《博古意象志》的書皮，眼神複雜地看向瀟家父母的牌位。

瀟家小院陷入片刻的寂靜。

行走江湖多年，江平對於別人情緒的觀察和把控相當敏銳，他明白安親王應該是知道蒙面人的來路，而這其中的糾葛涉及瀟家先輩的秘辛往事，有外人在場不便言說。

於是他率先拱手道：「王爺、瀟姑娘、林兄弟，鏢局中還有事情，我們就先回去了。」

莊一這個鐵憨憨還沒明白過來，撓著後腦勺。「二當家，咱們不是來保護瀟家的嗎？出門前大掌櫃還說讓我們這幾天都待在這兒，甭回鏢局的……」

江平一巴掌拍在他後腦勺，低聲怒喝道：「讓你回、你就回，廢話這麼多！」

莫名其妙挨訓的莊一這才低低地哦了一聲，乖乖跟著離開瀟家。

柳停雲見狀也知道接下來的場面他不適合在場，即便心中不想走，也不得不咬牙告辭。

臨走前他扯著瀟昭的袖口，附在他耳邊小聲說道：「昭昭，需要我幫忙的話，儘管差人來找我，你知道的。」

待瀟昭點頭後，他才一步三回頭，不捨地出了院門。

岑老頭和鄭冬陽對視一眼，也說道：「時間不早了，我們去準備點飯菜……你們聊。」

他倆雖然和瀟家姊弟共同生活多年，早就處成爺孫一樣的關係，但終究不是血脈親緣，有些事情該回避就要回避。

嘴上說著準備飯菜，兩個老頭子轉身就往自己房間走，進到房內後還俐落地關上門窗，徹底將空間還給瀟家姊弟和安親王。

場地已經清空，安親王卻依舊不開口。

他默不作聲地瞟了眼林荀。

瀟箬往林荀方向挪了幾步，站到他身側，伸手握住他指節分明的大手道：「他是我的夫君。」

通過十指交叉的手，瀟箬明顯感覺身邊人渾身一震，深邃的雙眸緊緊盯著自己的臉。說完這句話後，她白嫩的臉蛋飛上一抹雲霞，秋水般的眸子卻坦然地注視著安親王。

看向兩人緊緊交握的雙手，安親王終於開口。

「本王與良坤知交多年，深諳他的行事風格……你們姊弟三人的名字分別是瀟箬、瀟嫋和瀟昭吧？」他好似發問，又無須別人應答，垂著雙眸繼續說道：「我知道他為什麼給你們起這些名字。」

放下被他珍惜撫摸的書冊，安親王看向姊弟三人。「瀟姓取自你們父親和母親姓氏的結合，他倆一直鸞鳳和鳴、如膠似漆，需要隱姓埋名時取個兩者結合的新姓氏，瀟字確實再好不過。

「箬是你們母親的名字，當初還在王府裡時，妳母親腹中已經有妳，當時良坤就說過，若是女孩，他希望能遺傳涖箬的美麗聰慧。大概如此，名字便取自涖箬的箬字……」

他搖了搖頭，輕聲嘆道：「我之前怎麼就沒想到……」

隨後他又看向瀟嫋和瀟昭方向。「你倆是雙生子吧。不聲如動吹，無風自嫋枝……天理昭昭不可誣，莫將奸惡做良圖……你們父親對你們的期盼也全在名字裡了。」

安親王手下百名飛魚衛暗探，知道他們姊弟的名字也不是什麼難事，瀟箬對於他能輕易說出瀟家人的姓名並不覺得訝異。

「王爺似乎還有事沒有告訴我們。」

從安親王的話語裡，瀟箬能隱約窺見瀟家爹娘的曾經，她知道更關鍵的訊息安親王還沒有完全透露給他們。

「我爹娘為何需要隱姓埋名？傷害瀟昭的賊人難道也和他們有關？」

瀟箬提出的這個問題，安親王已經有了七、八分準確的答案，不過他依舊躊躇。

看他手指摩挲著肅良坤撰寫的書冊封面，英眉微微聚攏，瀟箬只道他心中的天平正在左右搖擺。

只要稍稍加重籌碼，這架天平就會徹底傾斜。

「疑人不用，用人不疑，王爺，信任是相互的，既然聖上讓我們一起查案，我們已經把所有家底攤開給王爺您看了，您是否也該表現出一番誠意？」

這番話衝擊著安親王的心理防線，上一個敢這麼和他討價還價的人，正是肅良坤。

一時心中五味雜陳，他一臉複雜地看向和故人神似的女子，說道：「妳……應該也猜到了吧？」

嘆了口氣，他才轉頭面向牌位，幽幽講述起藏在心中二十多年的往事。

那時他還是皇子，生母位低早逝，所以他幼年便過給先慈和皇太后，也就是當今聖上的生母撫養。故而他雖然年幼喪母，也不得先皇青眼，還是平安健康地長大。

在他十八歲時，當時還是惠妃的先皇太后替他向皇帝討了在外開府的恩典，讓他可以有自己的一方天地。

不過他的心思從來不在權位上，上朝時也從不張嘴主動議事，樂得做個閒散王爺。

無心政事的他每日只關心風花雪月，把大量時間耗費在春日賞花遊湖，冬日烹雪煮茶。結交的好友也避開朝中官員後代，全是盈州的富戶子弟，或者文人雅士。

有次他為了賞西山垂柳在夕陽中搖曳的美景，一個人在料峭寒春裡等到夕陽下山，足足看過癮才哈哈大笑著稱心而歸。

沒想到偏僻的西山上居然有人和他一樣願意耗費時間，只為了看一株垂柳搖曳，那人便是年少的隋應泰。

從此之後兩人就成為知交好友，隋應泰三不五時便到安王府和他把酒言歡。

隨著時間流逝，隋應泰執拗偏激的性格越來越明顯，並且暴露出強烈而扭曲的占有慾。對於所有親近安親王的人，他都怒目而視，出言譏諷，逐漸演變到背後對人動些小手腳。

等安親王發現不對時，隋應泰已經害兩人回家路上被人套麻袋，三人騎馬受驚了，所幸都不是什麼嚴重的傷。
在他的嚴厲質問下，隋應泰淚眼汪汪，說自己只是沒什麼朋友，不希望他被人搶走，並且再三保證絕不再犯，安親王才作罷。
可是之後隋應泰並沒有就此收斂，只是收拾人的手段越發隱蔽和狠辣。
最終導致安親王和隋應泰差點斷交的人，正是瀟家爹娘。
肅良坤當街攔住安王府馬車，以犀利的分析和浩瀚的學識贏得安親王的尊敬，納入府中作為門客。
彼時朝中奪位之爭的氛圍已經十分濃郁，先皇年歲已高，又遲遲不立太子。
嫡出的二皇子、最受寵愛的四皇子和能力最強的八皇子臧呂都是太子的熱門人選。
由八皇子生母帶大的安親王自然希望是他的八皇兄如願，表面上他依舊是閒雲野鶴，不問世事，私下卻求賢若渴，與各位大儒走動，就為了給臧呂造勢。
肅良坤入府後獻計獻策，在政事上給出的建議讓八皇子在朝辯中屢受先皇讚許，安親王也經常和他秉燭夜談。
因此在隋應泰眼中，肅良坤就像他的眼中刺、肉中釘，恨不得除之而後快。
二十年前的一天，隋應泰得了一罈百年佳釀，來安王府找安親王喝酒談天。
但隔天正好是一月一度的朝辯，所以安親王便讓隋應泰先回去，他需要和肅良坤好好商量一下明日的辯題。

隋應泰之前已經被安親王因為肅良坤拒絕了好幾次，這回終於爆發。
他赤紅著雙眼，罵肅良坤別有用心，什麼毛遂自薦，恐怕是想向安親王自薦枕席才是。
肅良坤被他指著鼻子罵也不還嘴，只皺著眉頭，好似看一個唱獨角戲的戲子般。
「夠了！你再胡鬧就不要來我安王府！」安親王深怕肅良坤受不得侮辱而不再幫助他和皇兄，忍不住朝隋應泰怒喝道。
這聲怒喝無異於火上澆油，被憤怒沖昏了頭腦的隋應泰，把從花樓酒肆學的最惡毒的淫詞穢語全往肅良坤身上套，罵他是想當兔兒爺，走旱路也不看看自己的德行。
越罵越過分，直到牽扯到肅良坤的新婚妻子涖箬身上，隋應泰跳著腳罵兩人是想一起誘惑安親王，貪圖的就是安親王府的榮華富貴。
愛妻受辱，肅良坤終於忍不住，一拳打在隋應泰的鼻子上，瞬間他兩行鼻血像花一樣綻開。
事態惡化至此，安親王立刻命府中侍衛強行帶隋應泰去醫館治療，先將兩人分開再說。
事後雖然安親王向肅良坤賠罪，但是隋應泰和肅良坤的梁子就這麼結下了。
隋應泰多次想要在肅良坤和他妻子落單時下毒手，不過安親王看重肅良坤，給他配備了好幾個侍衛，隋應泰根本沒有下手的機會。
直接下手不成，乾脆就借刀殺人。
先皇最恨巫蠱之術，隋應泰買通安王府的婢女，提前將寫有八皇子名字的紙人藏在肅良坤和菈箬的住處，再將這個消息透露給其他世家子弟。

那個世家子弟求功心切，第一時間就把這件事上報給在朝為官的叔伯，他叔伯又第一時間寫了奏摺狀告安王門客私行巫蠱之術，意圖謀害八皇子。

萬幸的是當時八皇子臧呂已經受先皇信任，代為處理一部分不重要的奏摺，這份狀告安王門客的奏摺就落在他的手裡。

臧呂扣下這份奏摺，派人去安王府通風報信。

瞞得了一時、瞞不了一世，這份奏摺遲早還是會落到先皇手裡，屆時誰都保不住肅良坤。

安親王得了消息立刻安排肅良坤和菈箬悄悄離開盈州，只求天高日遠，兩人可以隱姓埋名度過這一劫。

這事輾轉他人，借旁人之手舉刀，隋應泰自己並未親自動手，但安王府的審問手段也不是吃素的，被收買的婢女很快就指認了他。

痛失愛將，安親王對隋應泰又是氣憤、又是失望，很長一段時間都閉門不見他。

哪怕隋應泰在路上強行攔下安王府的馬車，想要道歉，安親王也是不聞不問不看。

直到後來，隋應泰也開始廣納門客，結交各州的文人雅士，甚至出資在盈都最大的茶樓曼煙樓設立賀新春、賞花宴等專門為文人雅士舉辦的詩會。

那些與隋應泰有交情的文人門客，在他的授意下，竭盡全力為八皇子的奪位出謀劃策，有些計策還真有成效。

漸漸地，安親王也就消氣，在臧呂成功繼位後，兩人才重新恢復往來。

雖然猜到瀟家爹娘和國舅隋應泰應該有舊怨，但瀟箬沒想到隋應泰竟然狠毒至此，非要置人於死地。

依照他的性格，十有八九瀟昭的傷他也脫不了干係！

新仇加舊恨，瀟箬杏眼中滿是熊熊燃燒的怒火。

她勉強克制住暴怒的情緒，沈著嗓子問道：「王爺，您與國舅有如此過往，不知聖上的命令……」

這話是試探，也是警告，瀟箬必須要確定安親王是不是可以合作的對象。

天平一端加上當朝天子臧呂，便是壓倒性的傾斜。

對於安親王來說，沒有人能比臧呂更重要，包括他自己。

「過往之所以是過往，無外乎雲煙一場。」他的目光灼灼而堅定。「本王自然會傾盡全力完成皇上的命令。」

正在此時，空氣中發出細微的響聲，林荀耳朵一動，袖中細竹籤便隨著手腕震動往窗櫺甩去。

細脆的竹籤正射在飛魚衛的雙刃上，竟然碰撞出金屬擊打之聲。

被迫現身的飛魚暗衛跳下窗櫺，半跪在安親王面前拱手稟報道：「主子，已經查明隋應泰名下宅院共計八處，其中四處位於盈都東市，兩處位於盈都西市，城外還有兩處私宅。」

皇家暗衛的效率果然是頂尖的存在，從昭仁殿領命到現在，不過短短個把時辰，飛魚衛已經將隋應泰的底摸了個清楚。

「可查過院中有無可疑之處？」安親王冷臉問道。

「東市四處宅院皆用來豢養女子，西市兩處宅子經商所用，人來人往，不曾發現異常。城外的私宅一間是做遊玩休憩使用，另一間空著，屬下已經仔細搜過，暫無暗格、地窖。」

從飛魚衛的消息來看，隋應泰就好像與泛泛紈袴別無二致，也僅限於好聲色犬馬而已。

瀟箬忍不住追問道：「你們有沒有發現哪間宅院裡有很多孩子？」

孩子？

安親王略感詫異，他不明白為什麼瀟箬會這麼問。

按照他對隋應泰的瞭解，隋應泰並不是一個喜歡孩子的人，又怎麼會在自己的宅院裡養著很多孩子呢？

方才在昭仁殿他們重點放在國舅與皇后的謀逆與不倫，沒有詳細說這邪門藥的來歷和製作方法，這會兒瀟箬才對安親王解釋起來。

「那陰陽藥是取童男、童女心間血製作而成，多年來只怕有不少鮮活年幼的亡魂在隋應泰手上產生……他必定有隱蔽之處圈養這些用來製藥的孩童。」

短短幾句話蘊含的血腥與殘忍氣息，讓安親王眉間的淺川變成深壑，他怎麼也想不到，當初執拗偏激的少年背後竟然能夠殘忍至此。

「妳是怎麼知道陰陽藥的製作方法……或許……」他還是心存僥倖，萬一這只是瀟箬的誤會……

活在他記憶中的阿泰可以狂妄，可以偏執，甚至謀逆和不倫他都可以接受，但是他不敢相信，能為了看夕陽垂柳而在山上坐上一天的少年，竟然手上染滿了孩童的鮮血，還是用這麼殘忍的方式。

林荀淡淡地補了一句。「因為當年我就差點成為這群孩童中的一員。」

砰，安親王感覺自己心中的一些東西徹底化為齏粉。

「去查！」鮮紅的血絲充斥著眼球，喉嚨中好似有硬物哽住一般，他費勁地低聲吩咐飛魚衛。「挖地三尺，也要給本王查出來那些孩童的下落！」

「是。」飛魚衛應聲退去，如魚兒入水般瞬間便消失在眾人眼前。

瀟家小院重新陷入沈默，瀟家父母牌位前的紅燭在燃燒中發出些微聲響是整個房間裡唯一的聲響。

愣愣地看著木牌上的名字，安親王突然說道：「換回來吧，良坤和涖箬不該死後都不能用回本來的姓名……等事情結束後，本王會尋最好的木料，重新給良坤和涖箬立牌位。」

瀟箬剛要開口拒絕，瀟昭卻搶先說道：「不煩勞王爺，我爹娘的牌位我們自己會處理。」

聽完了爹娘的過往，瀟昭才真正意識到自己名字的涵義，爹娘蒙受冤屈而不得不隱姓埋名於鄉野，他們最盼望的，應該就是重獲清白，故而給他起名為昭。

雖然知道罪魁禍首是隋應泰，但他也不能對安親王毫無介懷。

若是安親王早些察覺隋應泰的瘋魔，若是他能對爹娘更上心……是不是就不會讓爹娘淪落到客死異鄉，在九泉之下都無法恢復原本的身分名姓？

心中有怨，理智卻告訴瀟昭，安親王在這件事裡並沒有錯處。

爹娘對於安親王而言，本就只是門客，是替皇上奪位的工具，憑什麼要求他時刻注意、多加保護？

情感和理智的拉扯，導致瀟昭脫口而出的語氣尖銳。

一直拽著他胳膊，緊緊貼著他好似汲取力量的瀟嫋小身子一顫，她從來沒見過瀟昭如此與人針鋒相對的態度，她有些被嚇著了。

忍了又忍，還是沒憋住，撲閃的大眼睛含著兩泡岌岌可危、馬上就要決堤的眼淚，小聲地抽泣起來。

她這一哭，瀟昭本來鼓脹的情緒像洩了氣的皮球，低頭手足無措地不知該怎麼辦。

安親王知道瀟家三姊弟驟然聽聞父母的往事，必然是需要時間消化和接受。

他輕輕嘆了口氣，說道：「也好，良坤和涖箬的事你們自己商定吧。飛魚衛調查也需要時間，今日應該是得不到結果了，本王就先告辭了。」

瀟家人完全沒有挽留的意思，出於禮節地將人送到院門口，瀟箬屈膝行禮道：「王爺慢走，如果有需要的話，差人來告訴我們一聲，我們就會去安王府的。」

料峭寒春，盈都的風還似刀割般鋒利，安親王出了院門便戴上斗篷，大半張臉隱藏在狐皮斗篷中，只露出挺翹的鼻尖和薄薄的雙唇。

只見血色極淡的雙唇開合著說道：「阿泰對我安王府十分熟悉，你們到安王府來反而不安全，若是有消息了，本王自會來此告知你們。」

他的擔憂不無道理，按照隋應泰的性格和行事作風，若是發現肅良坤的子女在安王府，還不知道怎麼發瘋呢。

現在剛開始對他的調查，切不可打草驚蛇。

瀟箬點點頭應道：「王爺思慮周全，那便煩勞王爺了。」

再淺行一禮，便帶著弟妹和林荀回到院中，當著安親王的面將小院門關緊。

一直等候在門外的侍衛和車伕一臉震驚地看著緊閉的小木門。

他們還是第一次見有人敢當著安親王的面關門的，這也太無禮了吧？

更讓他們吃驚的是，安親王不僅不怪罪他們失禮，還讓身手最好的兩個侍衛留下來守著瀟家小院，務必要保證瀟家姊弟們的安全。

安排好瀟家的安全問題，安親王才登上馬車，雪白的照夜玉獅子撒開蹄子，往安王府疾馳而去。

第五十三章

接連三日，飛魚衛帶回的消息沒有一點實質性的用途。

「東市宅院沒有隱蔽之處。」

「西市商鋪未曾發現可以藏人的空間。」

「城外私宅沒有孩童跡象。」

派出去暗中監視的探子送回的消息也是隋應泰一切行動如常，飲酒聽曲，縱情春色，並無可疑之處。

一定要說有何不同，便是三天內喬生元去了兩趟國舅府。但兩人是出了名的忘年交情，來往頻繁些也算不上奇怪。

安親王喬裝打扮來到瀟家小院，將幾日來飛魚衛彙報的訊息一一告知瀟家姊弟。

「連飛魚衛都查不到……」瀟箬貝齒輕咬下唇裡的嫩肉，這是她思考的習慣性動作。

「難道他已經察覺？」

安親王搖頭否決她的猜測。「應該不會，除了飛魚衛暗中探查，皇上和本王都如往常一般對待隋應泰，理應不會驚動他。」

「不是你們這邊……難道是我們這邊讓他察覺不對？」細細思索這幾天的點滴，瀟箬覺得他們也沒有露出馬腳。

「除了昭昭以傷為由向國子監告假，我們家裡人都和往常一樣行事，看顧店鋪、買菜做飯，也沒有哪裡不對啊……」

事情沒解決，她不敢讓瀟昭和瀟嫋離開她的視線，乾脆讓瀟昭請假，每日帶著兩人一起去鋪子裡幫忙，日出而作，日落而息，就是很標準的普通老百姓作息。

「隋應泰應該還有其他不為人知的私產，可能不在他自己的名下，飛魚衛暫時還沒有查到。」安親王拿起面前算不上熱的茶水啜飲一口，喝慣貢茶的他覺得寡淡無味又放下。

「那便再等等吧，可能時間久一些就會露出破綻。」

等待是他們目前唯一能做的。

除了商議隋應泰的事情，他其實還想問問肅良坤和浤箬的牌位重立之事的進展，但看瀟家姊弟完全沒有提及的意思，安親王也只能將詢問嚥回肚子裡。

終究是他對不起良坤在先，現在又有何立場催促良坤的子女？

心中帶著淡淡的苦澀，安親王識趣地起身，攏了攏披風便要告辭。

「我有個提議。」瀟昭打斷他離去的動作。「他不是想綁我嗎？乾脆就讓他將我綁走，你們只要順著我留下的記號，就能找到他藏人的地方。」

竟然是想要將計就計，以自己為誘餌，讓隋應泰這條潛伏在水下的魚主動咬鈎。

安親王眼睛一亮，這確實是個見效快的計劃，可不等他出言讚賞，瀟箬率先反對。

「我不同意！」因為怒氣的洗滌，她一雙杏眼比平日還要明亮幾分。「太危險了，我絕對不會同意你去的！」

不給瀟昭解釋的機會，她直接轉頭面向安親王道：「王爺，按照趙管家的話中意思，陰陽藥每月都要服用，相信再過不了多久，隋應泰必然要製作下個月的藥丸，我們只需耐心等待，便可以抓住他的把柄。」

「不可！」瀟昭忍不住一把抓住長姊的右手腕，急切地說道：「我們等得，那些孩子等不得！多一日的時間，他們就多一分危險，這幾天裡又不知道要有多少孩子會喪命……」

少年熱忱，掌心的溫度灼灼，通過與手腕相貼的地方傳遞著溫度，竟然讓習慣烈焰高溫的瀟箬有一瞬間被燙到的錯覺，同樣讓她覺得燙熱的，還有瀟昭眼中的哀求和悲傷。

這顆玲瓏剔透的慈悲之心，讓瀟箬說不出訓斥和責怪，她抿了抿唇，乾澀地說道：「就算真的要引他上鉤，也輪不到你以身犯險，我也可……」

「不，阿姊，只有我可以。」瀟昭堅定地看向安親王。「請問王爺，我是否和我爹長得相似？」

「簡直一模一樣。」

得到想要的回答，瀟昭點點頭，重新面向瀟箬，放軟聲音道：「阿姊，隋應泰恨爹爹入骨，之前沒有得手，必定心中不甘，而我與爹爹極為相似，最能勾起他心中的憤恨……所以我才是引他上鉤最好，也是唯一的誘餌。」

自信且堅定地說只有自己可以的瀟昭，讓安親王好似重新看到了肅良坤的影子。

他忍不住撫掌笑道：「好，有勇有謀，不愧是良坤之子！」

好什麼好，不是你的弟弟你不心疼是吧！

瀟箬心中吐槽著安親王，手上不捨地撫摸著瀟昭的肩膀道：「可是這太危險了……隋應泰奸詐狠毒，萬一……」

她不敢想要是瀟昭再次因此受傷，自己會不會氣到顧不得隱藏自己的異能，直接把隋應泰燒成一捧灰……

瀟昭明白長姊是擔心自己，他重新握住姊姊的手，放低聲音安撫道：「不會的，阿荀哥一定會保護我的。」

說著還抬頭看了下一直以守護姿態立在長姊身後的青年，示意他幫著說幾句。

林荀不負小舅子的期待，適時保證道：「箬箬別擔心，我一定不會讓昭昭再受傷害。」

配合得好。瀟昭心中給林荀比了個大拇指後繼續安撫長姊。「再說了，還有江叔叔他們呢，妳看上次不就是順記鏢局的人救了我，這次有阿荀哥和江叔叔一起，肯定不會有事。

「只有抓住隋應泰作惡的鐵證，徹底將他繩之以法，我們才能重新過上安定的日子，阿姊、娭娭、阿荀哥、岑爺爺和蒙師，我們一家人才能真正的安全和團圓。」

瀟昭的話有理有據，說服力極強，瀟箬根本沒有反駁的理由，最後只能輕嘆一聲，點頭同意了他的提議。

見瀟箬終於鬆口，安親王笑道：「本王也會安排暗衛保護，瀟箬姑娘無須過於擔心。」

能夠早一日完成任務，皇上便能早安心一日，對於他來說沒有什麼比這個更重要的。

瀟昭的計策雖然有一定的危險性，卻也是最行之有效的。

幾人又就細節商議了數個時辰，直到將每一步都設想好應對的措施，推斷好接下來所有可能會出現的突發狀況，這個釣魚的計劃才算正式通過。

按照計劃，第二日開始瀟昭便銷假，恢復去國子監上學，只是在上學路上各個角落，乃至國子監內，都有眼睛盯著他、護著他。

魚兒並沒有讓他們等太久，只隔一天，瀟昭便在眾目睽睽之下被兩個黑衣蒙面人綁走。

暗處的護衛馬上跟了上去，莊一則立刻回去通報消息。

為了防止再發生跟丟的狀況，這回瀟昭的身上帶了名為靈蝶引的西域秘製香料，這種香料氣味特殊，人類的鼻子不能分辨，但鬼面蝶會尋香而至。

瀟箬深知雞蛋不能放在一個籃子的道理，她還特地讓瀟昭帶著螢光粉末。

若是綁匪沒有讓瀟昭失去意識的情況下，瀟昭會沿途撒下螢光粉，白日看不出來的細微粉末能在夜色下發出瑩瑩綠光，指引方向。

瀟昭被綁是在下學途中，天色尚早，安親王和瀟家人得到消息便第一時間放出鬼面蝶。

兩隻淡紫色的小蝴蝶原地纏綿片刻後，晃晃悠悠地朝南面飛去。

為了不驚動其他人，跟著鬼面蝶去的明面上只有瀟箬、林荀、江平和安親王四人。

鬼面蝶忽上忽下，忽左忽右，飛行的速度只比常人步行的速度快一點，等一行人追著蝴蝶出了城，天色已經是沈沈墨色。

到了鳳凰山下，蝴蝶突然停滯不前，繞著一叢灌木轉圈圈。

林荀用劍撥開灌木叢，果然在裡面發現了裝香料的荷包。

「看來他們發現了昭昭身上的味道。」

撿起荷包，林荀的目光掃視著周圍，沒有發現其他異樣痕跡。

江平走到他身邊，接過荷包仔細觀察，看到荷包邊緣有一小塊地方被不知名液體浸潤，顏色稍微深一點，中間還有一個小洞，像是被什麼扎穿了一樣。

放在鼻下嗅聞，卻除了香料的味道什麼也聞不出來。

「阿荀，江大哥，有什麼發現嗎？」

鳳凰山下並無村落，四下寂靜，黑夜中瀟箬的輕聲詢問也似被擴大數倍。

林荀和江平回到瀟箬身旁，搖了搖頭將荷包遞給她。

捏著荷包的瀟箬此刻心中好像被火焰炙烤著，她好後悔為什麼要答應讓瀟昭以身犯險，若是瀟昭有什麼萬一，她該怎麼和瀟家爹娘交代……

手中荷包別樣的觸感突然讓她靈光一現，攥過荷包的拇指和食指相互搓了搓，指腹傳來細微的黏糊感。

舉高荷包細看，原來扎穿的小洞已經在她的捏揉緊攢下縮小，只有緞面錯亂的絲線顯示這裡曾經被外力貫穿過。

察覺瀟箬的表情不對，林荀問道：「怎麼了箬箬？哪裡有問題嗎？」

沒顧上回答林荀的問題，瀟箬乾脆把捏過荷包的手指放在舌尖舔舐。輕微的臭味，有些像是硬柿子的味道，果然是這個！

瀟箬眼睛一亮，興奮地說道：「皂角樹！快找找附近有沒有皂角樹！」

舉起荷包指著那塊深色的痕跡。「這是皂角樹汁液造成的，這個荷包是扎在皂角樹的刺上，沾染了汁液，所以他們必然是經過了一棵皂角樹。」

眾人聞言立刻四散開來，借著月光尋找起瀟箬所說的皂角樹。

皂角樹高大粗壯，在還未萌發新芽的樹木叢林裡異常醒目，沒多久江平就在山陰處發現了一棵需要數人圍繞才能環住的大皂角樹。

「這裡！」招呼眾人過來，江平指著腰部位置的一根斷刺說道：「瀟姑娘，妳看是不是這個。」

彎腰湊到斷刺面前，新鮮的植物汁液味道充斥著瀟箬的鼻腔。「就是這裡！麻煩大家四處找找，看看有沒有新的線索。」

很快在離皂角樹旁邊二十來步，微弱的螢光吸引了眾人的注意，是瀟箬之前讓瀟昭帶上的螢光粉。

螢光粉散落的地方覆蓋著大片乾枯散亂的藤條，正常藤條的生長是纏繞著寄生樹木，攀爬向上，而這片藤條厚實又突兀，好像在掩蓋什麼東西。

安親王一揮手，四名飛魚衛從暗處閃出，手腳俐落地將藤條全部割開，露出一個半人高的山洞。

幽深的狹小洞口，好似年邁巨獸牙齒掉光的嘴，等待著獵物的自投羅網。所有的線索都指向這個山洞，就算明知裡面有陷阱，瀟箬也必須進去。

「王爺，裡面不知什麼情況，我先進去，你們在這裡等我信號。」說完她便彎腰進洞，前進兩、三步，就感覺身後有兩人也跟著進來。

洞口狹小，只容一人弓著身子前進，根本無法轉身，但是從熟悉的腳步聲和呼吸聲裡，她能判定身後其中一人是林荀。

「阿荀，你怎麼進來了，不是讓你們在外面等著嗎？」她只能在黑暗中摸索著，一邊前進一邊問道。

身後果然傳來林荀的聲音。「我不放心，而且有我和江大哥在，就算有危險，也多一分應對的力量。」

他的聲音低低地在山洞裡響起，讓瀟箬緊繃的心臟莫名的被安全感包裹。

江平的聲音在更後面響起。「瀟姑娘，妳小心點腳下，現在蛇蟲鼠蟻都在冬眠，別踩到了滑了腳。」

與其說這是個山洞，還不如說是一條隧道，三人摸黑走了大約一刻鐘才覺得身邊的空間擴大，從彎腰躬身到逐漸可以直立行走。

前進的過程中，瀟箬感覺前面一直有一絲一縷的涼風擦過她的臉頰，就說明這條隧道並不是死胡同，這也是她敢一直前進的原因，只要有空氣流通，就不用怕會有窒息的風險。

等左右手伸直了也摸不到兩邊洞壁時，瀟箬停下了腳步，問道：「你們有帶照明的東西嗎？」

剛才進來匆忙，加上不確定山洞中的氧氣含量，怕燃燒會加速氧氣消耗，所以她沒有帶火把或者風燈之類的照明工具。

江平下意識地點頭，馬上意識到他們看不到他的動作，開口答道：「我帶了氣死風。」說著從自己的懷裡掏出摺疊成巴掌大小的可攜式氣死風，摸黑熟練的組裝成一盞四四方方的手提防風燈，可是想再掏火摺子時，他摸索了個遍也沒摸到那個小竹筒。

大概是剛才摸黑進洞，一直彎腰的狀態，火摺子掉了。

他偏著頭，估算了大概方向，問道：「你們的火摺子還在嗎？我的好像掉了。」

瀟箬和林荀還沒來得及回答，洞內深處傳來一聲古怪的笑。「呵呵呵……要什麼火摺子呀，我來給你們點上……」

古怪的笑聲在幽黑空洞的山壁間環繞，迴響讓江湖經驗豐富的江平也無法確定此人的具體位置。

呼啦——

突兀響起的燃燒聲像是火龍出世的龍吟，驟然間一條粗壯的火龍沿著洞壁盤桓而起。習慣了黑暗的眼睛被突然出現的火光刺痛，三人下意識地用胳膊擋住臉。

「我真是失禮，貴客遠道而來，我卻沒有好好招呼。」有禮的話語在這場景中顯得越發詭異和陰陽怪氣。

瀟箬逼迫自己快速適應光線，眨巴幾下略微刺痛的雙眼，直視聲音來源。

洞中此刻已經被火龍照得亮如白晝，原來山壁上呈環繞狀鑲嵌了幾圈青石油槽，被點燃後乍一看就像一條巨龍盤旋在洞中。

巨龍的尾尖處堆放著幾十個巨大的青銅箱子，一個鼻梁高挺、眉眼纖長的青年放浪不羈地坐在上面，旁邊還站立著個眉目和善的中年男子。

青年淡淡掃了三人一眼，聲音中帶上了不悅。「你說肅良坤的後代是二女一男吧？」

中年男子垂首答道：「回老爺，是二女一男，長女叫瀟箬，後有一對龍鳳胎，女的叫瀟嫋，男的叫瀟昭。」

「嘖……」青年人皺起眉，顯然是對目前的狀況不滿。「那還少一個……」

從箱子上一躍而下，蒼白修長的手指撓了撓鬢角，他語帶遺憾地說道：「本來想一次全收拾了，這下還得再動一次手，嘖，麻煩。」

「廢什麼話！」青年目中無人的樣子讓江平心中火起，他抽出薄刃長刀，指著二人怒喝道：「瀟昭在哪裡?!」

長刀在火龍的吐息中反射著亮白的銀光，青年斜眼瞟了眼江平，顯然是覺得他沒有和自己說話的資格，理都不理他，自顧自地撫摸著青銅箱子，好像在摸情人般纏綿。

「你……」江平捏緊長刀，忍不住想上前好好教訓一下這個不知天高地厚的青年。

瀟箬一把拉住他，低聲道：「江大哥，別衝動。」

隨後她上前一步，揚聲問道：「這位大哥怎麼稱呼？我就是瀟箬，聽你話中的意思，你與我們瀟家是有些淵源？」

「大哥？」青年撫摸箱子的動作一頓，似乎被瀟箬這句稱呼逗樂了。「哈哈哈哈哈，大哥哈哈哈哈哈……」

足足笑了一分多鐘，他才擦著眼角笑出的眼淚，轉頭對瀟箬說道：「小姑娘好甜的嘴，真論輩分，妳該叫我叔叔才對。」

回味了下大哥這個稱呼，他又忍不住噗哧一聲笑出來。「哈哈哈……妳倒是可以叫我一聲隋叔叔。」

隋？

這個敏感的字眼一下子讓瀟箬三人警覺起來。

「你和隋應泰什麼關係?!」江平皺起眉頭，瀟箬已經將隋應泰的事情與他囫圇說了個大概，當然皇家秘辛除外。

現在江平心中的隋應泰早就不是高高在上的國舅爺，而是作惡多端，殺人不眨眼的變態凶手。

恭敬站在青年身側的中年人厲聲喝道：「放肆！你竟敢直呼老爺的姓名！」

青年擺擺手，示意中年人退下，他臉上掛著漫不經心的笑容說道：「我就是隋應泰。」

聞言三人皆是一震，在他們的印象中，隋應泰至少年近四旬。

在這個時代，四十歲已經是妥妥的中年，而面前這人，分明一副青年模樣，說他才二十出頭都有人信。

三人臉上的震驚讓隋應泰身心愉悅，他故意轉了半圈，像是和他們展示自己顯得異常年輕的身軀般。

「怎麼？好奇我為何會青春永駐？當然是仙藥的功效哈哈哈哈……你們不是已經知道我在服用陰陽仙藥了嗎？」

他格格笑起來，仰頭望向洞中穹頂，眼神卻空洞起來，好似在看遙遠的仙境一般。

「陰陽仙藥，服之長生永駐，還能孕育仙胎，誕下真正的仙人。」

「胡說八道！」瀟箬終於忍不住打斷他。「取孩童心間血做的，我看是邪藥還差不多！你把我弟弟藏哪裡了?!快把他交出來！」

說著她已經暗暗曲起手指，掌心隱隱發熱，渾身上下進入戰鬥狀態。

若不是顧及瀟昭還下落不明，她早就讓面前的仇人嚐嚐烈焰擁抱的滋味了。

「邪藥？」隋應泰斜睨了眼瀟箬，不屑地說道：「你們這些凡人懂什麼……哦對了，你們還差點放走我的藥材。」

朝身後一揮手，高疊箱子的陰影裡突然出現兩個影衛，兩人手上還拖著一具軟趴趴的身體。

啪的一聲，那具身體像丟垃圾一樣被甩到瀟箬三人面前，軟綿綿的肉軀因為慣性翻滾過來，露出滿是污血的臉。

慘白的臉上遍布縱橫交錯的血痕，若不是眼角那枚黑痣，瀟箬和林荀幾乎認不出來面前之人。

是文學明！

林荀立刻上前，食指和中指併攏置於文學明的鼻下，感受不到絲毫氣息流動。

這個不久前還滿心歡喜奔赴向姊姊的少年，已經永遠抵達不了新家。

林荀的手細微地顫抖著，輕輕撫觸文學明尚且柔軟的面龐。

差一點，差一點他就可以重新擁有家人，差一點他就可以離開黑暗的惡夢，然而這一切，都被隋應泰這個惡魔給毀了！

赤紅著雙眼，林荀猛地抬頭，怒視還掛著笑容的隋應泰。

「好凶的眼睛，挖下來泡酒一定別有風味。」被怒視的隋應泰不僅不害怕，反而忍不住伸出舌尖舔舐了下嘴唇。

像評判食材和藥材一樣，他的視線在三人身上流連。「這麼嫩的臉龐，給應瓊熬成美容膏也不錯。這個就算了，又黑又糙，看著就不好吃也不好用。」

瀟筈拚命克制自己，忍到全身都在發抖，才沒讓體內洶湧澎湃的火山爆發。

不行，還不到時候，還沒找到昭昭……

高疊箱子的陰影裡突然又閃現個影衛，附在中年人耳邊低聲說了什麼後又後退消失在陰影裡。

中年人得了消息，拱手恭敬地向隋應泰行禮道：「老爺，一切都準備好了。」

隋應泰這才從幻想中回過神來，朝三人詭異一笑。「你們不是想見瀟昭嗎，那就跟上來吧。」

說完便轉身走入陰影，中年人緊跟在他身後，也一齊消失在陰影中。

原來高疊的青銅箱後還有一個通道，隱藏在陰影裡，瀟筈三人剛才沒有察覺而已。

事關瀟昭，瀟筈一刻也等不起。

顧不得細想後面的危險，三人將文學明的屍體抬到旁邊靠著石壁安置後，便跟著進入陰影中的通道。

第五十四章

通道每隔十來步便點著燭火，雖不甚明亮，但照路是足夠的。

影影綽綽的燭光下，三人早已看不到隋應泰的影子。

林荀拉住瀟箬的手，幾乎是和她貼著低聲在耳邊說道：「箬箬，隋應泰的目標是妳和昭昭，等會兒妳就站在我和江大哥身後……」

沒等他說完，瀟箬用指尖撓了撓他的手背，灼熱的指尖保持著不會燙傷他的溫度。

「你是不是忘了，我可是天上的仙女？」

明白他是在擔憂自己的安全，瀟箬杏眼彎彎，小聲回道：「欺負天上的仙女，他們就等著天罰吧。」

兩人嘀咕著什麼仙女不仙女的，江平完全聽不懂，只道是人家小情侶之間的情趣。

他一臉黑線，這兩人怎麼在這種情況下還能談情說愛啊，難道這就是愛情的力量？

瞬間江平覺得自己比旁邊的燭火還要亮好幾個度，忍不住加快腳步，和這對黏糊的小情侶拉開距離。

說情話歸說情話，三人腳下不曾有片刻停頓，很快燭火通道就走到了盡頭。

出現在三人面前的是一個將近十幾層樓高，操場大小的空間。

隋應泰竟然把鳳凰山體挖空，成為他的秘密基地，怪不得飛魚衛找遍所有宅院，也沒有發現異樣的地方。

中空山體被隋應泰分割成三個區域。

左邊巨大的鐵籠子全部用厚重的黑布覆蓋，讓外人無法窺視裡面裝著什麼東西，排列有序的鐵籠中間還留有可供人通行的小路，猶如現代港口碼頭的集裝箱集散處。

右邊堆滿了與外山洞裡一樣的青銅箱子，只是數量比外面多上十幾倍，疊得也更高，乍一看就像是用青銅箱子砌成的牆體。

只有中間部分布置成微縮宮殿的樣式，青石地板磚一路向上，雕著五爪金龍的月臺上竟然還有純金打造的龍椅。

隋應泰半坐半躺在純金龍椅上，一隻手拄在含珠龍頭上，撐著下巴好像在等他們。

中年人站在月臺下，扮演著大內總管一樣的角色，就差手上拿個拂塵了。

「你們可真慢……」

隋應泰好似抱怨般的說著，手指敲了兩下龍頭，中年人立刻朝左邊鐵籠大聲喊道：「帶上來！」

一隊影衛架著個頭上套著黑布罩，雙手被粗麻繩緊緊捆住的人過來。黑布罩讓那人看不到路，因而跟不上影衛的步伐，踉踉蹌蹌數次差點摔倒。

他身上的石青色寶相花刻絲錦袍讓瀟箬一眼就認出，是瀟昭！

「昭昭！」她忍不住喊出聲來。

聽到熟悉的聲音，瀟昭腳下一頓，黑布罩下的臉下意識地朝瀟箬處轉去。

影衛立刻將架在他脖子上的刀緊了緊，低喝道：「走！」

鋒利的刀刃緊貼著細嫩的脖子，一縷血絲沾染刀鋒。

瀟箬的心好像同時被劃了道口子，同樣溢出一縷血絲。

「你、放、開、我、弟、弟！」她怒視純金龍椅上的隋應泰，咬緊後槽牙一字一頓地說道。

隋應泰卻像是聽到了不怎麼好笑的笑話，輕笑一聲。

「你們讓我損失了一個藥材，我自己抓一個替補，有什麼問題？損壞別人的東西要賠償的，妳爹娘沒教妳嗎？」

他挑了下眉，陰陽怪氣道：「哦，抱歉，我忘了妳爹娘已經死了。」

站起身拍了拍袖子上不存在的灰塵，隋應泰毫不在意三人憤怒的目光，反而像是在享受這樣的注視般，慢條斯理地走下月臺到瀟昭面前，親自取下黑布罩。

驟然見光，瀟昭忍不住往後一縮，緊閉雙眼。

隋應泰冰涼蒼白的手指撫摸著瀟昭的脖頸，癡癡笑道：「多麼細嫩，比我以前所有的藥材都要細嫩，元範說你是文曲星下凡，想必文曲星的心間血，會更有效。」

脖頸上麻癢冰涼好似一條蛇在攀爬，瀟昭忍不住打了個哆嗦。

「簡直就是變態……」江平喃喃道，他走遍五湖四海，從沒見過比眼前人更扭曲、更噁心的。

林荀視線跟著隋應泰在瀟昭脖頸上的指尖移動，緊緊地握住手中劍，他在尋找機會，尋找能安全救下瀟昭的機會。

盡職盡責扮演大內總管職位的中年人臉上滿是諂媚，躬身向隋應泰提議道：「老爺，都說神仙心慈，文曲星想必也是如此，不如讓他好好看看其他的藥材。」

諂媚的笑容隨著他的話語扭曲，帶上了嗜血的快樂，讓他更像是地獄裡爬出來的惡鬼。「藥材們越痛苦，文曲星的慈悲心就越旺盛，屆時再用這血入藥，老爺和娘娘的仙胎一定會更具仙骨。」

瀟昭瞪大眼睛，不可思議的看向中年人。「冀伯伯……你怎麼會……」

他沒想到停雲的舅舅竟然會出現在這裡，而且還口吐惡言，全然沒有當初慈祥的模樣。

「我是老爺一手提拔的，自然盡心盡力侍奉老爺。」冀元範獰笑著。「說起來我還要謝謝我的好甥兒，把你送到我面前，讓老爺得償所願。」

隋應泰對冀元範的這個提議很是心動，他哈哈大笑道：「好，就按你說的辦！」

冀元範拱手領命，轉身朝鐵籠大喊一聲。「撤布！」

所有鐵籠上的厚重黑布同時被影衛扯下，他們這才看清每個籠子裡竟然都關著三、四個孩童。

團。

這些孩童衣衫襤褸，髒污不堪，互相挨著，像是受驚的雞崽，只能無助地縮頭抱成一

看著這些驚弓之鳥般的孩童，冀元範眼中閃過一絲嗜血的興奮，他依舊先拱手詢問隋應泰的意思。「老爺，您看先用炮烙，再一個個拉出來炙烤如何？」

隋應泰依舊癡迷的用手撫摸著瀟昭的脖頸，頭也不回地道：「隨你。」

真美啊，薄薄的皮膚下幾乎能看到血液流動，他幾乎快要克制不住，想直接在這脖頸上咬一口，最好直接撕下來一大塊新鮮的血肉……

多汁的，豐盈的，甜美的血肉……

得到允准的冀元範取出厚厚的白布包裹住自己的手後，便迫不及待地從燃燒的火盆裡拿出早就在裡面燒的烙鐵，興奮得雙眼通紅，獰笑著朝鐵籠方向走去。

他早就想對這些藥材們下手，只是礙於隋應泰需要隨時用這些藥材，他不能盡興地光明正大折磨他們。

這次他終於可以好好滿足一把。

眼看舉著燒紅烙鐵的冀元範馬上就要抵達第一個籠子，林荀終於忍不住一躍而起，短劍出鞘，快如閃電地朝冀元範刺去。

林荀速度極快，江平還沒反應過來，就聽到叮的金屬撞擊聲，冀元範豢養的影衛竟然擋住了林荀的這一劍。

雖然淩厲的攻勢被擋下，冀元範還是被嚇了一跳，烙鐵隨之脫手，重重的砸在青石地磚上，發出一聲悶響。

月臺之下的隋應泰見狀皺起眉，本撫摸瀟昭脖頸的手指勾成鷹爪狀，緊緊捏住脆弱的脖子。

「怎麼，你們不想要他的命了？」他陰沈沈地威脅道：「要不要試試是你們的刀快，還是我影衛的刀快？」

說罷影衛便將抵在瀟昭後背心的刀往前送了一分，鋒利的刀刃刺破衣衫直達皮肉，瀟昭忍不住吃痛悶哼一聲。

頓時林荀、瀟箬和江平都心中一緊，不再移動半分。

冀元範見狀放下心來，重新裹好白布，撿起黑紅的烙鐵，繼續朝第一個鐵籠逼近。

第一個鐵籠裡關著三個男童，他們瑟縮在一起，努力貼著鐵籠的另一端，做著最無謂也最無力的抵抗。

冀元範隨手抓起其中一個男童，高舉烙鐵獰笑道：「躲什麼，就你了！」

眼看烙鐵馬上就要貼到男童的眼睛時，瀟箬身後突然響起安親王的聲音。

「住手！」

原來是安親王見三人久久不出來，擔心他們在裡面遇上了危險，便帶著飛魚衛一起進洞查探。

在第一個山洞中，他們發現了文學明的屍體，便知道三人必然有了危險。於是安親王立刻派一名飛魚衛回去調人手支援，自己則帶著剩下的飛魚衛沿著通道一路追尋，終於趕在冀元範下毒手之前來到此處。

震驚得環視一圈，安親王從未想過皇城之外的鳳凰山，竟然內有如此乾坤。

「阿熠……」隋應泰沒想到安親王今晚也會出現，一時有些呆愣，握住瀟昭脖頸的手不由鬆了幾分。

飛魚衛迅速散開，抽出佩刀與影衛對峙，安親王踉蹌地奔向鐵籠，難以置信地看著籠子裡瑟縮發抖的孩童們。

「阿泰……這都是你做的？」他含悲帶痛的逼問，讓隋應泰幾乎不敢直視他的眼睛。

「你……你怎麼會這樣?!」

安親王一把抓住鐵籠的門，用力往後拽，可寒鐵的籠門何等堅固，他用力到手指發白，鐵籠門也沒有撼動半分。

「打開！」他朝同樣呆愣站立的冀元範怒吼道。

這一聲吼反而讓冀元範反應過來，他邊後退、邊將烙鐵對準安親王方向，結結巴巴道：

「你……你別過來……」

不知是他太緊張還是怎麼的，憑空竟然自己把自己絆了一跤，整個人朝後仰躺，重重的摔在地上，同時依舊炙熱的烙鐵脫手而出，正朝安親王飛去。

「阿熠！」隋應泰大叫一聲，鬆開瀟昭便向安親王飛撲而去。

可是他再迅速也比不過烙鐵的速度，安親王幾乎能感覺到烙鐵逼近面門時發出的熱氣。千鈞一髮之際，林荀的劍鞘破空而來，擊中烙鐵，受力的烙鐵偏移了方向，堪堪擦著安親王的頭髮而過，最終落在地上。

烙鐵落地的聲音猶如戰鬥的號角，飛魚衛與影衛立刻纏鬥在一起，瞬間山體內刀光劍影不斷。

隋應泰根本不管戰況，飛奔到安親王身邊上下察看。「阿熠……你沒受傷吧？有沒有哪裡痛？」

安親王卻後退一步，避開他伸過來的雙手道：「本王沒事。」

冰冷又嫌惡的語氣，像一千根針同時扎在隋應泰的心裡。臧熠與他相識二十多年，從未用這樣的語氣和他說話過。

他們曾經一起聽曲喝酒，縱馬遊湖，一幕幕往事浮現在隋應泰的眼前，彼時的他們是多麼的快活與親密。

不應該，也不可以，他的阿熠怎麼會這樣和他說話，他的阿熠怎麼會用這麼冰冷的眼神看他。

就算以前他陷害肅良坤，逼迫臧熠主動送走得力幹將，臧熠也沒有露出過這樣厭惡的表情。

隋應泰顫抖著收回手，像個孩子一樣不知所措地說道：「阿熠……你生氣了嗎？」

看他這副模樣，安親王又有些不忍，他皺眉道：「阿泰，你做的事情皇上都已經知曉，你束手就擒吧，屆時我一定向皇上請恩，保你性命……」

「保我性命？」隋應泰像是沒聽懂安親王的話，喃喃重複著。

「保我性命……晚啦！晚啦！」他突然又聲嘶力竭地叫喊起來。「阿熠，太晚了！」

又哭又笑的隋應泰看起來猙獰又危險，林荀一腳踢開纏鬥的影衛，曲肘用力擊打在他後心。強大的衝擊力讓隋應泰一個趔趄，歪著身子摔倒在地。

「王爺，您沒事吧？」林荀拽過安親王，將他和隋應泰拉開距離。

另一邊的江平已經制伏了挾持瀟昭的影衛，抬頭剛好看到林荀背後高舉的長刀，大喊一聲。「小心背後！」

聞聲而動的林荀腳下騰挪，完美避開背後偷襲的影衛，再一記旋風腿，足足將人踢出一丈遠。

俐落的身手讓江平忍不住遙遙豎起大拇指。

隋家影衛再厲害，也比不過皇家精銳的飛魚衛，更何況現場飛魚衛的人數足足是影衛的兩倍，很快隋應泰這邊的人全被飛魚衛制伏，冀元範也被雙手反剪，死死地壓制在地面上。

眼看大勢已去，隋應泰搖搖晃晃地站起來，表情呆滯，猶如失了魂一般。

安親王抬手制止要上前壓住隋應泰的飛魚衛，他想要保全他最後一點顏面。

「阿泰……」安親王放柔嗓音，儘量平和地說道：「還記得我們以前一起去大昭寺嗎，清虛大師曾經給我們講過的佛法，他說『苦海無涯，回頭是岸』……」

隋應泰眼神空洞的一偏頭，好像是在聆聽。

安親王繼續說道：「當時你就說如果有一天你做錯了事情，入了苦海，讓我一定要化作一葉扁舟，帶你離開。你說只要是我拉你，你一定不會在苦海裡無邊無際的飄盪。」

「苦海……扁舟……」隋應泰喃喃重複，身體也一搖一晃地漫無目的走起來，一會兒向左，一會兒向右，好似他自己就是在海中乘坐小舟，晃晃蕩蕩。

安親王也隨他滿場晃悠，只跟在他身後，越發輕柔地說著哄著，希望他能主動跟著他們回去認罪。

在場的所有人目光都緊緊跟著兩人，眼看著他們從鐵籠區晃到純金龍椅，再從純金龍椅晃到月臺的五爪金龍旁，晃著哄著，兩人竟然穿過了整個場地，遠離眾人來到右邊青銅箱子堆砌的牆體旁。

隋應泰好像終於晃累了，靠著冰涼的青銅箱子坐在地上。

安親王站在他面前，低頭半哄著說道：「所以阿泰願意和我一起回去嗎？」

隋應泰抬頭看著安親王的臉，空洞的眼睛終於聚焦，他突然唇角勾起一抹笑容。

「阿熠，你要是能一直這樣陪著我多好？」

「什麼？」突然有了回應，安親王一時沒理解隋應泰這句話的意思。

「阿熠，你於我，一直是空中皎皎明月，天邊遙遙寒星，在我眼前，卻伸手不可及。」隋應泰眼中溢出悲傷的淚水。「我和應瓊是一樣的，喜歡的永遠得不到，擁有過的最終都會失去……」

突然他語氣一變，咬牙道：「既然這樣，我就自己摘月攬星！阿熠，你就永遠陪著我吧！」

說完他按下青銅箱子一旁的開關，瞬間整個青銅牆體打開，露出箱子裡黑色的沙粒。熟悉的硫磺味讓瀟箬率先警覺起來，第一時間積蓄體內的異能。

她大聲喊道：「王爺快回來！那是火藥！」

「什麼?!」安親王瞳孔放大，忍不住回頭看向瀟箬。

隋應泰格格笑起來。「沒想到肅良坤的女兒見識還挺廣。阿熠你看，兜兜轉轉，最後你還是要和我在一起長眠！」

說著他從懷裡掏出火摺子，動作迅速地拔掉蓋子，吹了兩口氣後就往火藥堆裡丟，同時閉上眼睛等著一切歸於黑暗。

一，二，三……

預計中的疼痛與黑暗並沒有到來。

安親王冷冰冰的聲音在他面前響起。「本王想顧及國舅的體面，國舅卻要本王的命，隋應泰，你真讓我失望。」

難以置信地睜開雙眼，隋應泰回頭看向背後的火藥牆。

火摺子上的星火依舊猩紅的閃爍，靜靜躺在黑色的火藥上，好像躺在普通沙土上一般，毫無要爆炸的意思。

「這不可能！」

他瞪大雙眼，伸手就要去拿火摺子，但飛魚衛不會再給他機會，一擁而上，將他死死壓制，動彈不得。

「帶走！」安親王撿起火摺子吹滅，冷冰冰地命令道。

在飛魚衛的押解下，隋應泰一干人等被有序地帶出鳳凰山體，鐵籠裡的孩童也被後面趕來支援的武家軍、奔狼營士兵帶回城中妥善安置。

除了被解救的孩童外，這次還繳獲大量火藥硝石，幾乎是皇城火器所的三倍有餘。而純金龍椅更是佐證了隋應泰的謀逆之心。

人證、物證齊全，隋家株連九族，不過是皇上一句話的事。

圓滿完成任務的安親王終於鬆了一口氣，他這才發現瀟箬渾身綿軟的被林荀抱在懷裡。

「箬箬這是……」他焦急地問道：「可要請太醫診治一下？」

故人之子，又在這次任務中立了大功，安親王對瀟家姊弟已經是分外上心。

林荀微微側身擋住安親王的目光，回道：「不勞王爺費心，箬箬只是有點累，等會兒回家睡一覺就好了。」

剛才瀟箬突然流鼻血，軟倒在他身邊時，林荀差點神魂俱滅。

萬幸瀟箬意識還算清醒，握住他的手低聲說道：「我沒事，就是不讓火藥爆炸過於耗費心力……休息一陣子就好了……別，千萬別讓他們知道我的異能……」

明白異能被安親王知曉的下場，林荀立刻替她擦去鼻血，將人整個擁在懷中，連瀟昭想要看一下長姊的臉，都被林荀以瀟箬太累了睡著了推掉。

聽林荀這麼說，安親王也不再勉強。

看外面天色微微泛白，長夜已過，他吐出憋在胸腔裡整晚的鬱氣道：「那你們趕緊回去休息吧，等本王回去稟明聖上，到時候會有人來通知你們進宮領賞。」

彼時話是這麼說，但處理隋家和隋家餘孽還是耗費了將近半年的時間。

震驚全國的消息一個接一個從宮中傳出。

國舅謀逆斬立決，皇后被廢，永囚太慈庵，隋家上下三百二十五口人，男的秋後問斬，女的貶為賤籍，世世代代不得改變。

丞相喬生元，拉幫結派，禍亂朝堂，貶為庶民，流放千里，不得回盈州。

雍州刺史燕實甫、連州司馬許光友、錦州長史周永合……大小數十個官員皆受牽連，或貶官、或入獄，整個朝堂大換血。

在六月六這天，皇帝正式頒布詔令，立七皇子臧廷華為太子，掌東宮且可當朝聽政，立七皇子養母敏淑妃為皇后。敏淑妃母家人口稀少，皆賜入住宮裡，以享天倫。

朝中一切塵埃落定後，臧呂才派人來報，要召見瀟箬和林荀。

依舊是昭仁殿，已成為太子的臧廷華坐在皇帝身側，笑意盈盈地看著瀟箬和林荀。

臧呂面色和善地看著面前二人道：「這次平定隋家謀反，你倆有大功，說吧，想要什麼賞？」

瀟箬和林荀在家中早就商量好了，皇恩雖然浩蕩，但是伴君如伴虎，兩人只想安安穩穩的一家人一起生活，太隆重的恩典反而會讓瀟家陷入風暴中。

瀟箬一臉正氣地回道：「謝聖上恩典，捉拿反賊是所有人應盡的義務，民女不敢居功，若聖上憐愛，民女斗膽請聖上賞賜些金銀便好。」

以前問要什麼賞賜時，那些官員都是嘴上推脫不要，暗地裡卻拚命暗示要官要爵的。臧呂這是第一次見到有人只要錢，還要得這麼理直氣壯。

他愣了一下，馬上撫掌大笑道：「好！朕就欣賞妳這樣不藏著掖著的直爽性子，那就賜黃金萬兩！」

想想又覺得不夠，他加碼道：「朕記得妳還開了個鋪子？那朕就給妳提個牌匾，讓小蘇子給妳送去。」

當今聖上親自題字的牌匾，掛上去可太有面子了，誰都不會再敢小看信立冬蟲夏草專賣店！

這屬實是意外之喜，瀟箬這會兒才真心實意地向臧呂磕頭謝恩。

「那你呢，顧家小子，你要什麼賞？」臧呂轉頭問一直沈默的林荀。「朕記得你爹以前說過盈州水土養人，不如趁此機會，賞你一套盈州宅院，你好接敬仲過來養老。」

林荀心中動容，沒想到當朝天子竟然還記著他爹多年前的一句話。

「回聖上，我爹已經故去多年，之前恐惹聖上傷心，一直沒有稟報，望聖上恕罪。」

驟然聽到故人已逝，臧呂胸腔內瀰漫起一股淡淡哀傷。

「敬仲竟然已經……哎……那你家可還有其他人，也可以接來盈州。」

顧家忠良，顧家小子身手如此出眾，他想要將顧家培養成新的武家。敏寬剛成為太子，手下還沒有自己能用的忠臣，他要為自己的兒子準備好新的利刃。

林荀的回答卻讓他大失所望。

「爹娘皆已故去，家中只有我一人了。」林荀面色沈靜，現在的他再提及家中事，已經沒有以前的憤怒和怨懟。

他伏地恭敬道：「小民斗膽，請聖上將家父百戶將軍之名賜給小民。」

「哦？你想要當將軍？」臧呂一挑眉。

他可以隨意封將軍，但是有人主動要做將軍……他就要重新掂量思索了。

「不，我只想要百戶將軍的名號，我不想要任何軍權，也不求在軍中有實質職位。」

「那你……」

「年幼時我被人牙子擄走，喪失了記憶，是箬箬救了我，到現在我依舊使用的是箬箬給我起的名字——林荀，我此生只想和箬箬一起平平淡淡、攜手到老。但是顧家上下只餘我一人，而今顧家我能留下的……」

話及此，林荀有些哽咽。

臧廷華眼中淚光閃爍，轉頭看向臧呂懇求道：「父皇，顧家可憐，兒臣以為，大可成全他的請求，這樣既能彰顯父皇顧念舊臣、慈愛百姓，也能全了他的拳拳孝心。」

垂眼審視跪伏在地上的林荀良久，臧呂才點了點頭，說道：「既然如此，朕便封你百戶將軍，俸祿待遇一如敬仲，不過你這百戶將軍可是個光杆，手下無兵。」

邊說他邊緊緊盯著林荀的面部表情，看林荀確實是真心實意謝恩後，臧呂面色稍霽，說話語氣也和緩了許多。

「你與瀟箬兩情相悅，朕再賜你倆一場婚禮如何？」

不等兩人回話，他自顧自地決定道：「隋家在東市的那些宅子已經收入國庫，你去看看哪處合眼緣，就當你們新婚的宅邸吧。」

看似是賞賜，實則是給林荀下了牽絆。

不過臧呂的這個決定正好成全了林荀的願望——娶瀟箬為妻。

他先扭頭看向身側佳人，見瀟箬粉面含春，對他微笑頷首，林荀這才俯首謝恩。

當今聖上金口玉言賜下的婚禮自然十分隆重，鳳冠霞帔、十里紅妝都是皇家恩典，浩浩蕩蕩的迎親隊伍繞著西市走了足足三圈，鑼鼓喧天的熱鬧勁兒惹得盈州城都沸騰了。

東市新百戶將軍府裡，流水宴席擺了三天三夜，來賀喜的客人不只有武毅這樣的將軍，還有翰林院的學士，太醫院的院史，連安親王都親自前來，為這對璧人送來百子千孫圖。

大內總管蘇賀年抬著當今聖上親筆題字的「信立冬蟲夏草」的牌匾前來賀喜，更是將婚宴的氣氛推上頂點，盈州的百姓無人不知、無人不曉，這信立冬蟲夏草專賣店的東家，可是有皇家撐腰！

紅綢映喜燭，鴛鴦椒房香。

流蘇暖帳下，林荀握著瀟箬的手，額頭相貼，四目相對。

「我與妳，終生廝守，永不相負。」

生生世世一雙人，耽溺紅塵永不離。

番外一　少女心事（上）

夕陽浸染著無垠天空，讓綿軟白淨的雲朵搖身一變，成為羞紅了臉龐的晚霞，倒映在剛開始解凍的水面上，閃爍出萬點金光。

結算完鋪子裡的帳，瀟箬打算早些打烊回家。

今日是正月十五元宵佳節，林荀和瀟昭一個是百戶將軍，一個是大理寺丞，兩人都需要出席宮中的元宵群臣宴。

按理出席元宵群臣宴的臣子可以攜帶一名家眷一同進宮赴宴，不過瀟箬對當年那次元宵夜宴上的菜至今心有餘悸。她可不想再試一次那些空有色香，實則難以下嚥的宮宴，而且今晚她有更要緊的事情要辦。

「阿姊，阿姊！妳看我新做的裙子好看不？」人還沒進鋪子，清脆嬌俏的聲音先鑽進信立冬蟲夏草專賣店。

瀟箬放下手中帳冊，嘴角含笑地朝興沖沖跑來的妹妹叮囑道：「慢點，小心別摔了！」

瀟嫋才顧不上這些，她一心只想給長姊展示自己的新衣服，蹦跳著跑到瀟箬面前提起裙襬，像隻小蝴蝶般轉了兩圈，一迭連聲追問道：「阿姊妳看，繡娘說這是盈州今年最時興的款式，妳看我穿起來好不好看呀？」

她上身穿著杏黃繡纏枝紋上襦，袖口、領口皆做了白絨滾邊點綴，襯得粉撲撲的小臉蛋靈動可愛，下配淺金桃紅二色百疊裙，加之今日綰的髻上鬆鬆簪了兩朵銅錢大的淡粉絹花，更增添了幾分少女的嬌嫩。

「好看，嫋嫋一定是今晚花燈會上最漂亮的姑娘！」當初小包子一樣的崽崽轉眼已長成初春含苞待放的蓓蕾，瀟箬滿心滿眼都是自豪。

一般小姑娘受到如此誇張的評價，都會羞紅小臉蛋，而鼓勵式教育下長大的瀟嫋絲毫沒有應該謙虛的意識，美滋滋地全盤接受長姊的誇獎。

三天前，瀟家收到來自宰相府的請帖，宰相夫人邀請盈都五品以上官員的家中女眷，於元宵節當天去宰相府參加花燈會。

當初前宰相喬生元落馬，與之政見一直不和的大司馬盛崇之被安親王推舉成新任宰相。盛崇之是個善於耳聽六路之人，早早打聽明白喬生元落馬的始末，以及背後立了大功的瀟家。

因此雖然林荀只是個有名無實的百戶將軍，瀟昭只是個五品文官，新宰相對瀟家人卻分外禮遇，連帶著宰相夫人也分外重視與瀟家女眷的往來，今年舉辦的花燈會，她特地命人早早將請帖送到百戶將軍府。

前世看的宮鬥劇、宅鬥劇讓瀟箬輕易猜出這張請帖背後的涵義，明面上是女人們之間的聚會，實則是她們代表的家族之間的明爭暗鬥與互相攀附。

她不愛摻和這些彎彎繞繞，本來想拒絕，但一轉頭看到瀟嫋亮晶晶充滿期待的大眼睛，瀟箬到了嘴邊的拒絕又嚥了回去。

今年四月二十三，便是瀟嫋和瀟昭十六歲的生辰。

去年殿試瀟昭被欽點為探花郎，當場賜大理寺丞，成為當朝最年輕的文官，從此在廟堂中有了立足的資格，瀟箬對弟弟很是放心。

但是瀟嫋不行。

搬到盈都五年以來，她一直待在瀟箬的身邊，和長姊一起看顧店鋪，沒事在家便倒騰倒騰她的女紅，陪兩個老爺子一起聊天下棋，彷彿她的世界就只有這一小方天地。

即便瀟箬從來不拘著她，鼓勵她多多出門，給她買各種有趣的小玩意兒，帶她參加盈都各種節日活動，最後小丫頭都是以當時樂呵呵，事後越發無聊的狀態收場。

瀟箬知道，瀟嫋其實是寂寞的。

盈都不比欽州，國都的女子們更講究規矩，未出閣的少女基本都是大門不出、二門不邁，偶爾出門也大多是僕從陪伴，車馬環繞。就算是普通人家的女孩子，也沒有像瀟嫋這樣自由自在的。

雙胞胎弟弟已經有了自己事業，敬愛的長姊已經成婚並且忙綠於生意，老爺子們也不是好的少女心事傾訴對象。

瀟嫋需要與更多同齡女孩子接觸的機會。

思及此，瀟笙接下宰相府的請帖，笑著答應三日後會帶著妹妹準時出席花燈會。

對此瀟嫋分外開心，忙不迭地找春花堂的繡娘訂製新衣裳，加了十兩賞錢，繡娘們熬了兩個通宵，才趕製出今晚赴宴的新裝。

這會兒一試裝，小丫頭就迫不及待地來鋪子裡展示。

收拾好帳冊，瀟笙叫來夥計一起準備上板打烊，瀟嫋習慣性捋起袖子就要幫忙灑掃。

小夥計很有眼色，立刻上前一步，從瀟嫋小手裡抽走笤帚，笑嘻嘻道：「小姐今日這麼漂亮，可不興讓灰塵弄髒了新衣裳，我來掃、我來掃。」

猝不及防被吹了一波彩虹屁的瀟嫋俏皮的一偏頭，白嫩臉龐飄上兩抹嫣紅，眨巴著眼睛看著小夥計假裝嗔怒。「什麼叫今日這麼漂亮，我平日就不漂亮了嗎？」

「平日也漂亮！」小夥計趕緊站直身體，加重聲音，努力表明自己的態度。「是我嘴巴笨，小姐平日就很漂亮，今日是格外漂亮！」

瀟嫋這才滿意點頭，只是兩頰的嫣紅快比得上天邊晚霞。

見小姐不再計較自己的失言，小夥計憨憨一笑，又轉頭將瀟笙手中的抹布也抽走。「掌櫃的今日有事就和小姐先走吧，等會兒我收拾好來關門就行。」

一年前他為了安葬病故的老父在街邊賣身，來來往往許多人皆是駐足觀看，沒有一個人有掏錢的意思，是路過的瀟笙替他拔下頭上的稻草，給了他葬父的銀錢。

等他處理完老父的身後事，一路打聽找到瀟家時，瀟笙不僅不讓他為奴還債，還給他一份在鋪子裡當夥計的差事。

所以他特別感激瀟箬，也特別珍惜這份工作，平日幹活踏踏實實，特別賣力。他的老實本分和勤勞能幹都被瀟箬看在眼裡，對他也格外放心。

聽小夥計這麼說，瀟箬真就將鋪子大門的鑰匙放在櫃檯上，囑咐他稍微收拾下就早些回去，沒幹完的活明早再來做也行。

待小夥計笑嘻嘻應好後，瀟箬便帶著瀟嫋上了自家馬車回百戶將軍府。

離花燈宴還有兩個時辰，她們還有其他準備工作要做。

瀟家馬車雖小但勝在輕便，馬伕一揚鞭，青驄馬抬起蹄子靈活的穿過各種小巷，不消半刻鐘已經抵達家中。

百戶將軍府坐落在東市慈幼坊西側小路上，宅子不算特別大，是個三進院子的樣式。

當初皇上讓他們自己隨意挑宅子的時候，兩人特地挑了幾處宅子最小最偏的，既不會過分惹人注目，又能讓皇上放心，確定他們不會居功自傲。

小宅子有小宅子的好處，在瀟箬看來房屋只要夠用就行，太大反而要為整理修繕發愁，畢竟這一筆筆支出都是實打實的雪花銀。現在的宅子，他們只需要雇一個馬伕和一個負責日常灑掃整理的僕役就夠。

即使已經很有錢卻依然很摳的守財奴瀟箬表示，這樣的宅院才是她心中最完美的住所。

一下馬車，瀟嫋又似一隻小蝴蝶般蹁躚進了院門，邊小跑著邊喊：「岑爺爺！鄭爺爺！

快來看我的新裙子！」

兩個老爺子正在院中對弈，聽到瀟嫋脆亮的嗓音由遠及近，便放下手中棋子，抬頭朝聲音方向笑呵呵看去。

兩人都已經有些眼花，特別是岑老頭，連耳朵都不太靈便，瀟嫋這一串喊聲他壓根兒就沒聽清在說些什麼。

不過這完全不影響他的好心情，瞇著昏花的老眼看瀟嫋在兩人面前提著裙襬踮腳轉了兩圈，他摸著自己花白的鬍子邊點頭、邊打趣道：「這是哪家的仙子下凡啦？老頭子我莫不是在作夢吧？」

鄭冬陽接著話，搖頭晃腦吟起詩來。「梅花不過冬魁首，不比嫋嫋雪中仙。」

兩人的捧場逗得瀟嫋格格直笑。

慢一步進院子的瀟箬看著二老一少笑鬧，抬手招來在院子裡晾曬衣物的王嬸，詢問道：「老爺子們中午吃得怎麼樣？」

兩個老爺子腿腳不便，如今已經不怎麼出門，為了他們的身體健康，平日午飯是由瀟箬擬定養生菜單，由王嬸負責採買料理。

「挺好的，夫人定的幾個菜今兒個老爺子們都吃完了。」王嬸停下手中活計，用圍裙擦了擦手，湊到瀟箬跟前笑著答道。

說完又偏頭朝院中三人看了一眼，確定二老的注意力不在自己這兒，她用手擋住嘴巴，低聲打起小報告。「就是岑老爺子鬧著要吃燒鴨，我實在沒辦法，給他買了一隻。不過我沒全給，就撕了一隻鴨腿。」

老小孩、老小孩，越老越像小孩子，你不讓他吃什麼，他就偏偏要吃什麼。岑老頭做了一輩子藥師，自己也知道高油脂的燒鴨對身體不好，但是架不住嘴饞。

暗暗嘆了口氣，朝盡職盡責的王嬸點頭表示知曉，讓她忙自己的事情去吧。

「嫋嫋，別玩了，來梳洗一下。」打斷院中二老一少的玩鬧，瀟箬上前催促道。

岑老頭這才注意到瀟家大丫頭，他明顯是心虛了，渾濁的老眼左瞟瞟、右看看，就是不敢落在瀟箬身上。

瀟箬當場決定明日的菜單多一道岑大夫不愛吃的白蘿蔔燉雞，讓他清清腸胃以示懲罰。

但眼下最要緊的還是今晚的花燈會。

聽到長姊的召喚，瀟嫋脆脆應了一聲，蹦跳著跟著長姊回屋梳妝打扮。

打開梳妝奩，纏花如意翡翠簪、玳瑁鎏金步搖、全套點翠海貝釵……各式首飾整齊鋪滿了整個奩盒。

荳蔻少女都愛漂亮，瀟箬又對妹妹特別捨得花錢，每每看到精緻或者奇趣的首飾她就會毫不猶豫的買下來送給瀟嫋，不知不覺間，瀟嫋的梳妝奩已經被塞得滿滿登登。

瀟嫋對著銅鏡挑選今晚要佩戴的首飾，拿起這個覺得太豔俗，拿起那個又覺得和新衣裳不搭，不知不覺，她噘起嘴巴，滴溜溜的大眼睛看向長姊求助。

簡單梳洗完換了一身乾淨衣裳的瀟箬一回頭，就看到妹妹濕漉漉飽含期盼的眼神，明白這小丫頭是犯了選擇困難症。

款步上前，她從一堆首飾中拿起一支東海珍珠流蘇簪，又挑揀出同款東海珠製作的珍珠耳墜，瀟箬親手替妹妹插上髮簪，柔柔道：「就這套吧，配我們嫋嫋，又素雅、又柔和秀美。」

這東海珍珠個個圓潤飽滿，潔白無瑕，是林荀在火器所研製出新型武器火鳥弓時，皇上為表嘉獎，特地賞賜的，共八顆大珠，十二顆小珠。

其中最大那顆東海珠被林荀親手編到同心結裡，送給了瀟箬，剩下的東海珠則是打造成首飾，給了愛漂亮的小妹瀟嫋。

攬鏡自照，瑩潤珍珠在如絹青絲間散發著瑩瑩白光，隨著她的一舉一動、一顰一笑，流蘇髮簪輕輕搖曳，劃出一道道細微的柔和波紋，此刻的瀟嫋好似水中洛神，美得有一絲神性。

這一絲神性在她咧開嘴朝長姊傻乎乎一笑中灰飛煙滅。「阿姊真厲害，這套首飾好襯我的新衣裳哦！」

寵溺地摸了摸妹妹滑膩膩的小臉蛋，瀟箬隨意插了根白玉簪，從鏡中確認著裝沒有失儀後，說道：「好了，時辰不早了，我們出發吧。」

帶上昨天新炮製的鹿角膠、禮盒裝的特級冬蟲夏草，以及瀟嫋精心挑選最滿意的刺繡手帕作為禮物，瀟家姊妹在老爺子們和王嬸的目送下上了馬車，朝宰相府駛去。

御賜宰相府位於盈都東北方，占地十五畝，內裡閣樓繁複，園林水榭俱全自不必說，光是一眼望不到頭的圍牆就能讓人知道這座府邸的氣派與恢弘。

瀟家馬車剛駛入宰相府所在的天恒大街，馬伕遙遙望見一輛輛或精巧奢華、或方正闊氣的馬車首尾相接，沿著街道一字排開，毛色各異卻全都油光水滑的矯健馬匹昂首噴氣，一看便知這些馬兒身價不菲。

「俺還沒見過這麼多好馬好車咧！」馬伕嘬著牙花子嘖嘖稱奇。「夫人、小姐，妳們快瞅瞅，這些都是官人家的車馬吧？」

聞言瀟嫋伸出小手，悄悄將車簾掀開一條縫，透過這一指寬的縫隙，好奇地觀察著擦肩而過的眾多馬車。

「哇……這馬車的窗戶是白玉雕的耶……那匹拉車的馬兒怎麼渾身皮毛鮮紅，比朱砂都豔耶！哎呀阿姊阿姊，這輛馬車好大，全是黑的，上面還刻了金葉子！」小丫頭看得目不暇給，小嘴巴裡還一驚一乍的給長姊即時播報自己看到的情景。

看著看著，瀟嫋突然收回小手，垂下眸子，小聲囁嚅。「阿姊，我有點害怕……」

「嗯？」瀟箬聞言一偏頭，見小丫頭抿著櫻桃紅唇，略帶著嬰兒肥的兩頰因為用力綻放出小梨渦，衣襬被蔥白手指揉捏到微微發皺。

「嫋嫋害怕什麼？」伸手將可憐的衣襬從小丫頭指尖拯救出來，瀟箬輕柔問道：「害怕去宰相府嗎？妳要是不想去，咱們就回家。」

大不了等會兒差人去宰相府稱病賠個禮，本來她決定今晚赴宴就是因為瀟嫋，若是妹妹現在不想去了，她又何苦去蹚這渾水。

「沒有不想去……」手中沒有了衣襬可以揉捏，瀟嫋的心好似沒了著陸點，在空中晃晃悠悠的飄著，充滿了不安定感，索性將額頭靠在長姊的肩窩，像兒時那樣輕輕蹭著。

「我就是怕等會兒見到那麼多人，她們要是不喜歡我怎麼辦……」底氣不足的軟軟少女聲音從下巴處傳上來，鑽進瀟箬的耳朵裡有些模糊。

原來是這小丫頭事近情怯。

垂眸滿眼是妹妹烏黑的髮絲，瀟箬心中酸酸脹脹，又憐又愛，伸手環抱住瀟嫋嬌小的身軀道：「怎麼會呢？我們嫋嫋貼心又可愛，怎麼會有人不喜歡嫋嫋呢？」

「真的嗎？」從小對長姊有盲目信任濾鏡的小丫頭聞言仰起小臉，眨巴兩下大眼睛，覺得長姊說的應該沒錯，頓時又自信起來。「那等會兒我就每人送一方繡帕，作為我們友誼的信物！」

說著扳起手指數著繡帕的數量，數來數去她嘟起小嘴懊惱道：「也不知道繡帕夠不夠分的，早知道我多帶幾塊了。」

轆轆車輪轉動聲在兩姊妹的說話中戛然而止，馬伕在外喊道：「夫人、小姐，俺們到咧！妳們先下來，俺去把車子停北邊去，這兒車馬太多，沒地兒給咱們停！」

於是姊妹二人便拿著禮物和請帖下了馬車，瀟箬額外給了馬伕二十文錢，讓他自己去找個地方買些吃食墊墊肚子，別乾等她倆而餓著自己。

提著禮盒走到宰相府門口，瀟家姊妹遞上請帖。

門口侍從打開請帖瞟了一眼，瞬間從原本的漫不經心變成滿面笑容，半彎著腰道：「顧夫人，瀟小姐，裡面請、裡面請，我們夫人早就盼著二位大駕光臨呢！」

說著伸手去接瀟箬手上提著的幾個禮盒。「小的來幫您拿著吧，您金枝玉手，可別傷著了！」

一看這迎賓侍從就是被額外叮囑過要禮遇瀟家，瀟箬淺淺一笑，將裝鹿角膠和冬蟲夏草的禮盒遞給侍從，而瀟嫋精心準備的繡帕，則是依舊握在自己手中。

「這位小哥，煩勞你帶路了。」

走過巍峨壯觀的中道，穿過金碧輝煌的府樓，連續路過了三個層疊奇妙的園林花苑後，她們才抵達今晚設宴的映荷園。

映荷園名取自「接天蓮葉無窮碧，映日荷花別樣紅」中的映荷二字，也正是因為這處院子中有一澤寬闊碧水，內裡栽種大片荷花，在夏日盛放時泛舟藕花間，能讓人沈醉之中，不知歸路。

當然現在荷花仍在沈睡，水面上只飄蕩著兩艘連結的花船，裝飾得精美明亮的花船正是今晚花燈會的核心場所。

船邊迎接等候的僕從拖長聲音唱報。「百戶將軍府顧夫人、瀟小姐到——」

僕從聲音未歇，主船裡便走出十來個衣著華貴，遍身珠寶的中年婦人，為首的正是宰相夫人盛魏氏。

「早就聽說顧將軍的夫人貌比月中仙子，如今一看，所言非虛啊。」盛魏氏站在船邊，與一旁的其他婦人笑盈盈地說道。

聲音不大不小，正好讓瀟箬聽個清楚。

盛魏氏左側一位嬌小婦人朝瀟箬招手。「各家夫人們都來齊了，就等著顧夫人您呢。」

登上主船，在盛魏氏的介紹下，瀟箬一一見過各家夫人，瀟嫋跟在長姊身旁有禮貌的問了各位長輩好。

「姊姊漂亮，妹妹也跟天仙似的。」說話的是通政使司夫人鄭常氏，她用錦帕半掩紅唇笑道：「難怪陸家公子對瀟小姐念念不忘，說是非她不娶呢！」

從未聽說過此事的瀟箬愣了一下。

哪裡突然冒出個陸家公子？還對嫋嫋念念不忘、非她不娶了？她怎麼一點都不知道？

困惑地瞟了眼妹妹，發現瀟嫋也是一臉茫然，顯然她也不知道自己被惦記的事情。

「自古婚姻都是父母之命，媒妁之言，光陸家公子剃頭擔子一頭熱可不行。」這邊陰陽怪氣的是宗人府陳理事夫人陳楊氏。

也不知鄭常氏和陳楊氏是否有什麼過節，陳楊氏話音剛落，鄭常氏便翻了個大白眼，以手為扇，在鼻子前來回晃。「哎呀，怎麼有這麼大一股醋味呢？好、酸、呀！」邊說還邊斜著瞟陳楊氏，針對性極強。

宗人府陳理事官是正五品，而通政使司可是正三品的官，即使被明晃晃嘲諷，陳楊氏也只敢絞著帕子咬碎銀牙。

她得罪不起通政使司夫人鄭常氏。

「初春夜寒，咱們就別在船頭吹風了。」八面玲瓏的鴻臚寺卿夫人趕緊打圓場，別看她嬌嬌小小，腦子轉得極快，因而特別受宰相夫人盛魏氏的喜愛。

盛魏氏也不希望自己特地舉辦的花燈會上鬧出什麼不愉快，她朝眾人頷首微笑接道：「船艙裡早已備下酒宴，各位還是進去說話吧。」

說罷領著各家夫人們轉身朝主船艙內款款而去。

瀟箬正要帶著瀟嫋也一同入艙，盛魏氏的貼身婢女上前阻了瀟嫋的去路。婢女屈膝道了萬福道：「瀟小姐請跟奴婢來吧。」

突然被攔住的瀟嫋拉著長姊衣角有些不知所措，瀟箬足下一頓，抬頭看向主家盛魏氏。

她畢竟不熟悉這些豪門大戶的禮節，不好直接全按自己的想法來。

盛魏氏察覺到瀟箬的目光，溫和解釋道：「姑娘家都在隔壁船，讓她們自己玩吧，省得和我們長輩在一起不自在。」

其他夫人們也跟著轉頭看向瀟家姊妹，鄭常氏忍不住誇讚道：「看看這姊妹倆，感情可真好！」

王周氏撫掌笑著附和道：「可不是，真叫人羨慕。」語畢她小碎步過來挽住瀟箬的手，親親熱熱的勸解著。「不過姑娘家還是和姑娘家玩得到一塊兒，咱們那些家長裡短，未出閣的小姑娘們恐怕不愛聽。」

想想今晚來的主要目的，瀟箬將手裡的小錦包塞到瀟嫋手中，輕聲道：「嫋嫋去吧，妳不是還給新朋友準備了禮物嗎？」

感受到長姊眼中的鼓勵，瀟嫋抿著小嘴點了點頭，將裝滿繡帕的錦包牢牢攢在手中，跟著婢女往相鄰的遊船走去。

目送妹妹安全上船後，瀟箬才跟著眾夫人一同入艙就坐。

艙中擺了兩桌精緻酒席，其餘人皆是照各夫家官級安排的座位，唯有瀟箬被王周氏親熱地挽住胳膊，引導到宰相夫人盛魏氏左邊入座，她自己則挨著瀟箬坐下，和盛魏氏反而隔了一個身位。

再不熟悉古代豪門大戶的禮節，瀟箬也知道自己的位置是特殊安排的。

她坐的明顯是主桌，這一桌子的人家中至少都是正四品的官職，怎麼看她這個家中最高只有五品文官的女眷，是不該坐在這兒，還是在主人家左邊的位置。

瞧，隔壁桌陳楊氏那嫉妒的眼神都快在她後背扎出兩個洞了！

入座後，主家盛魏氏首先起筷，和善地對眾人說道：「今兒個是咱們姊妹聚一聚，大夥兒自在些，別拘束。」

說罷挾了一塊荷葉雞到瀟箬碟中，盛魏氏已經遮不住細紋的眼角彎起。「顧夫人嚐嚐這個荷葉雞，我家廚子是南方來的，說這是欽州特色菜，妳嚐嚐對不對味。」

「看著就好吃！」王周氏笑咪咪捧場著。「欽州人傑地靈，不光菜色香味俱全，這出的人才也一個比一個有能力呢！」

她偏頭朝瀟箬眨了眨眼，俏皮地打趣道：「咱們顧夫人可真有福氣，夫君身手了得，又擅長製作火器，很得聖上器重，弟弟又是當朝最年輕的五品大員，年輕有為啊！」

千穿萬穿馬屁不穿，王周氏一張巧嘴快把林荀和瀟昭誇出花來，饒是大方如瀟箬都聽得有些面熱。

一番吹捧後，王周氏試探性地問道：「瀟小姐與陸家公子金童配玉女了，不知瀟大人可有心上人？若是沒有，我瞧顧夫人不如就在今兒個替他物色物色，咱們全盈都未出閣的官家女子，可都在隔壁船上了。」

又是陸家公子。

感覺自己再不澄清，就要三人成虎，瀟箬剛重生過來時就吃過這樣的虧，可不能讓瀟嫋重蹈覆轍。

於是她打斷王周氏的滔滔不絕，困惑地問道：「這陸家公子是哪個陸家？我和嫋嫋怎麼都不知道有這麼一個人？」

王周氏估計是沒想到瀟箬會說完全不認識陸家公子，一時愣住。

此時隔壁桌傳來熟悉的陰陽怪氣聲。「聖醫妙手東坤子，驚才絕豔陸家郎。連咱們盈州最佳女婿人選陸東坤都不知道，看來長姊如母這個詞也不一定適用所有人。」

又是作死的宗人府陳理事夫人陳楊氏。

瀟箬的眉角抽了抽，她可不是任人揉捏的軟柿子，正要懟回去，鄭常氏卻先嗤笑一聲，率先開火道：「顧夫人忙於手中生意，沒注意到坊間流言有什麼好奇怪的，不像某些人，挖空了心思想要人家做女婿，誰知道人家陸家公子壓根兒就看不上她家只會花癡的女兒。」

依舊是針對性極強，而且攻擊力也非比尋常，氣得陳楊氏面色紅白交錯，口中「妳、妳、妳」了半天，也沒憋出第二個字。

連戰得勝，鄭常氏心情大好，拿起錦帕壓了壓嘴角酒漬後，朝瀟箬揚起明豔的笑容道：「陸家公子就是太醫院史陸思成家的大公子，大夥兒都說陸大公子對您家妹妹一見鍾情，朝思暮想，怎麼？顧夫人真是一點風聲都沒聽到？」

腦中快速將訊息檢索一番，瀟箬想起來陸思成是誰了。

不就是當初在太醫院查案時被自己和阿荀餵了飽飽狗糧的那個臭臉院判？現下是升了官，當了院史了啊。

正當她要解釋自家和陸家不熟時，船艙外重物落水的撲通聲和少女們此起彼伏的尖叫聲交錯炸響。

「啊——來人啊！有人落水了！」

「快救人！快救人啊！」

緊接著連續三聲撲通，想來是護衛家丁入水救人。

聲響主要來自一旁的副船，當場所有夫人們皆是臉色一變，要知道她們或姊妹、或女兒、或姪女，就在那艘船上，誰知道落水的是哪個？

所有人都立刻起身離席，也顧不上儀態，慌慌張張地朝外跑去。

宰相府護衛身手極佳，待夫人們趕到船頭甲板，護衛已經將落水之人拖舉，往船上送。

借著明亮的燭火，瀟箬一眼便看到落水之人雖然垂著頭看不清臉，但搭在護衛肩膀的手臂分明是深黃色，飽浸湖水的布料依舊可見纏枝紋路……

是瀟嫋！

一時間瀟箬只覺腦中一片空白，下意識地大喊一聲。「嫋嫋！」

隨後她立刻提起裙子朝副船跑去，旁人說什麼、做什麼她已沒精力去注意，只知道奔向渾身濕漉漉上船後半癱倒在船板上的妹妹。

不顧湖水會浸濕自己的衣衫，瀟箬一把緊緊抱住妹妹。確定懷中身軀在微微顫抖，並沒有喪失意識後，她理智才稍稍回籠。

她調動體內異能，升高兩人身邊薄薄一層空氣溫度，儘量驅散瀟嫋寒意的同時，又不被其他人察覺異常。

其實船上的其他人也沒有多餘的精力去注意溫度的變化，十幾個荳蔻少女與瀟箬、瀟嫋隔著四、五步的距離站成一團，精緻的面龐上皆是驚慌失措。

她們都被嚇壞了。

番外二　少女心事（下）

主家盛魏氏最先反應過來，對呆愣的婢女怒道：「還傻站著做什麼！還不趕緊給瀟小姐準備替換的乾衣服！」

飽含威嚴的怒喝讓在場所有人都像是回魂一般，婢女們忙不迭去準備客房及乾淨衣物，其他夫人們或真心、或假意，面上都掛上擔心表情，一迭連聲地問候瀟嫋有沒有受傷。

在眾人關心的詢問聲中，瀟箬攙扶著受驚顫抖的瀟嫋往宰相府客房換衣休息。

從縮成一群小鵪鶉一樣的少女們身邊經過時，瀟箬斜眼一瞥，看到那支原本簪在瀟嫋髮間的東海珍珠流蘇簪，此刻正被一位圓臉的少女緊緊握在手中。

這一瞥極快，幾乎是從圓臉少女身上掃過，但圓臉少女心中還是莫名一緊，沒由來的雞皮疙瘩迅速爬滿全身。

瀟箬沒有工夫計較這些細枝末節，現在最重要的是給瀟嫋換身乾淨衣裳，好好安撫她，免得再受驚嚇。

到了最近的客房，侍女們流水一般送來衣裳、被褥、薑茶、安神香等一干物品。推掉想上來伺候的婢女，瀟箬親自給瀟嫋換洗梳理。

看著妹妹慘白的小臉蛋，瀟箬感覺自己的心臟被無形之手緊緊捏著。

「嫋嫋乖，沒事了……阿姊在呢。」半抱著瀟嫋，瀟箬一下下用手撫摸著妹妹的後背，像兒時她作惡夢後一樣輕聲哄著。

過了好一會兒，瀟嫋才從驚嚇中慢慢回神。

感受到掌下的柔軟身軀不再顫抖，瀟箬這才低聲詢問剛才發生何事。

「我也不知道……」或許是事情發生得太過於突然，瀟嫋現在的腦子裡還是有些混亂，她皺著秀氣的黛眉，努力回憶剛才的情形。

「我給她們送了繡帕，她們看起來都很高興……然後有人問我是不是見人就送帕子，有沒有給什麼陸公子也送帕子……我說我不認識什麼陸公子……

「後來就有人說花燈會應該放河燈……我們就去船板了……再然後我就覺得頭皮被什麼扯了一下，後背一痛……我就受不住往前撲……然後……然後我就掉水裡了……」

一小段回憶斷斷續續說了好幾分鐘才說完，瀟箬越聽臉色越沉。

咚咚咚，三聲敲門。

門外響起盛魏氏的聲音。「顧夫人，瀟小姐可好些了？需不需要去請太醫來看看？」

吱呀一聲，門從內部打開。瀟箬淺淺行了個禮，面色冷漠客套地說道：「夜深了，嫋嫋只是受了驚嚇，就不必煩勞太醫跑一趟。」

門外只有盛魏氏一人，連貼身的婢女都沒有帶，想來她除了問詢瀟嫋情況，還有其他話要說。

畢竟人家是主，她是客，再生氣也不好讓主人家在客房外乾站著，瀟箬側身給盛魏氏讓了道。

進門後盛魏氏第一時間直奔坐在床沿裹著毯子的瀟嫋，拉著她的小手，滿臉的心疼與擔憂道：「瞧這小臉白的……還有沒有哪裡不舒服啊？要是需要些什麼可一定要跟嬸嬸說。」

這一番話滴水不漏，說起來她可是宰相夫人，一品誥命，這會兒自稱嬸嬸是給足了家中最高只有五品文官的瀟家臉面。

瀟箬在心中冷哼一聲，面上依舊表情不顯，淡淡地說道：「勞盛夫人掛心了，不知夫人可有瞭解方才副船上發生了什麼事？」

將主動解釋權交給主人家，既表明自己需要一個說法的態度，又給主家留了餘地，不至於駁了宰相府的顏面。

能做到宰相夫人的位置，盛魏氏定不是一般人。

不能對那些小姐們下手，她第一時間就分批審問了船上的僕人和婢女，串聯不同的講述視角，大致能猜出瀟嫋落水的真正原因。

說來說去還是這麼點風流孽緣。

陸家公子名聲在外，玉樹臨風，盈都官宦家未出閣的女子中暗戀他的人不在少數。聽到陸家公子非瀟嫋不娶的消息，這些女兒家的春閨芳心碎了一地。

今日花燈會上見到傳說中的陸公子心上人，好些女兒家本就銀牙咬碎，偏偏瀟嫋還一臉純真地問陸公子何許人也，惹得不少人心中氣惱，覺得瀟嫋是故意顯擺。
這才有了一齣明裡放燈祈福，暗中惱羞推人的戲。
不過到底是哪位小姐動手推人，僕人和婢女們支支吾吾，誰也給不了一個準話。沒有確切的證據，盛魏氏也不好直接逮一個人出來隨意定罪，更何況當時副船上的女兒家們可都是官家女子。
「這……」盛魏氏有些尷尬，她難得辦一回花燈會，想聯絡聯絡各朝官家內宅的感情，卻最後鬧出這麼個難以收拾的場面。
她嘆了口氣，斟酌說道：「顧夫人，不是我不願意給妳個說法，實在是人多天色又暗，沒人看清令妹是如何掉下水的。不過妳放心，我一定再細細查問！」
明白今日是得不出結論了，難道就讓嫋嫋莫名受這一遭？
瀟箬腦中閃過那個手握東海珍珠流蘇簪的圓臉少女。
就算她不是推嫋嫋下水的人，也和這事脫不了干係。但無憑無據，自己無法直接指著她就說她是罪魁禍首。
眼睛一瞇，瀟箬心中有了籌劃。
退去寒霜，姣好的面龐重新掛上笑容，瀟箬上前拉過瀟嫋的手，不著痕跡地將妹妹從盛魏氏手中解救出來。「盛夫人所言甚是，我自然相信夫人會給我們一個交代，我們也不著急，您什麼時候查清楚，什麼時候差人來告訴我們一聲便好。」

重新綻放笑顏的瀟箬在燭火映照下明豔如同怒放的牡丹，讓同為女子的盛魏氏都看得一時失了言語，只覺傳言非虛，顧夫人果然美得不似世間人，莫不是天仙下凡塵？

沒等盛魏氏回神，瀟箬話鋒一轉，假裝蹙眉又道：「只是嫋嫋重視夫人的花燈會，今日特地佩戴了一支東海珍珠流蘇簪，現下卻怎麼尋也不得。盛夫人不知，這簪子上的東海珍珠是聖上所賜，御賜之物遺失可是大不敬啊。」

寥寥幾句，讓盛魏氏驚出一身冷汗。

御賜之物在她家丟失，整個宰相府都逃不脫干係。要是被扣上了大不敬的罪名，別說她區區一個誥命，哪怕是她夫君當朝宰相，皇上想捏死也不過是覆掌須臾。

「這、這……我一定，一定嚴查！」厚厚一層胭脂也遮擋不住盛魏氏臉上的心慌。「不出三日，不，明日，明日我便給顧夫人一個交代！」

得到想要的效果，瀟箬滿意地點點頭，攙扶起已經恢復大半的瀟嫋，盈盈一拜說道：「嫋嫋也累了，那我們就先行告退了。」

瀟嫋心大，這會兒已沒有剛才心悸的感覺，除了面色還有些發白，其他皆與平日無異。不過長姊說回家就回家，她也跟著行了個禮，貼著長姊一同離去。

出宰相府之前，各家夫人和小姐們都出來相送，鶯燕環佩，花團錦簇，不知道的人乍一看，還以為這群都是瀟嫋、瀟箬的閨密，與兩人依依惜別。

頷首與眾夫人、小姐說著客套話告別時，瀟箬一眼就看到躲在人群最後面的圓臉少女，她正瑟縮著努力想融入到牆壁的影子裡。

無聲冷笑，纖手在無人注意中摸出一枚小丸，趁著招呼的空隙，往圓臉少女方向彈射而去。

確定小丸擊中圓臉少女身後牆壁破開，化成肉眼不可見的齏粉順著圓臉少女的衣領飄入後，瀟箬才嘴角揚起，心滿意足地帶著瀟嫋回家。

她可從來不記仇，有仇一般當場就報了。

回到將軍府，宮中夜宴未結束，林荀和瀟昭還未回來，兩個老爺子不耐睏，早早歇息，只有王嬸在燭火下邊等著她們歸來、邊納鞋底。

看是夫人、小姐回來，王嬸趕緊放下手中活計，迎上前去接過兩人的禦寒斗篷，抬頭一瞧她有些困惑。

怎麼小姐去參加個宴會，中途還換了身衣裳裝飾？明明出門前不是這身打扮呀。

還未等她將困惑問出口，瀟箬朝她擺擺手道：「今夜嫋嫋和我睡，晚些時候阿荀回來，王嬸跟他說一聲吧。」

瞧夫人面露倦色，王嬸便不再追問，只應了聲好就去張羅，在書房添了一床褥子。

有時候將軍事務繁忙，回來晚了不想打擾夫人安眠，也會夜宿書房，她已經習慣給書房添被褥了。

囑咐王嬸也早些休息後，瀟箬牽著瀟嫋的小手，一同回屋。

簡單梳洗後，兩姊妹躺在床上，瀟嫋習慣性地占據長姊的懷抱，小手摟著長姊的纖瘦腰肢，深吸一口氣小聲道：「阿姊真香。」

「淘氣。」勾起手指刮了兩下小丫頭的鼻梁，瀟箬淺笑著說：「今天是不是嚇壞了？」

「沒有。」不出瀟箬所料，懷中小丫頭搖了搖頭，撒著嬌含含糊糊地道：「就剛落水那會兒有點怕，後面有阿姊在，我就都不怕了！」

真是個記吃不記打的小丫頭，不過心大點也好，至少不用擔心她會被嚇出什麼毛病來。

失笑著拍了拍妹妹的後背心，瀟箬低聲哄道：「那就好，累了嗎？早些睡吧。」

懷中小腦袋像是點點頭，又像是搖搖頭，安靜片刻後，瀟嫋軟軟的小嗓音又響起。「阿姊……我好像想起那個陸家公子了……」

「嗯？」瀟箬原本半瞇著的雙眸聽到陸家公子四個字後又重新睜大。

怎麼又是這個陸家公子？

瀟嫋捏著長姊的一縷髮絲，在指尖繞啊繞的玩，嘀嘀咕咕道：「要是我沒記錯的話，大概兩個月前吧，他來我們店裡買過東西。當時你們都不在，我給他包了兩盒冬蟲夏草，告訴他一千二百兩，結果他愣愣的，也不付錢，就這麼一直看著我，看得我心裡都發毛了。」

好似玩頭髮玩出了樂趣，瀟嫋挪挪位置，和長姊面對面躺著，更方便她玩瀟箬的髮絲。

「後來呢？」隨她折騰，瀟箬更想知道後續，追問著。

「後來？後來小米就站到我面前，問他想幹麼，那人才結結巴巴地說自己姓陸，叫陸……陸什麼來著？哎呀，反正他最後掏了錢，結清帳後我就沒再管他了。小米看他老站著不走，還問我要不要拿掃帚把他趕出去呢！」

小米就是店裡的小夥計，十七歲年紀身板已經有七尺以上，往那兒一站，看起來還是頗有些威懾力。

瀟箬腦補一下當時的畫面，噗哧一聲笑出來。

「那妳對他有沒有什麼感覺？今兒個那些夫人可告訴我，這個陸公子對妳一見鍾情，非妳不娶哦。」起了逗弄妹妹的心思，瀟箬對著小丫頭打趣道。

原只是姊妹夜話打趣，沒想到透過灑進來的月光，瀟箬看到瀟嫋的白嫩面龐瞬間被升騰起來的嫣紅籠罩。

呀，小丫頭起春心了！

半羞半惱地丟下纏繞在指間的黑髮，瀟嫋噘起小嘴嗔怒道：「什麼呀，我都不記得他長什麼樣，我才不會嫁給這樣的人呢！」

「那妳要嫁給什麼樣的人？」

被長姊一追問，瀟嫋臉上紅雲更盛，雙眸泛著朦朧水氣，一眨一眨地說道：「至少……至少要朝夕相處，要嘴巴甜、會說話，勤勞能幹，個子要高，比我高一個半頭吧。不能滿嘴之乎者也，我都聽不懂的……」

一條條、一套套，能詳細成這樣，八成小丫頭心中已經有了明確的人選了。

瀟箬挑起眉，驚訝得發覺自己呵護長大的小花苞，竟然在自己不知不覺中已經有了意中人。她一時說不清自己心中的感覺，有欣慰、有自豪，還有那麼八、九分的失落。

懷中小丫頭說著說著，聲音突然細如蚊蚋。「阿姊……妳會不會不高興呀？」

「妳怎麼會這麼想？」沒料到寶貝妹妹會突然這麼問，瀟箬一頭霧水。

女娃娃有了喜歡的人，就是長大了，怎麼覺得自己會不高興呢？

瀟嫋把小臉蛋貼到長姊胸前，小聲道：「她們都說我們是官家兒女，以後應該嫁給有功名的人，這樣才能對家裡有助益。」

這是什麼封建思想？

當自家女兒是拿來給家族添力的物品嗎？

瀟箬眉頭一皺，從床上坐起身來，連帶拉著瀟嫋也坐起來，她捧著妹妹的小臉蛋，一字一句的表明自己的態度。「嫋嫋妳聽好，妳的婚姻是妳自己的事情，妳以後要嫁的人，第一條件是真心愛妳，對妳好，第二條件是妳自己喜歡。除此之外的其他，都只是其他。」

瀟嫋兩頰的小肉肉被表情嚴肅的長姊捧著，擠得她的小嘴巴嘟成O型，只能困難地發出聲音。「好啵……」

「好乖。」得到妹妹的肯定回覆，瀟箬這才鬆開手，摸摸瀟嫋的腦袋瓜。「好了，現在妳可以和我說說妳喜歡的那個人是誰了吧？」

剛剛退去紅暈的臉又立刻泛起了紅潮，瀟嫋想想剛剛長姊的話，鼓起勇氣承認道：「是小米啦……」

竟然是鋪子裡的小夥計！

作為和兩人幾乎朝夕相處的姊姊，自己竟一點都沒有察覺。

瀟箬頓時覺得大受打擊。

這邊姊妹溫情脈脈談著少女心事，那廂宰相府裡卻是雞飛狗跳。

瀟家姊妹離開後，盛魏氏咬著牙告知餘下眾人丟失御賜之物的事情，還沒等她說完，人群中有一圓臉少女便抓撓著自己的後背和胳膊，哭喊著有東西在咬她。

旁人真以為有什麼不知名的蟲子在咬她，連忙幫著拍打衣服驅趕蟲蟻。陳楊氏驚慌地喚著女兒的名字，邊奮力擠開人群，朝滿臉涕淚、胡亂扭動的圓臉少女跑去。

原來這圓臉少女正是宗人府陳理事的獨生女陳善芳。

「芳兒！芳兒！妳哪裡疼?!」陳楊氏顫抖著想去幫女兒，又不知從何下手，只能心焦地圍著女兒團團轉。

陳善芳只覺身上好似有萬蟻噬骨，說不出的疼癢難受，此刻也顧不上女兒家的名節，邊哭叫著「娘！娘！我好疼！我好癢！」邊撩起衣袖，用精心修飾過的指甲去撓自己的手臂。

一陣又是拍打、又是掀衣的折騰中，一支閃著瑩瑩白光的物品從陳善芳的袖籠裡滑出，

「叮噹」一聲落在石板地面。

「這是什麼？」旁邊眼尖的都察院御史嫡女齊月嬌趕在陳善芳之前，一把拾起此物，舉高後對著燈火細看。

是一支珍珠流蘇簪，碩大的潔白珍珠散發著晶瑩柔和的光芒，托在掌心好似縮小版的滿月，一看便知價值不菲。

都察院御史次女齊月娥湊到姊姊跟前，細細端詳道：「咦？這不是瀟小姐今天佩戴的簪子嗎？」

她這一提醒，在場的其他人也想起來，瀟嫋今晚確實是戴了一支鑲嵌珍珠的流蘇簪。

盛魏氏的臉當場陰沈下來。

見宰相夫人面色不對，各家夫人很有眼色地立刻帶著自己的女兒、姪女告辭離去。不多時，剛才還熱鬧的庭院裡只剩下盛魏氏和陳家母女三人。

捏著簪子的手氣到發抖，盛魏氏忍了又忍，才沒有失了宰相夫人的風度破口大罵，再三克制後依舊發抖的聲音暴露出她的盛怒。「婉兒表妹，妳帶出來的好女兒！」

陳楊氏閨名楊婉兒，是她的遠房表妹，也正是因為這層遠親關係在，陳楊氏才能在眾多品階比她高的夫人群裡說上話。

此刻的陳楊氏面如金紙，握著還在渾身顫抖、強忍疼癢的陳善芳，一句話也說不出來。

深吸幾口氣，盛魏氏扭身不願再看兩人。「妳們走吧。」

陳楊氏明白這件事背後的嚴重性，不死心地還想掙扎一下，顫抖喊道：「表姊……」

不等她再多說一個字，盛魏氏憤怒地吼道：「走！」

她這個表甥女今日所為，差點害他們宰相府都跟著受牽連，此刻要她再戴著慈愛和善的面具，她自認沒有這麼大的肚量。

這一聲怒吼讓陳家母女俱是渾身一抖，不敢多說一字，只能相互攙扶著顫顫巍巍地離開宰相府，兩人來時有多風光驕傲，離開時就有多落魄淒慘。

宮中宴罷，盛崇之剛回宰相府，就被神色緊張的夫人拉到書房，盛魏氏將今晚府中發生的事情詳細說給他聽。

「糊塗！」盛崇之聞言大怒。「我早就說過妳這表妹心氣高、眼皮淺，不宜深交，妳看看她教出什麼樣的女兒？不問自取是為賊，她還敢推人下水！哪有半點名門閨秀的樣子?!」

盛魏氏雖然也氣惱陳家母女，但終究是兒時一同長大的姊妹，聽夫君這樣責罵表甥女，忍不住說道：「就是女兒家間嫉妒……再說也沒人指出是她推瀟家小姐下水不是……」

沒想到盛崇之一拍桌子，怒氣更盛。「等有人指出來就晚了！」他指著靜靜躺在托盤中的東海珍珠流蘇簪，向盛魏氏分析著這支簪子的涵義。「妳可知這東海珠是哪兒來的？是倭國進貢的貢品！顧將軍研發新火器時聖上賞賜的！

「自兩年前顧將軍展露研製火器的天賦，安親王命其進火器所效命開始，百步射程的火藥弩，小小一枚就能炸毀城牆的金彈子，還有能自空中落下火藥的火鳥弓，哪一樣不是出自顧將軍之手？

「若不是顧將軍堅持只要百戶將軍的職銜，只怕今日兵部尚書之位是誰還說不準呢！

「還有瀟家獨子瀟昭，雖然如今只是五品官職，但他任職的可是大理寺，掌刑獄案件審理，今晚我還聽說聖上屬意他去甘州徹查官鹽私販的案子！這可是要案，鬧不好又要拉一大批人下馬的！」

盛魏氏越聽越心驚，往日她只知夫君叮囑她要特別禮遇瀟家，沒想過瀟家的實際力量這麼強悍。

不過再強悍，今天也就是在她家丟了個簪子、落了水，人救上來沒什麼大礙，現在簪子也找回來，明日還上不就是了，總不能因為這個瀟家真就與當朝宰相為敵吧？

想到這裡，盛魏氏心中稍定，上前給盛崇之倒了杯水遞過去說道：「可咱們家和官鹽私販的案子沒有關係呀。」

盛崇之哪還有心思喝茶，見自己夫人還不開竅，乾脆把話說得更直白。「有沒有關係那是查案的人說了算！到時候瀟昭查案歸來，在遞交的證據裡添幾筆與我相關的細節，按照聖上的性子，就算我是白的也成了黑的！

「再說了，瀟家與安親王關係匪淺，雖然我是安親王提拔上來的，不過就是個傀儡，沒有實權，和瀟家的分量比，我就是個屁！真有事妳看安親王是保我還是保瀟家！」

話揉開了講，久居內院不懂朝堂局勢的盛魏氏才明白其中利害關係，這下子她再端不住宰相夫人的架子，惶惶地看向自己夫君。「那、那可怎麼辦……」

皺眉思索片刻，人精盛崇之已經有了籌劃，他將杯中水一飲而盡，下定決心道：「明日休沐，我親自帶著簪子去顧府賠罪解釋，這簪子是芳兒搶的，那人就也是芳兒推的吧。」

「這……」盛魏氏轉眼一想事情輕重，便顧不上姊妹情誼，她果斷說道：「我再安排幾個婢女做人證，明日我和你一道前去。」

兩人籌劃一晚，第二天東方剛露白，他們便只帶了兩個作為人證的婢女，搭乘小轎走小路來到百戶將軍府。

咚咚咚，敲響門上銅環。

百戶將軍府沒有看門護衛，敲了一陣子才聽到門內有個婦人應道：「來了來了！誰啊一大早的……」

打開大門，王嬸往外探頭看，只見一男一女兩人四十歲左右，相貌端正，身上服飾用料不菲，男的玉冠束髮，女的翠羽明珠，身後不遠處轎子旁還站著兩個婢女打扮的小丫頭。

「你們……找誰呀？」王嬸禮貌地問道。

盛崇之沒有因為王嬸只是個僕從而輕視，拱手道：「我們來拜訪顧大人和瀟大人的。」

聽到是找自己主家，王嬸趕緊請他們入內。

引著四人到大廳，王嬸沏好茶水請他們稍等，她去通報一聲。

此時瀟箬、林荀和瀟昭正在內院用早膳，瀟嫋和兩個老爺子都還沒起。聽王嬸說有客上門，瀟箬心中猜到七、八分。

「什麼人來得這麼早？」瀟昭覺得很奇怪，百戶將軍府很少有人來上門拜訪，來得還這般早。

瀟箬放下剛準備吃飯而挽起的袖子道：「去看看不就知道。」剛起身要走，便被林荀拉住手腕，掌心被塞進個剝好殼的水煮蛋。

「先吃。」林荀又倒了杯溫熱的牛乳放在她面前，拿起另一個水煮蛋磕開，仔細剝殼。「人上門了就不會跑，先吃飯，別餓壞了胃。」

因為不愛吃早飯的壞習慣，瀟箬曾經犯了胃病。毫不誇張地說，當時林荀的臉色比她這個病人還要白，好像瀟箬的胃痛被放大了千百倍投射在林荀的身上。

自此以後，就算天塌下來，林荀也會撐著天，讓瀟箬好好把早飯吃完。

無奈重新坐下，瀟箬乖乖吃雞蛋，喝牛乳，把林荀給她定的量吃乾淨了，三人才一起來到會客大廳。

剛踏入廳門，瀟昭就認出坐在椅子上的其中一人是宰相盛崇之。

「盛大人？」他拱手行禮道：「盛大人前來，有失遠迎，實在失禮。」

慢一步進廳的林荀和瀟箬也各自行禮打招呼。

喝了小半壺茶水等人的盛氏夫妻完全沒有一點脾氣，笑臉相迎道：「哪裡哪裡，是我們來得太早，打擾你們休息了。」

盛魏氏探頭往三人身後一瞧，沒看到瀟嫋的身影，臉上立刻掛上擔心的表情朝瀟箬道：「瀟小姐是否還是身體不適？依我說還是找太醫看看吧。」

嫋嫋不舒服？

昨夜歸來時瀟家姊妹兩人已經就寢，林荀和瀟昭都沒有去打擾兩人安眠，因此完全不知道瀟嫋昨日情況。

對林荀和瀟昭微微頷首，投去安撫的笑容後，瀟箬才回答盛魏氏道：「無礙的，小丫頭貪覺，讓她多睡會兒吧。」

得到安全答覆，盛氏夫妻對視一眼，按照昨夜商議的決定，由盛崇之打頭陣遞上早已準備好的錦盒，開啟推諉之路。

「這是我們尋回的瀟小姐昨日遺失的簪子，還請過目是否有誤。」

瀟箬接過盒子打開一看，紅色錦帕上靜靜躺著的，正是東海珍珠流蘇簪。

她點點頭道：「沒錯，正是此物。」轉身將錦盒關上交給王嬸後，她又笑著追問道：「昨夜遍尋不得，不知盛大人和盛夫人在哪裡找到的，真是太麻煩你們了。」

這抹噙在嘴邊的笑容在盛魏氏眼中不亞於寒涼的刀刃，她勉強扯出笑容回道：「哪裡用得著我們尋找，是有人心生歹念，搶了瀟小姐的簪子。」

這話聽得林荀和瀟昭眉頭緊皺，怎麼在堂堂宰相府，嫋嫋還能被人搶了？

盛崇之緊接著夫人的話說道：「不瞞諸位，推瀟小姐入水之人也是此人。」

「什麼！」驚聞雙胞胎姊姊昨晚不只被人搶，還被人推下水，再克己復禮也不能抑制心中怒火的瀟昭拍案而起，怒道：「何人如此大膽，這不是謀財害命嗎！」

盛崇之趕緊點頭附和道：「沒錯，就是謀財害命！此人是宗人府理事陳鐸之女陳善芳。本官今日便上報刑部，務必要還瀟小姐一個公道！」

他邊說邊偷眼瞧瀟家人的神情，特別是瀟昭。

瀟昭濃黑英挺的劍眉緊皺著，平日沈穩明亮的雙眸中，肉眼可見的飽含怒火。雙生子多心意相通，雙胞胎姊姊受此委屈，他自然心痛更甚。

明白弟弟的心痛和怒火，瀟箬上前，在盛氏夫妻看不到的角度拉住瀟昭的手，安撫地拍了拍。

得了長姊無聲安慰，理智才一絲一縷回歸清明，瀟昭突然意識到瀟嫋昨夜定然沒有受太大傷害，畢竟長姊在旁護佑，若是情況真的很嚴重，長姊肯定不會善罷甘休，讓嫋嫋平白受欺負。

想到這裡，他才重新靜下心來，恢復平日神態向盛崇之拱手道：「那就煩勞盛大人。」

明白自己大概躲過一劫，盛崇之的笑容自然起來。「應當的、應當的，畢竟是發生在我府裡，本官應當查明真相，如實上報。」

轉念一想，還是多加一道保險，他笑容中帶上一絲不易察覺的諂媚。「說起查明真相，瀟大人才是行家，聽說聖上想讓瀟大人去甘州查官鹽私販的案子，想必也是因為瀟大人查案堪比青天……」

沒等他說完，瀟昭出聲制止道：「盛大人慎言！聖上想讓誰查案，查什麼案，都是天子心意，我們不可隨意猜測！聖旨未下，大人何出此言？」

被五品官反教為官之道，作為宰相的盛崇之老臉有些掛不住，尷尬地應著「是、是」。

目的達成，盛氏夫妻便不再久留，說了些場面話便藉口告辭離去。

番外三　疑是故人

事實證明盛崇之別的不行，探聽消息的本領算得上一等一。

三日之後，當朝天子暗下聖旨，命瀟昭為巡鹽御史，專查甘州官鹽私販一事。

皇命大如天，不可稽留，帶上鼓鼓囊囊的兩個行囊，瀟昭即刻出發，遠赴甘州。

行囊中除了必須的換洗衣物外，塞滿了瀟箬特地為他煉製的各色藥物，什麼生肌活血的上品萬靈丹，什麼提神補氣的天王補心丸，幾乎是把這幾年辛苦炮製出的珍稀藥材全給帶上了。

而他的好姊夫林荀則是在瓶瓶罐罐中塞了一把手掌大小的火器，在他臨行前特地囑咐若是遇上危險，只需要朝敵人擰動火器上的紅色圓珠，小小火器就能連續發射十幾枚火藥彈子，殺傷力十足。

愛是暖心的，也是沈重的，幸好瀟昭這次是奉命出巡，一路都有官家車馬可以驅使，途中也有驛站可以休息，不然這兩個分量十足的碩大行囊可就成了實打實的負擔。

饒是走了最平直寬闊的官道，到達甘州也耗費了二十天。

沿途風景變換，入目所及皆是淺丘與廣闊平地。

車伕勒了勒韁繩，放慢馬匹速度，揚聲喊道：「大人，前方就是甘州城了，咱們是直接進城還是在城外驛站歇一歇？」

有些出巡官員喜歡在城外驛站等著當地的官員上門拜見，有些則喜歡自己掌握主動權。經驗豐富的車伕很懂其中門道，提前詢問這位新御史的偏好。

關於甘州官鹽私販的卷宗資料，在來時途中，瀟昭已經詳細看完，對於甘州現狀有了大致的瞭解。甘州地處西南中部，有大量鹽田鹽井，是全國主要產鹽地之一，因此雖然地處內陸，農漁等資源匱乏，當地的經濟依舊十分富庶。

正所謂天下之賦，鹽利居半。作為國家財政收入的最重要組成部分之一，甘州這幾年上交國庫的鹽稅，卻呈現逐年下降的態勢。

問及緣由，甘州知府遞交的解釋是這幾年鹽田產量下降，百姓多病難以維持產鹽工作，運鹽的水路這幾年水位上漲，暗流又多，難免會有運輸損耗。

當朝天子敏銳察覺其中蹊蹺，奈何甘州路遠，飛魚衛鞭長莫及，不能抓住確切的證據，所以才暗派巡鹽御史前來。

掀開簾子看了眼近在咫尺的甘州城門，瀟昭淡淡說道：「都不用，你路邊尋個地方停下吧，我自己進城。」

如此要求車伕還是第一次聽說，恍惚間以為自己耳朵出了問題，忍不住重複道：「您自己進城？」

「是的，我下車後你就原路回去吧，莫要張揚。」心中早有計劃的瀟昭篤定說道。

即便對這位新御史的要求摸不著頭腦，車伕還是如他所言在路邊停車。等瀟昭揹好碩大行囊下車，車伕撓了撓腦袋搖搖頭，扯著韁繩調轉馬車，往甘州城反方向駛去。

用普通路引進城找了家客棧入住後，瀟昭換上當地百姓常穿的粗布衫，像魚兒入水般融進穿行的人流中。

時近中午，在街邊小攤要了兩個燒餅，瀟昭邊啃著燒餅、邊和攤主搭話。「小哥，咱們這兒槽坊有幾家呀？」

燒餅攤主上下瞅了幾眼面前的年輕人，衣著普通，但面相英俊，隱隱一股書生氣，看起來讓人不由心生親近。

「客官瞧著不像本地人，問槽坊做甚？」

瀟昭咧嘴一笑，帶上幾分憨厚感，沖淡了他的書生氣。「我家新搬到甘州，就在兩條巷子後那兒。」

伸手指了指身後方向，他又啃了口燒餅道：「這不是家裡柴米油鹽醬醋都沒添置，開不了伙，出來填填肚子。」

見他說話誠懇，加之好皮囊的加持，燒餅攤主絲毫不懷疑面前年輕人所言有虛，熱情地連續指路了好幾家槽坊。

「咱們甘州最大的槽坊在安定街，那兒貨物最齊全，不過價格也相對高些，你要是不嫌煩，油就去德修巷的李家油坊，醋去城西頭的老曹頭家，米麵什麼的，甘州糧鋪價格都差不多……」

燒餅攤主滔滔不絕地介紹中，瀟昭敏銳察覺到他故意的避諱，直接抓住重點問道：「那鹽呢？」

被打斷的攤主脖子一哽，聲音戛然而止，表情怪異地又開始上下掃視起瀟昭來。

「小哥，你怎麼了？」瀟昭假裝茫然，英俊面龐上滿是無辜。「你還沒說鹽要上哪兒買呢。」

「鹽……鹽……」攤主突然結巴起來。「鹽當然還是去安定街的與安槽坊買。」

正好有人要買燒餅，他立刻扭頭去招呼，動作迅速地彷彿剛才熱情到滔滔不絕的人只是瀟昭的幻覺。

連喚兩聲攤主小哥都得不到回應，瀟昭明白在這兒是探查不出什麼新的消息了，便掏出三文，付了燒餅錢後離去。

下一站，安定街的與安槽坊。

身為甘州最大的商業街道，安定街四通八達，道路寬闊，與安槽坊就坐落在安定街最繁華的中心位置。四間鋪面全部打通，上下兩層格局明亮寬敞，琳瑯滿目的貨物有序擺放，熱情的夥計肩搭白布，迎來送往。

「客官裡面請，您要些什麼？」

瀟昭被迎進店內，夥計口條極佳地介紹起鋪子的貨物。「咱們這兒柴米油鹽醬醋茶要什麼、有什麼，吃的喝的用的只要您要，咱們都有！」

掃了鋪子一眼，瀟昭假意問道：「真都有？那我怎麼沒看到鹽呢？」

「怎麼能沒有鹽呢！」夥計立刻引著瀟昭往鋪子深處走。「鹽容易受潮，咱們家鹽都放在這邊的瓦甕裡，避光防潮。」

果然在鋪子靠裡的牆邊放著一排排大瓦甕，揭開上面的油紙，雪白的鹽便呈現在眼前。

「好鹽！」瀟昭忍不住誇讚道：「白如雪，細如沙！」

夥計笑嘻嘻地覆蓋上油紙說道：「那是自然，這是最上品的雪花官鹽，一斤三兩銀子。」

三兩銀子！這價格嚇了瀟昭一跳，要知道普通農戶一畝田地在好年的收成也就三兩銀子上下。

或許是瀟昭驚訝的表情過於明顯，夥計了然地又將他帶到旁邊的幾罈瓦甕旁，掀開油紙露出稍顯暗沈的鹽堆道：「這是略次一些的官鹽，一兩銀子一斤。」

聞言瀟昭眉頭微微皺起，面前這種品相的鹽是一般百姓最常食用的，在盈都不過四十文一斤，怎麼在原產地甘州反而要貴這麼多？

精明夥計見面前客人悶不吭聲，又引他往更裡面走了幾步，在幾個籮筐前停住腳步，掀開油紙道：「這裡是最便宜的一種，只要五十文一斤。」

五十文一斤的鹽顏色發黑，肉眼可見的裡面摻雜著小石子，整體看起來彷彿就是鹽田旁未經加工的鹽土一般。

「這也是官鹽？」瀟昭忍不住問道。

「當然是官鹽！」夥計大聲回駁。「我們與安槽坊可都是有朝廷鹽引的！販售的鹽一筆一筆都有紀錄，你可不能隨意誣衊！」

高昂的聲音引起店內其他人的注意，瞬間整個鋪子裡的目光全部落到這邊，包括二樓的老闆和貴客們。眾人走到欄杆旁下望，掌櫃蹙眉朝夥計不滿地道：「吵什麼，不知道今日當家的有貴客要招待嗎！」

不等夥計答話，掌櫃變臉似的換上笑容，朝身邊幾人點頭哈腰。「當家的，各位貴客慢聊，我去教訓下這些沒規矩的傢伙。」

與安槽坊真正老闆安大富點頭應允後，掌櫃陪著笑臉後退下樓，準備好好收拾一番這個打擾他們好事的夥計。

安大富身邊穿著銀狐裘的高大男子立刻喊住掌櫃，低沈磁性的聲音輕響。「無妨，我們談我們的生意，不用管這些旁的。」

他的話莫名帶著不容反駁的威嚴，掌櫃一隻腳已經邁到樓梯，這時上也不是、下也不是，只能眼巴巴地看著安大富，等著自家老闆發話。

「柳老闆說得是，成大事者不拘小節，咱們不必為下面那些人的一點小事壞了心情！」安大富哈哈笑著朝掌櫃揮了揮手。

另外一個身著紅衣、滿頭珠翠的女子亦含笑點頭道：「不錯，咱們還是正事要緊，安老闆咱們剛才說的分成，我看還是再探討一下……」

身邊假模假樣的客氣和談判已經再也入不了柳停雲的耳朵，他腦子裡來回閃現的都是剛才一瞥中看到的那個人。

是他，肯定是他，就算時隔三年未見，自己也不會認錯他的身影。

他長高了，也更瘦了……盈都的水土不是號稱最養人嗎？怎麼一點肉都沒長起來？他姊姊不是最會炮製藥物？怎麼也不知道給他多灌點滋補的東西？他姊夫廚藝這麼好還不長肉，肯定是他又挑食了。

心中亂糟糟的想著，不知過了多久，直到胳膊被人拽了拽，他才從激蕩的識海中返航。

「少爺？少爺！」低頭一看，是貼身小廝柳金銀在努力喚他。

見自家少爺終於有了反應，柳金銀鬆了口氣，小聲提醒道：「安老爺在等您回覆呢。」

柳停雲這才想起自己這會兒在談生意，他揉了揉刺痛的太陽穴，略帶歉意的朝安大福和紅三娘解釋道：「不好意思，在下突感不適，改日再登門致歉。」

作為這場生意會談中的主角，柳停雲這樣一說，另外兩人也只能笑著說身體要緊，生意改日再談也無妨。

柳家近幾年在這位新當家手裡生意越做越大，涉足絲織、茶葉、竹篾、木材各大行業，已然是南方最大的豪門新貴，家中財力雄厚到令人瞠目的程度。

安大富代表的甘州鹽幫和紅三娘代表的甘州漕運早就想和柳家搭上線，這次借著拉柳家入夥鹽商買賣的名義，好不容易請到柳家當家來甘州做客，自然一切以柳停雲的需求為先。

客套一番告別兩人，柳停雲帶著柳金銀離開了與安槽坊。

下樓時他控制不住地朝方才瀟昭所在位置看去，然而那處空空的，只有一堆堆蓋著油紙布的籮筐。

上了馬車，主僕二人難得沈默，轆轆的車輪聲成為唯一的聲響。

「金銀。」柳停雲率先打破車內寂靜。

少爺果然還是沒忍住。柳金銀心中嘆了口氣，如是暗道。

「你去查一下他現在何處，為什麼出現在甘州。」

早就預料到自家少爺會這麼說，柳金銀認命一般應了聲是，下了馬車幹活去了。

三年時間，柳金銀跟著柳停雲在商場摸爬滾打，成長得非常迅速，而今他的能力遠非一般貼身小廝可比，柳停雲交代的事情，他總能最快、最完美地完成。

包括這一次。

當天晚上，柳家主僕二人便出現在瀟昭入住的客棧。

塞給客棧老闆一錠金子，包下瀟昭房間左右一圈空房間後，柳金銀識趣地守在樓梯口，給自家少爺把風。

反倒是柳停雲，站在房間門口，手抬起放下，放下抬起，始終沒有下定決心敲響房門。

吱呀——

就在他第十八次抬起手的時候，房門突然從內裡打開。是瀟昭。

兩人打了個照面。

「來都來了，怎麼不進來？」瀟昭率先開口道，說完也不看門外人有沒有跟上，他自顧自地轉身往房內走去。

柳停雲握了握拳頭，心中給自己鼓了鼓勁，才邁開步子踏入房中，進了房間還不忘轉身將房門重新關好。

瀟昭來到茶桌旁，提壺倒出兩杯茶水，只是這客棧的夥計不夠勤快，壺中茶水是冷的。

「不好意思，不知道柳公子連夜造訪，沒有準備點好茶。」瀟昭嘴上說著客套話，人卻坐在凳子上動也不動，完全不似平日那般有禮。

被如此對待的柳停雲反而垂下眉眼，走到他跟前，也不坐下，只低聲問道：「昭昭你是不是還在生我的氣？」聲音聽著竟然有些可憐。

「生氣？」瀟昭似乎聽到什麼笑話一般，扯扯嘴角反問道：「我生什麼氣？該生氣也是你生氣吧？要不是因為我們瀟家，你舅舅也不會喪命，你也不會失去科考的資格。」

前國舅隋應泰落馬被斬，門下所有客卿全部受株連，柳停雲的舅舅正在其中，連帶柳停雲也被剝奪繼續參加科考的資格，再也無緣廟堂。

聽瀟昭這麼說，柳停雲感覺胸腔中一股苦澀氣流直衝口鼻，刺激得眼睛都瀰漫起淡淡水霧。

「不，是我舅舅罪有應得……是他先對不起瀟家，也對不起成千上百喪命在他手下的孩童冤魂。」他的聲音悶悶的。「你生我氣也是應該，所以我才不敢再去見你，我怕……」

他的聲音越可憐，瀟昭心中怒氣就越旺盛，氣到忍不住「砰」一聲拍桌呵道：「對！我是生氣，我氣的是你不告而別，氣的是我這幾年寫的幾十封書信石沈大海！你柳停雲要是下定決心不要我這個朋友，今日又何必來見我！」

越說越上頭，口中乾澀，體內熾熱，瀟昭忍不住拿起冰涼的茶水一飲而盡，一杯下肚猶不解渴，乾脆把給柳停雲倒的那杯也一口喝乾。

這下輪到柳停雲呆愣在場，喃喃道：「什麼書信……我沒收到書信啊？」

他腦子活絡，轉瞬便想清其中癥結，有些哭笑不得地道：「我離開盈都後心中苦悶，並沒有回欽州，而是去了相鄰的闌州。」

接過瀟昭手中的空杯子，不讓他繼續喝涼水，柳停雲與之面對面坐下，繼續解釋道：「我家在闌州也有產業，當時我想既然不能從仕，那便改一條道路走也無不可，於是我接手了家中在闌州的鋪面，自此從商。這幾年我一直未回欽州，家中父母也被我接到闌州生活，想來那些書信……」

隨著他的解釋，瀟昭也明白自己那些書信的去處，想來此刻應該還靜靜躺在欽州柳家老宅裡，伴著空盪盪的庭院，任由時間在薄薄紙張上流淌。

「那你不是故意躲著我？」多年心結不是一、兩句話就能解開，瀟昭忍不住又問了一遍。

看眼前已經長開了卻依舊清瘦的年輕人，與記憶中軟糯帶著一絲古板氣的少年重疊在一起，柳停雲不禁失笑道：「我要是躲著你，今晚又幹麼來找你？」

瀟昭這才微微點頭，露出今日第一個真心的笑容。

「你怎麼會在甘州？我今天看到你時還以為自己看錯了。」瀟昭這會兒已經釋懷，說話不自覺帶上過去的習慣，對於柳停雲，他總是放鬆又略帶依賴。

說起這個，柳停雲坐直身子，表情嚴肅地問道：「昭昭，你這次來甘州，是不是為了查鹽的事情？」

「你怎麼知道？」瀟昭忍不住挑眉驚訝道。

他這次是奉旨辦事，一切都在暗中進行，聖上只宣了一道密旨，並賜予他一塊龍符作為巡鹽御史的信物，叮囑他不到萬不得已不可暴露身分，以免甘州官商勾結，早有預備。

聞言柳停雲嘆了一口氣，瀟昭還是太小，在官場打滾得不夠久，完全沒有體會到人為了利益能可怕到什麼地步。

他皺起鋒利劍眉，沈重道：「我懷疑你這次的行動已經完全被甘州鹽商摸清了。」

「怎麼可能？我都沒有開始接觸甘州的官員，官府都不知道的事情，鹽商怎麼會提前知曉？」瀟昭覺得簡直不可思議。

士農工商，不是他看不起商人，而是商人作為當今社會最沒地位的階層，是如何越過官家查探到國都的消息？

「與安槽坊的老闆安大富，是甘州最大鹽幫的頭兒，這次我來甘州，也是他全力邀請，他希望我能幫他打開江南各州的鹽路，成為甘州鹽幫在江南各州售鹽的據點。」

柳停雲耐心解釋和梳理他的觀點。「今日他說了一句話，讓我覺得甘州鹽幫的力量，遠比我想得還要強。」

模仿安大富自得的口吻，柳停雲壓低嗓音道：「他說『只要我想，就算巡鹽御史，到甘州吃飯也要我來決定口味，我讓他幾分鹹淡，他就得吃幾分鹹淡』。」

沈默在房間中蔓延。

瀟昭此刻心中又驚又怒，原來在距國都千里之外的地方，甘州鹽商已經放肆成這樣。

「甘州官府，絲毫不管這幫鹽商嗎？」他喉頭乾澀，突然想起今日燒餅攤主說到鹽時的吞吐神情，心中已經有了答案。

恐怕甘州的官府，和這些鹽商早已是一丘之貉。

瀟昭彷彿看到甘州城上空沈沈壓著一張密密麻麻的網，籠罩著甘州百姓，也籠罩著他。

自己孤身一人，真的可以對抗隻手遮天的鹽幫嗎？真的可以不辜負聖上信任，為朝廷重新搭建起清晰的鹽稅脈絡嗎？

一向堅信邪不勝正的他，此刻好似站在一張迷霧的荒野中，舉目四望，不知何處才是前方。

忽然一股暖流自手腕傳來，低頭一看，原來是柳停雲握住他的手，明亮的眸子直視著他的眼睛深處，彷彿要看到他的靈魂一般。

柳停雲一字一句地說道：「昭昭，我幫你。」

「什麼……」瀟昭還未反應過來。

柳停雲耐心地重複道：「我來幫你查甘州官鹽的問題。」

不等瀟昭開口，柳停雲認真解釋道：「我不只是想幫你，我也想幫甘州的百姓。昭昭，雖然我不能在廟堂為百姓謀福祉，但我仍然記得橫渠四句的教誨，無論身居高堂還是遠在江湖，吾輩都應該為生民立命。」

這一番話如劈天巨斧，強悍地在迷霧荒野砍出一片清明之所。

是啊，自己在害怕什麼呢？為了百姓，為了國家，雖千萬人吾往矣！

反握住柳停雲的手，瀟昭眼底全是他熟悉的堅韌，嘴角含著笑意道：「好，就讓我們一起掀開甘州的網！」

渾身充滿幹勁的兩人秉燭夜談，細細商討接下來的行動，全然忘記樓梯口睏成小雞啄米的柳金銀。

翌日，二人按照商定計劃兵分兩路。

瀟昭繼續穿行於各大街小巷，和甘州百姓交談，在市井中打探著蛛絲馬跡。柳停雲則繼續與安大富等人虛與委蛇，盡力獲取更多甘州鹽幫的內部消息。

每到夜深人靜，兩人便在瀟昭房間碰頭，互相交換梳理獲得的訊息。

「按照安大富所說，甘州知府一行人確實和甘州鹽幫有千絲萬縷的干係。甘州鹽幫幾乎包攬了甘州所有的鹽引，短引居多，長引則目前利潤不高。他們現在希望我能用柳家的商線吃下長引，將甘州官鹽對其他州販售的管道一併收入囊中。」

經過柳停雲的解釋，瀟昭已經知道甘州鹽幫用的是偷天換日的計策，鑽了鹽引制度的漏洞。鹽引只是作為買賣的憑證，十萬鹽引賦予鹽商買十萬斤官鹽的權利，也給了他們能賣十萬斤官鹽的權利。

這些黑心鹽商手持鹽引，卻只購買十分之一的官鹽，剩下十分之九都以私鹽填補。私鹽的進價一般一斤只有十文錢，冠以官鹽名義就可以賣到五十文一斤，而官鹽的進價就要一百文一斤，雖然也可以翻五倍乃至十倍賣出，百姓卻沒有那麼多錢來消費，所以相比之下，以官鹽之名賣私鹽，實在是厚利又多銷。

「我觀察到的也確實能佐證這個推論。」瀟昭回憶著這幾日的所見所聞。「甘州作為產鹽地，街頭飯食卻都很寡淡，很多百姓也是全身浮腫，四肢無力，明顯是缺少攝入鹽分，可甘州上報的食鹽消耗量卻與百姓人數相符。」

鹽是不會大量高額消耗的日用品，與人口數量相掛鈎，人多鹽的消耗就多，人少鹽的消耗自然就少，因此從各州上報的食鹽消耗量便可以大致估算出當地百姓數量。

「這只能說明百姓所用的食鹽，並不是標準的官鹽，而是鹽含量極低的私鹽。」柳停雲總結著瀟昭的觀察現象，但是他還有一個疑問沒辦法解釋。

他支著下巴，皺眉思索道：「可是鹽引額度售完，實際鹽商只買了十分之一的官鹽，那剩下的官鹽去哪裡了呢？總不能一直囤積在官家吧？」

這也是瀟昭想不明白的地方，這麼大量的官鹽總不能憑空消失，定然有他們沒想到的去處。思來想去得不出結論，直到明月高懸，兩人只能寄希望於明日能探查到更多線索。

抵足而眠酣睡一夜，清晨客棧外的叫賣聲鑽進窗櫺，喚醒床上的兩人。

昨日柳金銀被派去清點柳家在甘州的商鋪帳冊，所以今天的早飯需要柳停雲與瀟昭自己想辦法解決。

稍作梳洗，兩人便決定出門去街頭買些小食墊腹。

甘州鹽淡，但早點有一種糖餅很美味，香濃的芝麻被細細磨成醬，加以紅糖揉成內餡，包裹在酥香的餅皮裡，咬一口香甜綿密，回味無窮。

經過幾天走街穿巷，瀟昭已經摸清麻二胡同拐角那家糖餅鋪所售糖餅味道最佳，他方向感極佳，帶著越走越茫然的柳停雲穿梭過一個又一個布局相似的小巷。

眼看再拐個彎就到目的地，左側小道裡傳來斷斷續續的求助聲。

「有人嗎……來人啊……好痛！救救我……」

聲音極其微弱，若不是柳停雲耳力好，這求救聲便要被忽略了。

仔細聆聽聲音方位，柳停雲拉住瀟昭的手快速往聲音來處跑去，沒多久便看到一個腹部高高隆起的婦人靠在牆邊，痛苦地哼哼著，婦人岔開的雙腿彎曲著，兩腿之間已然是一片血泊。

「不好！」人命關天，此刻也顧不上男女有別，瀟昭立刻半跪在婦人面前連聲問道：「嬸子，妳家人可在附近？嬸子！」

連喊數聲，婦人卻沒有回答一句，哼哼聲越加虛弱，原本用力抓著自己衣角的手此刻竟然有了鬆開趨勢。

「只怕是時間太久，她氣力不足了！」柳停雲馬上分辨出婦人的狀態，他將披在身上的大氅解下裹住因為出血而失溫的產婦。「咱們要馬上送她去醫館！」

說罷低聲道了句「失禮了」後，他一把抱起婦人，兩人匆匆往醫館趕。

無奈甘州小巷交錯，道路極其複雜，此刻又是清晨，人煙稀少，兩人在巷道跑了近一刻鐘，既沒有看到醫館招牌，也沒找到一個人可以問路。

眼看裹在大氅裡的婦人臉色越來越蒼白，氣息越來越微弱，瀟昭又是心焦、又是痛苦，奔跑嗆進冷氣的肺部彷彿要炸開，他忍不住用手撫上心口。

指尖傳來堅硬的觸感，是瀟箬給他塞的天王保心丸！

長姊千叮嚀萬囑咐，讓他務必要隨身攜帶一瓶保命丹藥，為了不辜負長姊的關愛，他每日出門前都會拿一小瓶揣在懷裡，剛才情況緊急，他竟然忘了自己帶著這個好東西！

「呼……呼……停……停雲！」艱難喘氣著說不了長句，瀟昭乾脆用手去拉還在奔跑的柳停雲。

柳停雲體力比瀟昭好了不只一星半點兒，此刻依然氣息均勻，只是腦門上有一層細密汗珠，不知是累的還是急的。

腳下不停，他扭頭看瀟昭。「昭昭怎麼了？你要是累了就在這裡等我！我去找醫館！」

「呼……不……呼……藥，有……我有藥！」憋了一口氣，好不容易喊出一句，瀟昭徹底說不了話，只能朝柳停雲晃著手裡的瓷瓶示意。

瀟昭這麼一喊，柳停雲想起他那個製藥了得的姊姊，腳下急煞車，連帶著剎住了拉著他的瀟昭。

顧不上喘勻氣，瀟昭顫抖著手拔開藥瓶，倒出一粒淡黃色的藥丸塞進婦人嘴中，不過幾個喘息，婦人的氣息明顯變強，如白紙的面龐也有了一絲血色。

「有效果！」柳停雲驚喜道。

他這聲驚呼巨大，終於有人被他的大嗓門吵醒，旁邊的門被打開探出個老太太不滿道：「大清早吵什麼吵！」

老太太中氣十足地喊完才看到柳停雲抱著的婦人身下斷斷續續淌著血水，竟是個足月的孕婦。

「哎喲，造孽！快，快進我屋子裡來，我是穩婆！」

老太太這聲喊簡直是天降甘霖，柳停雲和瀟昭喜出望外，連忙抱著婦人跑進老太太家。

接下來是匆忙的燒熱水、換乾淨白布等一系列接生必須的準備，在產婦聲嘶力竭的痛呼聲和老太太響徹全屋的鼓勵聲中，孩子終於呱呱墜地。

不知是不是那顆保命丸的作用，產婦在經歷這等鬼門關後還有精力說出自己家在何處，老太太讓自家女兒趕緊去通知產婦家人。

等產婦的夫君趕來時，便看到產房門口傻愣愣站著的柳停雲和瀟昭。

兩人身上滿是血水污垢，看起來慘不忍睹。

產婦夫君得知事情的來龍去脈，竟然抱著新得的麟兒「撲通」一聲跪倒在兩人跟前。

「瀟大人，柳恩公，你們就是我夏家的恩人！」產婦夫君緊抱孩子，滿臉涕淚，眼看著就要給兩人磕頭。

瀟昭趕緊屈膝扶住他，困惑道：「你認識我們？」

他從未見過此人，這人怎麼一來就能叫出他倆的姓氏？

「認得。」夏大吸著鼻子點頭道：「實不相瞞，我叫夏大，是甘州府經歷。十天前，知府大人拿了您的畫像，讓府衙上下所有人都要牢牢記住您的樣子。」

十天前，那時候瀟昭還在奔赴甘州的路上！

和柳停雲對視一眼，瀟昭皺眉繼續問夏大。「那你們是不是也知道我為何而來？」

夏大咬牙點頭。「知道，您是巡鹽御史，來查甘州官鹽的事情。知府早已下令，只要您出現在甘州城，所有甘州府衙的人都要假裝不知道您的存在，暗地裡監視您。」

從聽到自己畫像被拿去讓人認記時，瀟昭已經有了心理準備，但夏大說到監視這一刻，他仍然感覺心跳漏了一拍。

監視！豈不是這幾日停雲也暴露在甘州官員的眼皮子底下？那他與鹽幫假裝交易還能安全嗎？

看恩人眉頭緊皺，夏大趕緊補充道：「您不用擔心，這幾日夜裡輪到我的班，早上我本來想趁著您還在睡覺，從客棧趕回家看看我媳婦，沒想到我媳婦也想著去看我，這才……幸虧有您二位出手相助，不然我的妻兒只怕現在要與我天人永隔了……」

眼淚跟小溪流一樣洗刷著夏大的臉，順著他兩頰深深的溝壑，簌簌掉在地上，他吸吸鼻子又說道：「您放心，接下來的日子我會搶著值班，晚上客棧都由我來負責監視，您想去哪兒就去哪兒，我不會上報的！」

看夏大涕淚糊成一團的臉，眼神卻十分堅定，瀟昭感覺面前這人未必不是現在僵局的突破口，他垂眸片刻後問道：「夏大，你是府經歷，分掌奏章文書，那你是否知道甘州府衙和鹽幫的交易內幕？」

他在賭，賭妻兒在夏大心中的分量，也賭剛得麟兒的父親有一顆為孩子積德的心。

害怕、掙扎、猶豫、矛盾……複雜的情緒盡數表現在夏大的臉上，幾番輪換，瀟昭賭贏了，夏大最後像是下了莫大決心，咬牙答道：「是的大人，我知道。」

隨後他憐愛地撫摸了下懷中孩子的小臉，再抬頭時眼中全是祈求。「大人，如果我願意將一切告知您，在將來判決時，能否放過我的妻兒。」

按當朝律法，與私鹽有關的罪責全是重罪，參與者必死以外，親眷全部都要受牽連。

一顆熾熱的愛子之心赤裸裸地捧到眼前，瀟昭沒有辦法不動容，他腦中迅速搜索律法，片刻之後他笑了。

「我朝律法規定，於民有功者，可赦親眷，於社稷有功者，可減刑罰。夏大，你助本御史查明甘州官鹽私販始末，救甘州百姓於水火，於民有功；甘州官鹽私販得到整治，能正鹽稅，於社稷亦有功。」

瀟昭眼睛很亮，此時笑起來像是眼中有湖泊百川，倒映著朗朗白日，滿是細碎的金光。

夏大一時看呆，片刻之後才意識到瀟昭話中的意思，他激動得又「撲通」一聲跪倒。

「瀟大人，我說，我都說！」

原來，那些憑空消失的官鹽都在月黑風高時通過漕運，被分批傾倒在大江之中，鹽入水即消融，自然是全無蹤跡。

甘州知府只需在官鹽帳冊上添上幾筆水路凶險的由頭，就能向朝廷報損，轉頭就從鹽幫那邊吃掉以官鹽名義販賣的私鹽的回扣。

「實在可惡！」聽完事情來龍去脈的柳停雲氣憤道：「百姓鹽不夠吃而生病，這幫狗東西卻把好好的鹽倒進大江大河，也不願意分給百姓！」

瀟昭也同樣氣憤，但他明白此事不是氣憤就夠的，壓下心中情緒，他再次詢問夏大可知下一次銷毀官鹽是何時何地。

正所謂拿賊拿贓，他一定要將這幫人當場抓獲，才有足夠的證據將這群蛀蟲連根拔起。

夏大掐指算了算日子，下一次傾倒官鹽，正是兩日後。

「好！夏大，你可願意隨我一同清掃甘州？如果你願意，在事情結束後，你帶上全家老小隨我一同回盈都做人證，我保你全家老小平安！」

此刻的瀟昭在夏大眼中好似青天在世，他拚命點頭，哽咽著答道：「願意！願意！謝謝瀟大人！」

接下來兩天時間，瀟昭拿出龍符找到駐紮在甘州附近的軍隊，拿出密旨要求大軍配合他的圍剿甘州鹽幫行動。

在夏大的指引下，大軍早早埋伏在漕運和鹽幫交接的碼頭，終於在兩日後的夜裡，將兩幫蛀蟲全部抓獲，並收繳滿滿三船白花花的官鹽。

而甘州府衙裡的蛀蟲，現在還全無知覺，只暗自慶幸自己當晚沒有在場。

且讓他們再作幾天美夢，等瀟昭帶著夏大一家回到盈都，人證、物證俱在，自然有他們哭的時候。

任務圓滿完成，瀟昭在軍隊的護送下踏上了歸途。

人證、物證俱在，朝廷為了殺雞儆猴，甘州私鹽案涉案者一律重判，除了夏大，甘州府衙所有人全部獲罪受罰，連衙門裡灑掃的僕役都受了杖刑。

有多大罰就有多大賞，臧呂龍心大悅，笑問瀟昭有什麼想要的賞賜，瀟昭卻只拱手道：「為皇上辦事分憂是臣的本分，微臣不敢居功，且這次能順利破甘州私鹽案，並非我一人之功。」

臧呂挑眉。「不愧是一家人，領賞都有幾分你長姊的風範。」

想起當初瀟箬獨樹一幟只要錢財的討賞場景，他忍不住輕笑一聲道：「行了，朕自有打算，你下去吧。」

天下之事沒有能瞞得過天子的，特別是他臧呂。即便遠在甘州，瀟昭的一舉一動也會被以特殊的方式傳回皇城。

「這柳停雲，倒也是個人才。」

盈都最近最熱門的話題就是顧百戶將軍家要辦喜事了，讓人更震撼的是顧將軍的妻妹，也是瀟家如珠似寶地捧在手心裡的小妹，要嫁給一個一窮二白的小夥計！

別人是飛上枝頭變鳳凰，他家是路邊野草鍍黃金。

所有盈都適齡的男兒羨慕得眼睛發綠，只恨自己不能成為那個小夥計。

婚禮當日，天朗氣清。

在禮生長長的「一拜天地——二拜高堂——夫妻對拜——」的唱禮聲裡，身著鮮豔婚服的一對新人眉目含春，言笑晏晏地互許終身。

瀟昭站在賓客們身後，看著鳳冠霞帔的瀟嫋，坐在高堂位置的兩位老爺子，以及老爺子們身側雙手交握相視而笑的長姊、姊夫，他心頭除了滿滿的幸福，還有一絲說不清的惆悵。

「日月為盟，天地為鑑，山河為證，鬼神為憑，嫋嫋一定會幸福的。」

一個磁性且熟悉的聲音從身後傳來，瀟昭心中一怔，猛然回頭，只見柳停雲長身鶴立，含笑看著他。

「你……回來了？」

咻砰——

火器所特製的禮花在空中綻放，漫天花瓣紛紛揚揚，清風拂過，將片片花瓣吹到禮堂每一個人的肩頭。

柳停雲踏著花瓣走到瀟昭身側，笑著說：「嗯，回來了。」

最後一絲陰霾被驅散，人們在禮生的吉祥話裡舉杯喊著「百年好合」。

杯盞互碰，這是世間最美的曲調。

——全書完

2023年12月出版

醫妻獨大

文創風 1212~1214

她允諾醫治他，他則答應入贅，待傷癒就離開，
小倆口過起假夫妻的生活，由她這一家之主獨力負責養家，
她一邊開藥膳湯鋪及醫館賺錢，一邊為人治病積攢功德，
直至他皇子身分揭曉的一刻，她才看見他頭頂上赫然出現一條黑龍，
此行她要渡的劫便是「黑龍禍世」，莫非……這黑龍指的就是他？

君子論跡不論心，論心世上無完人／踏枝

江月是孤兒出身，偶然間被師尊撿回家收養才沾上了仙緣，
身為靈虛界的一名醫修，她天分佳又肯努力，修為在二十歲時達到高峰，
但隨著年齡漸長，她的修為卻不升反降，師尊擔心地尋來大師為她卜卦，
大師說她得去小世界歷劫，修為才能再升，於是師尊就揮揮衣袖送走她，
豈料她竟附身在山上洞穴裡一個剛因病殞命、與她同名同姓的少女身上！
原身之父是藥材商人，日前運送一批貴重藥材時遇山匪搶劫，不治身亡，
由於原身是獨生女，傷心過後便與柔弱的母親一同為江父操辦起身後事，
那夜挨著感情甚篤的堂姊一起燒紙錢時，原身因身子撐不住便打起瞌睡，
半夢半醒間，原身突然往火盆栽去，幸好堂姊出手相救，卻燙傷了自個兒，
愧疚的原身得知山裡有個隱世的醫仙門，遂帶著丫鬟想去求醫診治堂姊，
哪知上山不久竟遇暴雨，丫鬟下山求救，發高燒的原身則在洞內躲雨直至病逝，
然後，一身靈力消失、只剩高超醫術的她就取代了原身……這下該怎麼辦？
且眼下最棘手的是，她聽見了山洞外響起此起彼伏的狼嚎聲！
正當她擔憂之際，洞裡又進來個血流不止的少年，血腥味引得狼群更加接近！
老天，她不會才剛來這世間，一條小命就要交代在狼群的肚子裡吧？

2023年11月出版

國師的愛徒

文創風 1210～1211

她桃曉燕是誰？她可是集團總裁、是商界的女強人！
當初為了成為接班人，她鬥得你死我活，好不容易爬上總裁的位置，
卻沒想到一場意外，讓她一睜眼就來到古代！
這裡啥都沒有，她一個小女子還得想著先保命，
她想念她的房地產、股票和基金，還想念滑手機的日子啊嗚嗚～～

趣中藏情，歡喜解憂／莫顏

司徒青染身分高貴，乃大靖的國師，受世人膜拜景仰。
他氣度如仙，威儀冷傲，連皇帝也要敬他三分。
他法力高強，妖魔避他如神，唯獨一個女妖例外。
這女妖很奇怪，沒有半點法力，卻不受他的法術控制，
別的妖吃人吸血，她獨愛吃美食甜點，
別的妖見到他就繞道走，她是遇到麻煩盡往他身後躲，
還死皮賴臉喊他師父，逢人便稱想巴結的找她，要報仇的找她師父。
如此囂張厚顏，此妖不收還真不行。
「妳從哪裡來？」司徒青染問。
桃曉燕笑嘻嘻地回答。「我那兒跟你們這裡完全不一樣，高級多了。」
「何謂高級？」
「有網路，有飛機，還有各種科技產品。」
司徒青染冰冷地警告。「說人話。」
桃曉燕立即諂媚討好。「有千里傳音，有飛天祥雲，還有各種神通法寶。」
「那是仙界，妳身分低賤，不可能去。」
「……」誰低賤了，你個死宅男，這種跨界的代溝最討厭了！

風 文創
1226

藥堂營業中 3 完

國家圖書館出版品預行編目資料

藥堂營業中 / 朝夕池著. --
初版. -- 臺北市 : 狗屋出版社有限公司, 2024.01
冊 ; 公分. --（文創風 ; 1224-1226）
ISBN 978-986-509-485-0（第3冊 : 平裝）. --

857.7 112020314

著作者 朝夕池
編輯 黃暄尹
校對 沈毓萍
發行所 狗屋出版社有限公司
地址 台北市104中山區龍江路71巷15號1樓
電話 02-2776-5889～0
發行字號 局版台業字845號
法律顧問 蕭雄淋律師
總經銷 知遠文化事業有限公司
電話 02-2664-8800
初版 2024年1月
國際書碼 ISBN-13 978-986-509-485-0

本著作物由起點中文網（www.qidian.com）授權出版

定價280元
狗屋劃撥帳號：19001626
網址：love.doghouse.com.tw E-mail：love@doghouse.com.tw